Best Time

白马时光

Love you everyday

明天也喜欢

叶非夜 著

百花洲文艺出版社
BAIHUAZHOU LITERATURE AND ART PRESS

图书在版编目（CIP）数据

明天也喜欢 / 叶非夜著 . — 南昌：百花洲文艺出版社，2021.8
ISBN 978-7-5500-4303-9

Ⅰ . ①明… Ⅱ . ①叶… Ⅲ . ①长篇小说－中国－当代
Ⅳ . ① I247.5

中国版本图书馆 CIP 数据核字（2021）第 131575 号

明天也喜欢

MINGTIAN YE XIHUAN

叶非夜　著

出 版 人	章华荣
出 品 人	李国靖
特约监制	何亚娟　夏　童
责任编辑	黄文尹
特约策划	夏　童
特约编辑	甜木酒
封面设计	樱　瑄
版式设计	彭　娟
封面绘图	王点点
插画绘图	bug 夏
条漫绘图	ali 阿篱
出版发行	百花洲文艺出版社
社　　址	南昌市红谷滩区世贸路 898 号博能中心 I 期 A 座 20 楼
邮　　编	330038
经　　销	全国新华书店
印　　刷	三河市金元印装有限公司
开　　本	880mm × 1230mm　1/32
印　　张	10.75
字　　数	297 千字
版　　次	2021 年 8 月第 1 版　2021 年 8 月第 1 次印刷
书　　号	ISBN 978-7-5500-4303-9
定　　价	49.80 元

赣版权登字：05-2021-229

发行电话　0791-86895108　　网　址　http://www.bhzwy.com

“这位 3 岁的宝宝，吃完糖记得刷牙。”
叶非夜签售会

“我中了哥哥的毒，
已经深入骨髓了。”

目录 Contents

我从未想过“明天”，
直到遇见明天也喜欢的你。

撩一下

早晚让他哭

“那个，我手机没网，请问您的手机 Wi-Fi 热点密码是什么？”

“你生日。”

傍晚七点钟，没开灯的房间里光线昏暗。床头柜上放着的手机不断振动着，屏幕忽明忽暗。

电话响了好一阵，床上躺着的陆惊宴总算有了反应，她伸出手摸到手机，看了眼来电显示，挂断了电话。

很快，电话又打进来了，她这回连看都没看，直接长按关机键。房间里重归于静，陆惊宴惬意地伸了个懒腰，继续睡去。

还没怎么睡熟，卧室的房门被敲响，在陆家做工很多年的孙阿姨推开了门：“陆小姐，一位叫陈楷的先生给家里打来了电话，提醒您别忘了今晚的约。”

陆惊宴含混地“嗯”了声，眼睛都没睁开一下。

半小时后，孙阿姨又上楼喊了一次，还是因为那位叫陈楷的先生。

如此反复折腾了四五次，直到晚上九点半，陆惊宴才懒洋洋地从床上坐了起来。

晚上九点钟的局，陆惊宴硬生生地拖到了十二点才到场。

午夜的酒吧人声鼎沸，陆惊宴从容地推开门，迎面扑来的是震耳欲聋的 DJ 曲和五颜六色的灯光。正前方的舞池里，一群精心打扮过的女人和男人热舞着。

对比之下，陆惊宴显得很素，头发简单地梳着，脖颈、手腕上干干净净的，没戴任何装饰品。可即便是这样，她还是很引人注目。

个子够高，身材够好，最重要的是脸蛋儿够精致，天生聚光灯般的存在。

她和往常一样无视大家投来的目光，轻车熟路地往最里面的豪华卡座走去。

她人还没走近，陈楷那群人就发现了她。

“宴姐，这里。”

“宴宴。”

在大家的招呼声中，陆惊宴走过去，坐在了宋闲身边。昨晚熬了一个通宵的她，没怎么睡够，面对宋闲热情洋溢的“亲爱的”，她回了个大大的哈欠。

宋闲沉默了三秒钟，倒了一杯酒，推到了陆惊宴面前：“祖宗，您可算来了，再不来，陈楷就要冲去你家揪你了。”

陆惊宴摸了根细长的女士香烟点燃，慢吞吞地抽了一口，斜了一眼旁边正跟一个妹子聊得热火朝天的陈楷，用夹着烟的那只手漫不经心地端起酒杯抿了一口。

陆惊宴不敢说自己每天都泡在这种局里，但一周至少有五天会出现在这种场合。

对这种环境早已见怪不怪的她，就跟待在自己家卧室里一样，跟宋闲喝着小酒，旁若无人地说着小姐妹间的悄悄话。

聊了大概 20 分钟，陆惊宴去了趟洗手间，再回来时宋闲不知道去哪儿了，她坐在原来的位置上，在一桌子的酒和琉璃杯中找打火机的时候，不经意间扫到了对面的一个男人。

对面不只他一个人，是一排人。

她一眼就注意到了他。

原因很简单，那个男人够漂亮。

一点也不夸张，自认为在颜值这个领域里算是见过世面的她，还是被那个男人惊艳到了。

他虽然坐着，但陆惊宴还是能目测出他身高超过一米八八。

黑西装，白衬衣，领带、袖口被微微扯开，大长腿，脚腕白皙性感。

陆惊宴苛刻地从上到下打量了那个男人好几圈，最后按捺不住吹了个无声的口哨。

完美。

太完美了。

找不到一点缺陷的那种完美。

尤其是那男人身上的气质，够渣，是那种明知道驾驭不了，却让所有女人都甘之如饴、奋不顾身扑上去的渣。

宋闲坐下问她："看什么呢？"

陆惊宴的目光又绕着那个男人的脸慢条斯理地扫了一圈，才慢慢地"啊"了声，看向宋闲，问："他是谁？"

宋闲呆了一秒："什么？"

"左边数第三个男人。"

宋闲看去："他啊，陈楷他表哥。"

陆惊宴拖着腔调"哦"了一声，刚想说话，宋闲就被陈楷喊走了。

陈楷和宋闲两人不知道在说什么，宋闲迟迟没回来，陆惊宴欣赏了会儿对面那位顶配男人，就掏出了手机。她坐的这位置不太好，正好没信号。

陆惊宴看到有几条未读微信，怕错过重要事情，抬头看了眼对面。

那一排人有说有笑，唯独那位低着头正在看手机，像是在上网，看起来那边的网速很不错的样子。

陆惊宴伸出手，敲了敲他面前的酒瓶："不好意思，打扰一下。"迟了两秒，他才缓缓地抬起头。眼神很冷，但很漂亮。

陆惊宴看痴了，愣了两秒才说："那个，我手机没网，请问您的手机 Wi-Fi 热点密码是什么？"

他盯着陆惊宴的眼睛看了两秒："你生日。"

声音冷淡清冽，在嘈杂的酒吧里，显得特别动听。他说完话，理都没理她，就低下头继续看手机了。

你生日。陆惊宴皱了皱眉，她的生日他怎么会知道？莫非这位是顶配渣男……

陆惊宴脑子里的思绪还没转完，手机响了。她停下输入自己生日数字的动作，按了接听。

叔叔陆鸿程打来的电话，找她有点急事，她得撤了。

挂断电话，她收拾了自己的东西，站起身绕着酒吧看了一圈，没找到宋闲。她走到陈楷面前，跟他交代了一下，就急匆匆地走人了。

走了两步，她又退了回来问道："陈楷，你表哥叫什么？"

"啊？"陈楷被问得一愣。

陆惊宴不悦地皱了下眉，不耐烦地重复了一遍："你表哥叫什么？"

"哦，我哥啊，叫盛羡。盛世的盛，羡慕的羡。"

陆惊宴手里的手机又响了，是叔叔的电话，在催她。她话都没说，这回真走了。

因为喝了酒，陆惊宴找了个代驾。坐在车后座上，她把那个渣男的名字在记事本上打了一遍：盛美。

"盛羡，盛羡……"陆惊宴默念了好几声，忽然笑了，"盛羡，生鲜。

果然是用来吃的。”

陆惊宴忙完陆鸿程那边的事儿已经是凌晨三点钟了，她从楼里出来，才发现外面下起了毛毛细雨。

深夜街上的车辆本来就少，下了雨显得更空荡了，陆惊宴坐在车后座，望着车窗上落下一层又一层的雨雾，想到刚刚被叔叔喊去应酬的场景，略感头疼的她抬起手轻轻地压了压太阳穴。

车子一晃一晃地往前开，快到家附近时，陆惊宴不经意间一个抬眸，透过水茫茫的窗户，看到了街边站着的人。

那人很高，举着一把大黑伞，遮住了上半身，一眼望去全是腿。

虽然看不到脸，但陆惊宴还是认出了他，她几乎没犹豫，脱口道：“停车。”

代驾司机忙不迭地踩了刹车。

陆惊宴落下车窗，风夹着雨灌进车里，扑在脸上有点凉，陆惊宴的酒一下子醒了不少，她眨了眨眼睛，定睛往外看去，果不其然，还真是晚上在酒吧里遇见的那位。

他不是一个人，面前站着一个女孩，黑发长裙，看起来就很贤良淑德。

那女孩没带伞，头发都淋湿了，正仰着头哭得梨花带雨。

盛羡一点也不怜香惜玉，都不知道给那个女孩撑一下伞，就连耐心也不怎么好，面对那个女孩的眼泪，还想着转身走人。

那女孩反应倒挺快，趁他还没抬腿，抓住了他的胳膊。女孩哭得更凶了，像是在求他什么。他倒好，一点也不为所动，毫不留情地甩开了那女孩的胳膊走了。那动作还挺猛烈，甚至还带着点嫌弃。女孩被甩得倒退了两步，蹲坐在地上，哭得更惨了。

陆惊宴看了看举着伞离去的盛羡，又看了看蹲在地上一个劲儿哭的女孩，脑补出一场痴情女主被无情男主甩掉的戏码。

别说，那哭声配上这小雨，还真挺伤感的。

陆惊宴缓缓地摇了摇头，一边示意代驾司机往前开，一边心想她果然没看走眼，那千年妖孽一样的男人，果然够渣。

没到半分钟，车子超过了盛羡。前面正好是红灯，车子停了下来。

陆惊宴把胳膊倚在湿答答的车窗上，对着走过来的盛羡吹了个口哨。盛羡没反应。陆惊宴继续吹，盛羡抬伞看过来。

陆惊宴明晃晃地笑了：“哥哥，载你一程？”

盛羡跟个哑巴一样，继续往前走。

陆惊宴漂亮纤细的指尖敲着车身，笑眯眯地又说：“哥哥，不敢上我的车？”

盛羡侧头看来。

陆惊宴碰触到盛羡的眼神，笑得更魅了，她撩了下头发：“那……哥哥网恋吗？”陆惊宴晃了晃手机，“留个联系方式，我们网恋好不好？”

盛羡举着伞和陆惊宴对视了三秒钟，右转离去。

陆惊宴盯着盛羡的身影，不可置信地眨了眨眼睛。

走了？！

等盛羡的身影彻底消失在视野里，陆惊宴才相信他是真的走了。都拿她生日做热点密码了，还这么闷骚。

过了几秒，陆惊宴从被盛羡冷冰冰的无视中缓了过来。并不觉得是自己的问题的陆惊宴，细想了一会儿，慢慢地“啧”了一声。

没想到这位还挺有心机，玩欲擒故纵这一招。陆惊宴懒洋洋地往车座上一靠，笑了：“有意思。”

最近正好在空闲期的陆惊宴，手指缓缓地滑着车窗玻璃，顿了几秒钟，慢吞吞地说道：“那就玩一玩，早晚让他哭。”

又晚睡了的陆惊宴睡到了第二天下午三点钟，才伸着懒腰睁开了眼。

她有点起床气，顶着一脸的不爽盯着天花板发了好一会儿的呆，才翻身下床赤着脚进了浴室。

洗完澡出来，她套了身家居服，一边往楼下走，一边看手机消息。

前任渣18：宴宴，虽然我们分开了三个月，但我还是忘不掉你。

前任渣27：小宴，我还在等你，只要你愿意跟我在一起，哪怕不爱我，也没关系。

前任渣35：惊宴，我是真的很爱你，能不能别跟我分手？

……

陆惊宴看着一串千篇一律的求和消息，面不改色地“呵”了声，点开了“现任渣1”刚刚发来的消息：“宝贝，我今天格外想你，刚刚我订了你最喜欢的餐厅最好的位置，今晚一块儿吃个晚饭？”

这位“现任渣1”是陆惊宴上个月在酒吧认识的。当时他为了讨好一个有钱人家的小姑娘，把跟了自己好几年的女朋友给甩了。

好巧不巧地，陆惊宴看到了这一幕，趁着他上厕所，故意跟他走了个正对面，在装作不小心撞上他的那一刻，悄悄地把自己的一支口红丢在了地上。

她装作没发觉的样子继续往前走，直到“现任渣1”捡起口红喊住她，她才装作一头雾水地转头。

趁着“现任渣1”还她口红，她故作矜持地说了几句客套的感谢话，回到酒吧后，她喊来服务员，叫了一杯酒，并且在餐巾纸上写了句“谢谢”，让服务员连酒带字一并送到“现任渣1”那边。果不其然，“现任渣1”和服务员聊完后，往她这边看来，然后过了没多久，“现任渣1”朝她走来。

就这样，她成功地拿到了这位“现任渣1”的微信，对付这种渣男，她一向有技巧，从他的前任和他现在追求的女孩身上，看得出来他喜欢比较女神一点的女孩。加上微信后，她从不主动跟他聊天，只是偶尔给他朋友圈点个赞，她时常会发一条只有他可见的朋友圈，为了投其所好，照片也都偏女神感。

没多久，“现任渣1”找了个话题主动私聊她。

不得不说，现在她遇到的这些渣男，段位是真的不怎么样，她基本上都还没怎么行动，他们就上钩了。

“现任渣 1”这几天疯狂地给她发消息说各种各样的情话，显然是彻底上头了。正好，趁着他在兴头上，今天把他给收割了。

陆惊宴想着，就回了条信手拈来的虚伪情话：好啊好啊，我也很想你。

“现任渣 1”秒回：那我们还真是心有灵犀呢。

陆惊宴皮笑肉不笑地回了个害羞的表情，心想，鬼才和你心有灵犀，本小姐只想让你痛哭流涕。

昨天临时有事，陆惊宴没能跟宋闲打招呼就匆匆走了，今晚跟“现任渣 1”约的地方，离宋闲住的地儿很近。陆惊宴在出发的路上，给宋闲打了个电话。

宋闲正好也没什么事，两个人约了晚会儿见面。

陆惊宴今天挺守时的，没让“现任渣 1”等太久。

“现任渣 1”看她进来，立刻起身帮她拉椅子、铺餐布。吃饭的时候，“现任渣 1”又是续茶又是递纸，总之殷勤贴心得不得了。

陆惊宴慢条斯理地吞下最后一口食物，抬头看到“现任渣 1”不知何时放下了筷子，正襟危坐在她对面，正目不斜视地看着她。

不用猜，陆惊宴也知道，重头戏来了。

她装作不知道的样子，抽了一张纸巾擦了擦唇角：“吃完了？”

“现任渣 1”点头。

陆惊宴看他没说话，试探着问：“那我们走吧？”

“稍等下。”“现任渣 1”反应很快，生怕她下一秒不见了。

陆惊宴噙着笑，看起来特纯特“绿茶”：“怎么了？”

“现任渣 1”盯着她的眼睛，像是在揣摩用什么词汇一样，过了几秒钟说：“小宴，做我女朋友吧。”

陆惊宴睁大眼睛，摆出一副被惊到的表情，心想这些渣男的表白词汇都这么匮乏的吗？每次都是“做我女朋友吧”，然后就是“我是真的很喜欢你”……

“现任渣 1”深情款款地说：“我是真的很喜欢你。”

陆惊宴无语。

餐桌上有点安静。过了十来秒钟，“现任渣 1”把手伸过来，在他的手快搭到陆惊宴的手背上时，陆惊宴不着痕迹地抬起手，撩了撩头发。

“现任渣 1”有点尴尬地咳了两声，讪讪地收回手：“小宴，我们……”

“对不起。”陆惊宴打断了他，然后在“现任渣 1”一点点变凝固的表情中，很抱歉、很伤心地说道，“我不能答应你。”

“为什么？是因为我认识你的时候有女朋友吗？我和她上上周就分手了。”“现任渣 1”停了一秒，“还是说我哪里做得不够好？小宴，你告诉我，我改……”

“不是你的问题，是我。”陆惊宴低头垂眸，看起来很难过，“是我的问题，是我忘不掉我喜欢的人。”

“现任渣 1”愣了两秒：“我不在意，只要你跟我在一起，我真的不在意，我保证会对你好。”

“你越这样，我就越不能和你在一起。因为你太好了，让我觉得自己根本配不上你。”对付渣男，就应该用渣男的套路，他们每次甩付出感情的女孩，都会说“你很好，是我不配”，如今风水轮流转，也该他们尝一尝这种滋味了。

陆惊宴脸上的表情更悲伤了，像是随时都会哭出来：“以后我们还是不要再联系了，我怕我伤害到你，那样我一定不会原谅我自己的。再见！”

“小宴！”

在“现任渣 1”难过的表情中，陆惊宴起身离开。

从餐厅出来，陆惊宴就听到了宋闲的声音：“这儿。”陆惊宴转头就看到了她。

宋闲笑眯眯地走上前挽着陆惊宴的胳膊，一边往楼下的酒吧走，一边说："刚那戏演得不错啊。"

陆惊宴看了一眼宋闲："都看到了？"

"看了后半段。"

陆惊宴笑出了声。

宋闲歪着脑袋打量了陆惊宴一圈："你说你要身材有身材，要相貌有相貌，在最好的年纪不好好地找个喜欢的人谈恋爱，干吗非要想不开，跟那些渣男过不去？"

这不是宋闲第一次问陆惊宴这个问题，只不过一直都没能得到答案。

宋闲跟陆惊宴是大学同学，一入校，"陆惊宴"这三个字就跟插了翅膀一样飞遍了各大系。

那会儿几乎所有人都知道，新闻系进了个新生，高考状元、颜值状元，就连出身也是状元。

大概过了一个月，有关陆惊宴的传闻慢慢地变了。

不再是陆惊宴相貌多好看、学习多优秀、家里多有钱。而是变成了陆惊宴不太尊重人，谁跟她说话她都爱搭不理，陆惊宴对男生比对女生好。

宋闲一直觉得自己跟陆惊宴就是两个世界的人，不会有太多的交集。偏偏陈楷愣是把她们给凑成了朋友。

她第一次见陆惊宴，是在陈楷组的一个局上，对陆惊宴的第一感觉很直接，就四个字——人如其名。长得真的挺惊艳的。

当时是个联谊局，大家见了面都会友好地互相打招呼，陆惊宴的颜值在那儿，自然惹得不少男生跑去献殷勤。可她自始至终别说回话了，就连眼皮都没抬一下。她不理男生就算了，甚至连女生也不怎么理，大家玩游戏轮到她，她也不配合，就跟自己不存在一样，全身写满了"无动于衷"，甚至后来还嫌大家吵，塞了个耳机自己玩自己的。

当时宋闲对陆惊宴的印象，除了惊艳之外，还多了个不合群——超级不合群。

集体活动从不参加，平时在学校里喜欢独来独往，不上课的时候几乎不会出现在校园里，偶尔在学校食堂里吃个饭，也都是一个人。

宋闲简单地算了算，她认识陆惊宴也差不多有六年了，这六年里除了陈楷和她，陆惊宴还真没别的朋友。

虽然她“男朋友”“前男朋友”挺多的，但那些人对她来说，不过是猎物。

“你说别人谈恋爱，要么图钱，要么图快乐，你呢？钱你不要，快乐你也没享受过，你说你图什么？图那些渣男对你念念不忘，还是图那些渣男受伤后掉的那几滴眼泪？”宋闲越想越替陆惊宴不值，“看着你这么浪费青春，简直想打死你。”

陆惊宴要了杯酒，从包里翻出根细长的香烟，点燃后慢吞吞地吸了一口，隔着缭绕的烟雾瞥了一眼絮絮叨叨的宋闲：“你呢？”

宋闲被她问得一愣：“啊？”

“这些年你不也没谈恋爱吗？”陆惊宴对着烟灰缸弹了两下，烟灰簌簌而落，“你怎么不先打死你自己。”

被噎到不知道怎么反驳的宋闲，狠狠地灌了两口酒，转头问她：“刚才那个被你玩弄了感情的男人，是这个月的第几个？”

陆惊宴摁灭了烟：“一。”

“呀！”宋闲不可思议地说，“不像是你的作风啊，这个月才一个？”

陆惊宴很冷淡地“嗯”了声。

一直以来她都是这么过的，以前也不觉得疲倦，最近也不知道怎么回事儿，提不起兴致了。

宋闲转着酒杯问她：“有新目标了吗？”

陆惊宴摇了摇头，刚想说没有，突然想到了昨晚的那位。正想着，旁边传来了一阵很动听的声音，略感熟悉。

陆惊宴转头：“咦？”

宋闲问：“怎么了？”

陆惊宴没说话，盯着穿着一身黑色西装、袖口微微挽起、露出一截白皙手腕的盛羡，险些没忍住当场吹口哨。

这男人可真会长，昨天是脸，半夜是腿，现在是手腕，简直是哪儿哪儿都长在了她的审美点上。

陆惊宴撑着下巴，欣赏着不远处被灯光笼罩的盛羡，眼睛弯成了月牙状。宋闲撞了一下陆惊宴的肩膀："看什么呢？笑得这么瘆人。"

陆惊宴的视线依旧黏在盛羡的身上："新目标。"她本来是想跟宋闲在酒吧里稍坐会儿就各回各家的，哪儿知想曹操，曹操就到了，这下陆惊宴也不着急回家了。

盛羡约了个人，好像是谈事情，看着挺严肃的。陆惊宴很识相地没在这个时候上去打扰。

等盛羡聊完了事，那边的人撤了，陆惊宴招呼了一个自己认识的服务员，给他塞了两百块钱的小费，在他耳边低声说了几句话。

等服务员离开后，陆惊宴忍不住叹了口气，这还是她头一回为了搭讪一个男人花钱，而且还是两百块钱。要是两百块钱能买来盛羡的电话号码，也勉勉强强算是值了。

差不多过了两分钟，拿了她两百块钱的那位服务员对陆惊宴使了个眼色。陆惊宴装成上厕所的样子起身。

那位服务员和她配合得还挺默契，她刚走到盛羡身边，那位服务员就装成收拾桌子不小心把盛羡的笔给弄到了地上。

在服务员的"对不起"声中，陆惊宴弯腰捡起了笔。

正巧这个时候，一直没说话的盛羡也弯下了腰。陆惊宴捏着笔顿了两秒，抬头看向盛羡。盛羡正好也看向了她，两个人对视了片刻，陆惊宴站直了身子，盛羡也跟着她直起身。

陆惊宴把笔递了过去："好巧啊，哥哥，又见面了。"

盛羡接过笔，语气特别寡淡："谢谢。"

面对他的冷漠，陆惊宴既不生气也不觉得尴尬，大大方方地在他面前一坐："我这人最不喜欢的就是口头感谢。"

盛羡提着笔，对着桌子上的一沓纸进行批注。

撩男人嘛，最重要的就是脸皮厚。在这方面特别有经验的陆惊宴，把脑袋往前凑了凑：“你要是真想表示感谢，就请我吃顿饭吧。”

盛羡没吱声。

陆惊宴撑着下巴，近距离地欣赏着他的脸，把他的沉默默认为他已经答应请自己吃饭：“可惜我不吃夜宵，今晚是吃不了了，我们留个联系方式改天约？”

盛羡连头都没抬一下：“你想吃什么？”

陆惊宴思考了两秒，说了个餐厅的名字。

“人均多少钱？”盛羡问。

陆惊宴根据自己的经验，报了个数：“三四百吧。”

盛羡翻出钱包，从里面抽出五张红彤彤的钞票，递到陆惊宴的面前：“请你的饭。”

陆惊宴眨了眨眼睛，有点蒙。

盛羡提着笔在纸上又画了几下：“多出来的一百块，算给你的打车费。”

瞧不起谁呢！她是那种缺一顿饭钱的人吗？

陆惊宴是真的搞不懂眼前这个男人，明明都把手机 Wi-Fi 密码设置成她的生日了，为什么面对她的搭讪，还能表现得这么若无其事。

她撩过的男人不敢说上百，四舍五入也勉强能到百。她也不是没遇到过那种很难搞的人，但眼前这位的操作着实惊到了她。

陆惊宴瞪着桌上的五百块钱，好一会儿才反应过来。

她——陆惊宴——陆家大小姐，从还是个受精卵的时候就先有了一堆钱的她，居然被一个男人用钱给打发了！

陆惊宴眯了眯眼，不是很爽地抬起头。

她以为盛羡还在看她，特意把眼神放得有点冷，甚至有点狠。

结果对面那个男人丢完钱，当她不存在一样，早就低下头去忙自己的事了。

她的存在感有那么低吗？

陆惊宴不可思议地眨了又眨眼睛，看着对面这一会儿工夫连眼皮子都没抬一下的盛羡，不甘心地清了清嗓子。

盛羡没反应。

陆惊宴加重力气又清了清嗓子。

盛羡就跟聋了一样，还是没反应。

陆惊宴觉得自己跟盛羡这会儿的情况，有点像一个小学生和一个大学生约好了要打架，小学生辗转反侧一夜未眠地想对策，第二天一大早兴冲冲地跑到约架的地方，而大学生因为要睡懒觉，压根儿就没想着要来赴约。

你说气人不气人！

陆惊宴仁慈地给了盛羡三秒钟，看他还是没有抬头搭理自己的迹象，忍无可忍地伸出手，敲了敲他正在看的卷宗。

因为很不爽，陆惊宴这回连哥哥都懒得喊了："喂！"

盛羡不慌不忙地弄完手头上的那点事儿，才慢悠悠地抬起头。

等得已经不耐烦，正准备拍桌子的陆惊宴，碰上盛羡的目光，手生生地停在了半空。

小姑娘很漂亮，是那种艳但却不俗的漂亮，她皮肤很白很嫩，接近于婴儿肌的质感。看得出来她出身不错，教养也很好，随便往对面一坐，背都挺得笔直，一手横放在桌上，一手举在耳边，像是那种刚入学很乖巧的小学生上课回答老师的提问时举手的样子。

盛羡盯着陆惊宴举起来的细白手腕看了几秒，视线落在了她的脸上："你怎么还没走？"

陆惊宴堆在嗓子眼儿里一连串的话，瞬间被堵得一个字都吐不出来。

盛羡等了几秒钟，见陆惊宴不说话，瞥了眼被她胳膊压住的钞票，默了默："打车费不够？"

就在陆惊宴想着盛羡敢再拿一百块钱侮辱她，她绝对饶不了他的时候，盛羡转着笔，语气淡淡地说："你可以选择地铁。"

地铁！

他居然让她去坐地铁！

让她买地铁还差不多。

陆惊宴差点没忍住把手机当场砸到盛羡脑门上。就算他玩欲擒故纵，那也要有个度，“欲擒故纵”这四个字，关键的是“擒”字，他就不怕这么“纵”下去把她给“纵”跑了吗？！

陆惊宴不是那种脾气特别好的人，但对无关紧要的人她也不会发脾气。眼前这位还挺有本事的，竟让她有种想揍他的冲动。揍他一顿容易，但就这么放过，也太便宜他了。

陆惊宴闭着眼睛冷静了两秒，皮笑肉不笑地拿起桌上的钱，站起身。

她从未受过这种窝囊气，这还是她有生以来，第一次在一个男人面前这么接二连三地碰壁，她越想越咽不下这口气。临走之前，像是突然想到什么一样，对着不远处的一位服务员招了招手：“我怀疑他想占我便宜。”

服务员一脸疑惑。

陆惊宴挑了挑眉：“麻烦你拿个验钞机过来，帮我看看这有没有假钞。”

盛羡无语。

明天是周一要上班，深夜十二点半，没能睡着的陆惊宴暴躁地掀开被子，坐了起来。

她也不管现在是睡觉的时间，翻出微信就给宋闲拨了个语音电话。

宋闲一般睡觉都会关机，要是没人接，那就是睡了。响了十来秒钟，陆惊宴正准备挂，语音被接通了。

宋闲应该在贴面膜，话说得有点含混不清：“刚去洗脸了，怎么了，宝贝？”陆惊宴开门见山地问：“我不够漂亮吗？”

“那还用问，您是我见过最最最最漂亮的女人，不，是女神。”

“我身材不够好吗？”

“好，必须好，我家宴姐儿要是去当模特，那维密一姐一定是我家宴姐儿的。”

“那你要是男人，我主动跟你搭讪，让你请我吃饭，你愿意吗？”

“您这话说得就有问题，我要是男人，怎么能让您主动跟我搭讪，那一定是我扑上去搭讪您啊。”

瞧瞧宋闲说的话，再听听那位说的话。

“多出来的一百块，算给你的打车费。”

“你可以选择地铁。”

人和人之间的差距怎么就那么大呢！

陆惊宴被宋闲哄了一通，心情总算顺畅了那么一丢丢，她懒洋洋地靠在床头：“闲姐儿，我想好了，陈楷他表哥不是喜欢端着吗？他越端着我就越要把他拿下。迟早有一天，我要让他哭着求我不要离开他。”

“你花了两百块钱连个电话号码都没搞到，你怎么把人搞到？”

陆惊宴张了张口：“睡醒了就有电话号码了。”

“嗯？”

“我离开陈楷他表哥那桌的时候，把手表故意丢那儿了，我走之前又给了服务员一千块钱的小费，让那服务员记得提醒陈楷他表哥。那么贵的表，他肯定会托陈楷还我的，到时候我就有机会接近他了。”撩了那么多渣男，她套路多得是，她陆惊宴是那种容易被打发掉的人吗？

再说，他拿五百块钱砸她，她怎么也得砸回去。陆大小姐的面子很重要，尤其是在钱这方面，最重要。

自古套路得人心，这句话一点也不假，陆惊宴第二天醒来，洗了个澡，刚从浴室出来就接到了陈楷的电话。透过陈楷的来电显示，陆惊宴仿佛看到了盛羡的电话号码在对自己热情而又疯狂地招手。

她挤着牙膏按了接听，没说话。

“小宴，你昨晚是不是见我表哥了？”

陆惊宴一边刷牙，一边口齿不清地装傻：“你怎么知道的？”

“我表哥一大早就给我打电话了，问前天晚上那个来得最晚，还抽烟的不良少女是谁。”

陆惊宴正“咕噜噜”地漱口，听到这话险些没呛到自己。

“来得最晚还抽烟的不良少女”。这是盛羡对她的评价？

“那我一想，不就是你，然后我就告诉他你的名字了，问他是不是看上你了。”

陆惊宴的耳朵一下子竖了起来：“他怎么说？”

“啊？我表哥让我去看医生，脑科。”

陆惊宴面无表情地沉默了两秒，把牙刷放了回去，问道：“然后呢？”

“哦，然后我表哥说你昨晚把东西落酒吧了。”

陆惊宴刚想说“如果你表哥让你转交给我，你记得拒绝”，电话那边的陈楷就接着说：“看着还挺贵，为了安全起见，他把你的东西放附近的派出所了，让你拿着身份证去失物招领处拿。”

陆惊宴闭了闭眼睛，心想没关系，不能借这机会见面，但能借此机会表示下感谢，也不算白忙活。

哪知，电话那边的陈楷又说：“我表哥还说，他不喜欢口头感谢，也不喜欢有所表示的感谢，所以感谢这事就免了。”

陆惊宴差点脱口骂人，简直不给人留活路，哪条路都堵得死死的。她暗咬着牙齿，深吸了一口气：“你表哥还说什么了？”

“嗯，好像没了吧……”陈楷有点不确定。

陆惊宴懒得跟陈楷兜圈子：“把你表哥电话号码拿来。”

“哦，你这么一说，我想起来了，我表哥还说，不要让我随便透露他的电话号码，尤其是对你这个不良少女。”

陆惊宴忍无可忍，骂出了声。

陈楷没听清，问道：“什么？”

“你怕你表哥，还是怕我？”言下之意，我想要你表哥的电话号码，你是给还是不给。

陈楷沉默了三秒，权衡利弊后说道：“我选择怕我表哥。”

“你表哥说得没错，你是应该去看医生，脑科兼神经科。”

一天的好心情，因为陈楷的这一通电话，彻底坏了。

陆惊宴不是好胜心很强的人，也许是生来优秀，很少输给别人，偶尔输一次也无所谓，但这回她却格外在意，以至于一上午她都没能静下心来工作。

午休时间，她跑了一趟派出所，回来的时候正好赶上车祸现场，在路上堵了半小时。这么来回一折腾，一个多小时没了，别说午休了，连喝杯咖啡的时间都没了。陆惊宴憋屈得不得了。

她纵横渣男的世界这么多年，从未失过手，要是今天连个电话号码都弄不到，她算是白混了。不管是为争一口气，还是单纯地为了面子，她都必须把电话号码弄到手。

陆惊宴盯着电脑屏幕，转着笔思考了好一会儿，然后拿起手机，把早上被她关进“小黑屋”的陈楷重新给放了出来。

陈楷：宴宴，你要什么我都能给你，哪怕是我这条命，唯独我表哥这事，我不能答应你。

陈楷：你最多是骂我句“去死”，我要是把表哥的电话号码给了你，那我就真死了。

陈楷：你体谅体谅我，宴宴……

陆惊宴无视陈楷发来的各种撒娇卖萌的表情，回道：你可以不给我你表哥的电话号码。

陈楷：宴宴，你果然是仙女。

陈楷：宴宴，我就知道你是心疼我的。

陈楷：宴宴，我今晚请你吃饭，吃大餐！

在对话框不断跳入的消息中，陆惊宴敲下了一行字：但你要告诉我你表哥的工作地址。

陈楷没动静了，陆惊宴也不催。

大概过了半分钟，陆惊宴的手机屏幕亮起，陈楷发来了一个地址。

陈楷：宴宴，你千万别说地址是我给你的。

陈楷：还有，宴宴，你能不能别招惹我表哥？

陆惊宴：为什么？

屏幕上方显示了许久的“对方正在输入”，但始终没消息过来。陆惊宴没太当回事，去研究那地址了。

法学系……

“啧，居然是教授，盛教授。”

陆惊宴扬眉轻笑了一声，把那地址复制了下来，打开了星巴克的官网。

盛羡今天下午有课，还是一堂大课，下课时已经是下午四点半了。他回到办公室，刚放下手里的书，就看到桌上放着一个星巴克的袋子，随口问旁边的助教：“你买的？”

助教一脸茫然：“啊，不是您点的外卖吗？”

盛羡蹙了下眉，没说话。

星巴克纸袋上贴了白色的订单，他撕下来举到眼前，是他的地址，名字是空的，电话号码是陌生的，难道是学校的哪位老师下单填错了地址？

盛羡拿起手机，输入订单上的电话号码，发了一条短信：您好，您的咖啡送错了地址。

后面半句话您能把您的地址发过来吗？我让人给您送过去盛羡还没打完，手机在他掌心里连续振动了好几下。消息是刚刚那个陌生电话号码发来的，一共四条。

没送错。

咖啡就是送给您的。

请您喝咖啡是假的，骗您的电话号码是真的。

哥哥。

盛羡打字的动作停了下来。助教见盛羡没说话，问：“教授，那咖啡……”没等他把话说完，盛羡抬头：“咖啡是送我的。”

“啊？”助教有点诧异，“谁送的？”

盛羡没说话，垂眸又看向屏幕上的“哥哥”，过了一小会儿，他轻轻地说了四个字：“一小学生。”

撩二下

我的男人

陆惊宴：哥哥，我之所以买单，不是因为我有钱，是有别的原因。

陆惊宴：因为我不想让我的男人请别的女人喝咖啡，也不想让别的女人请我的男人喝咖啡。

虽然陆惊宴连发了四条短信，盛羡一条都没回她，但因为成功弄到了盛羡的电话号码，稍稍挽回了一点尊严的陆惊宴，大方地没跟他在这种小事上计较。

陆惊宴被盛羡搞得一整天都没怎么好好工作，趁着这会儿心情舒坦了点，赶紧忙了起来。陆惊宴是做互联网媒体的，她仗着陆家家大业大，成功地把自己的门户网站做成了业内第一。

她创建的门户网站叫 Emotion，支撑 Emotion 最大流量的是热搜。毫不夸张地说，不管是娱乐新闻还是社会新闻，是要众所周知还是销声匿迹，都掌控在她公司手里。

等陆惊宴忙完，天已黑透，她拿起手机看了眼时间，然后点进短信。她发出去的那四条消息，静静地躺在对话框里，依旧没得到回应。半分钟后，手机屏幕里又多了两条已发送消息。

哥哥，吃饭了吗？

哥哥，这个手机号能搜到你的微信吗？

几分钟过去，对方仍旧没有回应。

陆惊宴想了会儿，复制了盛羡的电话号码，去微信里搜了搜，还真被她搜出来了。她发了个添加好友申请，然后又给盛羡发了一条短信：哥哥，我加你微信了，你记得同意哦。

陆惊宴下班吃完饭去了一趟健身房，回到家已经十点半了，等她洗漱完躺床上，差不多已经接近十二点了。她点进短信，看到消息还是没人回复，她打了个电话过去，响了一声，被挂断了，她继续打，继续被挂断……如此反复了几次后，陆惊宴暴躁地点开短信，一鼓作气地发了一串消息。

哥哥，为什么不接我电话？

哥哥，你要睡了吗？

哥哥，晚安。

哥哥，好梦。

除了盛羡主动发来的那一条短信，陆惊宴后来发的所有短信都如同石沉大海，杳无音信，就连她微信添加好友的申请，也被盛羡忽略了个彻底。

被这么无视，陆大小姐也不恼火，每天只要有时间，就给盛羡发条消息。日子一天一天地照常过，不知不觉到了新的一周。

周二有个最近很红的女团来公司做直播，这种事不需要陆惊宴亲力亲为，她也没太关注。直播下午三点开始，四点半结束。

正好这个点陆惊宴找公关部总监有点事儿，去了一趟二楼。聊完事陆惊宴去了一趟洗手间，她冲水的时候，隔壁恰好也传来了马桶的抽水声，几乎是同一时间，两扇门被打开。引起陆惊宴注意的是那浓烈的香水味，她很随意地往旁边那人身上扫了一眼。

那人大概和她一样，听到动静条件反射地转过头来。两个人的视线不偏不倚地碰上了。

陆惊宴明显从对方的眼中看到了惊讶。

陆惊宴倒是很淡定，甚至有点冷淡，就像是在看陌生人。那人盯着她迟迟未挪开目光，陆惊宴若无其事地转头，走向洗手台。

隔了大概三十秒，陆惊宴听到身后传来高跟鞋踩在地上发出来的嗒嗒声，很快那人站在她旁边，也打开了水龙头。

洗手间里一片安静，除了哗哗的流水声，再没其他的声响。陆惊宴不紧不慢地洗完手，抽了两张纸，擦干指尖的水，转身离开。

她走了没两步，身后的人喊住了她："喂！"

陆惊宴没回头。那人又开口："陆惊宴。"她停下了脚步。

那人关掉水龙头，走到她面前，伸出手："好久不见。"

陆惊宴在女生里算是那种个子偏高的，那人虽然穿了八厘米的高跟鞋，站在她面前依旧矮了一小截。

陆惊宴垂眸扫了一眼她伸出来的手，没说话，自顾自地往外走。

那人笑了一声，语气有点儿挑衅："陆惊宴，你该不会是打算装作不认识我吧？"

陆惊宴转身走到那人面前："不是装，是你不配。"

回到办公室，陆惊宴在落地窗前站了会儿，打开电脑。

她在今天直播的女团名单里找了一圈，找到了那个人的名字。

薄暮。

陆惊宴跟宋闲还有陈楷有个小群，三个人几乎每天都会聚。一般都是陈楷安排地方，最近这一周也不知道怎么回事，每时每刻都在群里出现的陈楷，话少得可怜。

临近下班的点，陆惊宴在群里问了句今晚去哪儿。宋闲 @ 陈楷，陈楷就跟死了一样没反应。

陆惊宴点了陈楷的微信头像，进入他的微信，直接给他拨了个语音电话。无人接听，陆惊宴继续拨。

直到手机的振动停下来，陈楷才点开了微信。置顶的位置有一条红色的提示，是他上回把盛羡地址发给陆惊宴后，打的那一行没发出去的消息。

陈楷：还有，宴宴，你能不能别招惹我表哥？

陆惊宴：为什么？

陈楷叹了口气，把怕你受伤，怕你真的喜欢上他这条没发出去的消息，一个字接一个字地删掉了，然后调整了一下情绪，单手持机打字。

陈楷：刚没拿手机，宝贝，怎么了？

陆惊宴：看群里。

早就把群消息看完的陈楷，等了十几秒钟才在群里冒泡：两位女神想吃什么？

……

餐厅是宋闲选的，一家刚开没多久的粤菜馆。包间是陈楷订的，至于陆大小姐，只负责过去吃。吃完饭，时间还早，陈楷叼着牙签，吊儿郎当地瘫在椅子上，举着手机研究下一场去哪儿。晚上能去的地方就那么几家，选来选去最后还是选了他们常去的那家酒吧。

从包厢出来，陈楷去买单，宋闲去洗手间，陆惊宴一个人站在电梯前面等。这会儿正好是晚饭高峰期，电梯门每次打开，都有一大拨人出来。

陈楷和宋闲两个人迟迟不过来，陆惊宴等得无聊，就给盛羡发消息：哥哥，吃了吗？

还是老样子，盛羡理都没理她。

连发了一个多星期的短信，论谁都想不出来新的词了，陆惊宴干脆连屏幕都不看，就跟短信不要钱一样，按到哪儿算哪儿，一串乱码一串乱码地发。

电梯门打开，又一拨人从里面出来，随着她短信不断地发送，她听见了不间断的短信提示声。陆惊宴顺着声音看了过去，盛羡穿着一件黑色的风衣，单手插在兜里，正从电梯里往外走。他就跟随身带了个放音盒一样，嘀嘀嘀个不停。

陆惊宴觉得眼前的画面瞬间变得特美好，收起手机，站直了身子。盛羡大概是察觉到她的视线，往她这边看来。两个人的目光对在一起，陆惊宴笑了，她刚打算给盛羡打招呼，有人抢在她前头喊了他一声，还是个女声。

陆惊宴有点不爽地转头看去。那女生戴着口罩和帽子，虽然看不清她的脸，但陆惊宴认得她的衣服，跟下午在公司撞见的那个人穿的一模一样。

陆惊宴从来不是那种能轻易被人忽视的存在，人来人往中，薄暮一眼就看到了她。她大概是没想到会在这儿碰到陆惊宴，眼神明显顿了下，然后就看向了盛羡："这儿。"

陆惊宴下意识地看向盛羡，盛羡当她不存在一样，两三步就到了薄暮面前，他跟薄暮不知道说了点什么，然后两个人一块儿进了一家咖啡厅。陆惊宴看着盛羡的背影，眨了眨眼睛。

两个人的身影在咖啡厅门口消失了好一会儿，陆大小姐才反应过来——她被盛羡无视了。

她不但被盛羡无视了，盛羡还当着她的面跟别的女人说话。盛羡不但当着她的面跟别的女人说话，还当着她的面跟那个女人一起去喝咖啡。

陆惊宴发现盛羡这人真的挺有能耐的，继上次建议她坐地铁事件后，又一次成功地激起了她想揍他的冲动。她直勾勾地盯着两个人进去的那家咖啡厅，一直到陈楷和宋闲过来，她才收回视线，深吸一口气走进电梯。

盛羡跟薄暮走进咖啡厅的画面在她眼前晃个不停，越想越不爽的陆惊宴，表情冷得仿佛能结冰。到地下停车场，陈楷和宋闲一前一后从电梯里出来，两个人往前走了两步，发现陆惊宴没跟上，宋闲回头喊："小宴，发什么呆？”

陆惊宴没说话，直到宋闲第二次喊她，她才回神：“我今晚不跟你们玩了。”

陈楷问：“啊？为什么？”

陆惊宴语气不善：“有事。”

“什么事比跟我们玩还重要？”陈楷问。

陆惊宴抬头，冷飕飕地看了陈楷一眼：“捉——奸。”

重新回到吃饭的那一层楼，陆惊宴盯着咖啡厅的方向，压了压心头的火，努力让自己看起来稍微淡定点儿，然后走了过去。

咖啡厅服务员见她过来，很是热情：“小姐，请问您几位？”陆惊宴没说话，绕着咖啡厅转了一圈，没找到想找的人，转头问：“有包厢吗？”

“只有两个，但现在都被人占用了……”

服务员的话还没说完，陆惊宴抬脚就往咖啡厅里面冲。她步子气势汹汹的，看起来像是要去徒手撕人。服务员吓得急忙跟上。

包厢很好找，就在咖啡厅的尽头，面对面的两个房间。陆惊宴不清楚盛羡在哪个包间，随便选了一个，抬手一推。她运气还不错，被她给蒙对了。

“小姐，这个包厢……”没等服务员阻拦，陆惊宴走了进去。

在服务员对盛羡和薄暮的抱歉声中，陆惊宴慢条斯理地把包往桌子上一放，然后又在薄暮震惊的眼神中拉开椅子，优雅从容地坐在了盛羡旁边。

服务员干这行挺久的，头一回遇到有人这么大张旗鼓地抢包厢。她束手无策地看着坐着的三个人，一时间不知道该怎么处理这突如其来的情况，绞尽脑汁地思考了很久，最后想出来一句万能的道歉词：“对不起……”

她话还没说完，表情一直都是一个样儿的盛羡，微抬了下眼皮：“没关系，你先出去吧。”

陆惊宴瞬间笑了，她转头笑眯眯地看着盛羡：“你是在帮我解围？”

薄暮回过神来问："陆惊宴，你跟过来干什么？下午是你说不认识……"

陆惊宴自动屏蔽掉薄暮的声音，目不转睛地望着盛羡，自顾自地又开口问道："一个星期没见，你想我吗？"

薄暮愣住了。

陆惊宴撑着下巴，上下打量着盛羡的那张脸，一点也不害臊，直言道："我想你了。"

薄暮反应了几秒，总算反应过来："你们认识？"

"嗯，认识。"陆惊宴觉得薄暮总算说了句人话，大度地回应了她，"我是他用五百块钱买来的……"

盛羡不咸不淡地说："不熟。"

陆惊宴卡壳了两秒，扫到了盛羡面前喝了一小半的咖啡，思考了片刻，端起盛羡那杯咖啡抿了一口："不熟的间接接吻对象。"

……

"不信吗？我有证据。"陆惊宴打开包，从里面抽出几张红色钞票，嘚瑟地冲着薄暮晃了晃，"看到没有，一，二，三，四，五……"

盛羡被这种小学生行为搞得有点头疼，抬手揉了下眉骨，打断了她的话："你有事吗？"

陆惊宴倔强地把最后一个"五"字给说完，才回："那你呢？你有事吗？"

盛羡点头："有。"

"什么事？"陆惊宴扫了眼薄暮，"和她约会？"

盛羡不太想回答她这种莫名其妙的问题。

陆惊宴瞪着盛羡："你喜欢她这样的？你是不是喜欢她这样的？"

小姑娘一脸"得不到答案誓不罢休"，看着她随时都会奓毛的表情，盛羡沉默了几秒，妥协了："不是。"

陆惊宴琢磨了会儿，也没琢磨出来盛羡的这个"不是"是什么意思，是不喜欢薄暮这样的，还是……

盛羡像是猜透了她在想什么，声音略淡：“不是约会，是工作。”

被盛羡这么一说，陆惊宴才发现桌上散落着几份文件。虽然她没怎么仔细看，但还是扫到了几个字，好像是什么续约合同，看来真的是在忙工作。男人最讨厌的事情之一，就是在工作的时候女朋友跟他闹。

陆惊宴当然不会傻到在这方面踩雷，慢慢地点了点头，拿着包站起身：“那你们慢慢聊，我先出去等着。”她生怕盛羡没听懂自己的话，又补了句，“等你。”

陆惊宴来得气势汹汹，走得乖巧安静。为了让自己表现得特别懂事儿，她还大方地帮他们把门给带上了。

薄暮的经纪约马上要到期了，在谈新的合约。合约条款多不说，还藏了很多隐雷，一条一条过完已经是晚上十一点多了。

薄暮一边整理文件，一边看了盛羡好几眼，最后终于没忍住：“你和她是怎么认识的？”

盛羡反应了两秒才明白她说的是陆惊宴：“陈楷的朋友。”

薄暮“哦”了声，没说话。她拿好东西，在起身之前，想了想又说：“我上初中那会儿和她认识，她人缘不是特别好，还抢了别的女生的男朋友……”

“东西拿好了吗？”盛羡抬起眼皮，语气淡淡的。

薄暮张了张口，干巴巴地说：“拿好了……”盛羡没说话，拎起风衣往外走。

咖啡厅已经打烊了，只剩下两三个服务员在打扫卫生。盛羡摸出钱包：“请问多少钱？”

一个正在擦桌子的服务员笑着说：“已经有人帮你们买好单了。”

盛羡愣了下，服务员下一秒就指着靠窗的位置：“是那位小姐帮你们买的。”盛羡顺着服务员指的方向看去。

落地窗外是繁华都市的璀璨夜景，黑色的桌上，放着一款白色的包。包旁边趴着一个人，黑发散开落在肩上。

薄暮有点诧异：“她怎么还没走？”盛羡安静地看着窗边的人。

服务员以为薄暮这话是说给自己听的：“她说跟这位先生约好了要等他，我们也就没太好意思赶她走。”

薄暮看向盛羡，盛羡的神情寡淡得很。就在她想开口喊他一声时，他突然出声：“薄小姐，你先走吧。”薄暮顿了顿：“好的，那回头我们再联系。”

盛羡微点了下头，没说话。薄暮走了有一会儿，他才往窗边走去。

陆惊宴就想趴一会儿，没想到趴着趴着就把自己给趴睡着了。

迷迷糊糊中，她感觉有什么东西敲了敲自己肩膀，她觉得有点烦，就把脑袋转了个面，然后那东西往自己肩膀上敲得更用力了，把她给敲醒了。

刚睁开眼睛的时候她有点茫然，察觉到肩膀上的重量，她才意识到自己是被人叫醒的。没醒过神的时候，是她起床气最大的时候，她暴躁地抬起头，脏话脱口而出。

话没说完，盛羡那张没什么表情的脸就落进了她的眼底。她像是被按了暂停键一样瞬间失声。她微张着嘴呆呆地看了他三秒，笑了：“哥哥，忙完了？”

盛羡被她翻脸比翻书还快的操作震惊到。陆惊宴揉着眼睛，缓缓地坐直了身子。她穿了件长袖，脸趴在胳膊上压出几道衣服的纹路，眼皮被她揉出了褶子，整个人看起来莫名地呆，完全没了平时那种美得张扬凌厉的气息。

陆惊宴转着看了一圈，没找到薄暮的身影：“那女人走了？”

“嗯。”

陆惊宴笑得眼睛弯起来，亮亮的：“所以现在只剩下我们两个人了？”盛羡不知道她高兴个什么劲儿，没说话。陆惊宴拎着包起身，“带我回家吧。”盛羡想到自己刚刚还觉得她莫名地呆，又是一阵无语。

她呆个屁，整个一没脸没皮的女流氓。见人彻底清醒了，盛羡略过她的话："早点回家。"说完，他转身打算走人，正准备抬脚，就感觉到身后的衣服传来了很轻的拉扯力。

他回过头，垂眸看到她的手揪着他的衣服。她皮肤很白，手指细长，修剪得很圆润的指甲涂着奶白色的指甲油，她细白的手腕上戴着一只镶了一圈碎钻的金色镯子。他的视线正顺着镯子往上移，她说话了："不带我回家也可以，那你送我回家。"

盛羡抬起眼皮，视线直接落在她脸上。她比他矮了一截，仰着头看着他的眼神可怜巴巴的："我今天没开车。"盛羡无动于衷地看着她。陆惊宴拽着他的衣服，轻轻地晃了两下。

两个人僵持了一阵儿，盛羡败下阵来："住哪儿？"

"你知道我叫什么名字吗？"

"我叫陆惊宴，陆惊宴的陆，陆惊宴的惊，陆惊宴的宴。"

"咦？这是你的车吗？"

"你的车牌号不错呀，等我拍个照。"

陆惊宴都不知道自己的话原来可以这么多。盛羡基本上不理她，她也不觉得尴尬，一个劲儿地说自个儿的。话说多了不会累，但会口渴。陆惊宴在盛羡车上看了一圈，没找到水，只好乖乖地闭上嘴。

到家还有一段距离，陆惊宴东看看西看看，最后把注意力放在了盛羡的脸上。

他直视正前方，眉眼淡漠，神情专注，窗外闪过的灯光在他脸上不断地掠过，留下忽明忽暗的光影。

有些人是第一眼好看，但不能细看；有些人是第一眼不怎么出众，但却很耐看。而盛羡属于第一眼惊艳，且越看越觉得好看的那种。

陆惊宴见过的颜值高的异性不少，可像盛羡这种让她看到就很想拥有的从来没有过。哪怕是已经见过好几面了，但陆惊宴还是像被勾了魂。

漂亮，实在是太漂亮了，漂亮得让她很想摸一下。

陆惊宴沉浸在盛世美颜里不能自拔，以至于她没察觉到自己的手已经情不自禁地冲着盛羡的脸伸了过去。

越靠越近，越靠越近……眼看着她的指尖快要碰到他的脸了，他突然出声："做什么？"

"摸……"

话语间，他歪了下头，躲开了。

陆惊宴的手落了个空，她眨巴了下眼睛，回过神来。意识到险些脱口而出的话，她连忙收住到嘴边的"你"字："摸……么么哒。"

两个人大眼瞪大眼地对视了几秒钟，陆惊宴发现车子已经到了她住的地方。

她清了清嗓子，一本正经地说："谢谢你送我回家，么么哒。"

"……"

"么么哒，就是表达亲切的意思，你别多想。"

"……"

陆惊宴把脸往盛羡面前一凑："还是说，你想要真的么么哒？"

盛羡别开头："下车。"

"假正经。"陆惊宴小声嘟囔着解开安全带，正准备去推车门，突然转头，"哥哥，进去坐坐吗？"

盛羡抬手"啪"的一声解开安全带。没等他绕过来拖她下车，陆惊宴又笑眯眯地说："下次吧，下次带你回家。"说完，她推开了车门。

在她下车之前，她像是想到什么一样，探身凑到车窗前吹了两口气。

夜里有些冷，热气碰到玻璃很快变成了一团雾，她抬起手在窗户上飞速地画了两下，留了句"再见"，关门走了。

盛羡倒车掉头，透过镜子，他看到副驾驶座车窗上她用哈气画出来的心形，正在空调暖风中一点一点地消失不见。

不知道是不是遇见薄暮的原因，陆惊宴晚上做起了噩梦。

梦里她疯狂地求救，喊破了喉咙都没人来管她，绝望和黑暗让她窒息，就在以为自己会死在梦里的时候，她醒了。

房间里很安静，静得她能听见自己大口大口喘气的声音。

床头睡眠灯的灯光静静地洒落在整个房间，她在床上躺了好一会儿，抬起手摸了摸湿漉漉的脸，下床去洗了一把脸，再出来时彻底没了困意。

她光着两条腿坐在窗前的椅子上，摸了一根烟点着。她已经很久没有做过这样的噩梦了。

那些梦不是她虚构出来的，是曾经真实发生过的事，是她拼命地想忘却怎么都忘不掉的梦魇。

夜深了，陆惊宴抽了一根又一根烟，直到烟盒空了，她抱着腿把脸埋在膝盖上。就在她以为今晚会和以前一样，就这么干坐到天亮的时候，她的手机突然响了。

是微信消息，她点进去看到最上面有红色的提醒。

盛羡已经通过了你的好友验证。

盛羡回家备了会儿课，等结束时差不多深夜两点半了。

回到卧室，他单手解开领口最上面的两颗纽扣，拉着衣摆往上一掀脱掉衬衣，随手往更衣室的脏衣篮里一丢，走进浴室打开花洒。

热水从喷头洒下，没一会儿浴室里雾气缭绕，他看着墙壁上滚落的水珠，不知怎么想到了在咖啡厅落地窗前趴在桌上的她。

从浴室出来，他拿起手机，看到又多了几条新的未读短信，是两小时前她发来的。微信通讯录新的朋友也有一条新提醒，还是她发来的。

盛羡盯着屏幕沉默了两秒，点进查看，通过了她的好友验证。

盛羡调暗室内的灯光，正准备放下手机睡觉，手机在掌心里振了一下，低头看去，是她发来的消息。

陆惊宴：说吧，哥哥，我们是走个流程还是直接在一起？

非常理所当然的一句话。

就好像他是她的囊中之物，不管怎么折腾都逃不出她的手掌心。盛羡有点后悔通过这位大小姐的好友申请了。

陆惊宴：我比较喜欢直接在一起。

陆惊宴：这样我们就可以商量一下是去酒店还是去你家。

这下不是有点后悔，是相当后悔。他是真的好奇，姑娘家家的，是怎么做到脸不红心不跳地说出这种话的，一点也不害臊。

陆惊宴：我家也可以。

陆惊宴：我家地址你是知道的。

陆惊宴：哥哥，你要来吗？

盛羡缓缓地吐了一口气，想把这位姑娘拉黑了。按照目前他对这位姑娘的了解，他要是不理她，她很有可能会对着他自言自语一整夜。

盛羡盯着屏幕，在回她和不回她中犹豫了好久，发了一条消息过去：多少钱？

陆惊宴：什么多少钱？

姑娘挺聪明的，没等他回消息，就反应过来他指的是什么。

陆惊宴：咖啡吗？

盛羡把打出来的字删掉，回：嗯。

陆惊宴：不用了。

盛羡大概估了个数，转了一笔钱过去。

陆惊宴秒退回：我说不用了就是不用了。

盛羡没再继续在这个话题上纠缠，主要是不想跟这位小学生你来我往地一整夜，想想就很像小学生行为。

当然盛羡也没想着跟这位小学生多聊，单方面结束了他们的对话：早点睡。

小学生这次还挺乖的，消息回得规规矩矩。

陆惊宴：哥哥晚安。

盛羡没回消息，按灭屏幕，刚想放下手机，屏幕又亮了。

陆惊宴：哥哥，我之所以买单，不是因为我有钱，是有别的原因。

陆惊宴：因为我不想让我的男人请别的女人喝咖啡，也不想让别的女人请我的男人喝咖啡。

我的男人。

挺霸道的四个字。

他这个当事人仿佛不存在一样，由她单方面说了算。他真不知道她哪里来的自信。

正常情况下，这种莫名的自信会很招人厌，但放在她身上一点违和感都没有，不但让人讨厌不起来，甚至还让人觉得……有点可爱。

盛羡垂着眼皮盯着屏幕上的那四个字看了一小会儿，放下手机闭上眼睛。

有关这位大小姐的传闻，他从陈楷口中多多少少也听到了一些。真千金，真学霸，顶着一张花瓶的脸，但绝对不是那种能摆在家里当花瓶养的公主。

私生活比较乱，换男人如同换衣服。她还特别有原则，用完就丢，绝不回头，是个抽烟喝酒、三心二意、不怎么乖还有点欠教育的渣女。

陆惊宴捧着手机等了会儿，没等来盛羡的消息。

她其实很清楚盛羡在发来那句“早点睡”之后，是不可能再理她了，可她也不知道自己是怎么了，就想等一等。

隔了十来秒钟，陆惊宴心底缓缓地冒出一个问号。他回不回消息，对她来说又不重要。

在她眼里，他就是一个渣男。除了脸蛋够漂亮，和以前那些渣男没什么分别。

她干吗要等一等？

陆惊宴觉得这是个大问题，她深思熟虑了半晌，想出来两种可能。

一种是她做噩梦了，心情不怎么好，就想找个人多聊几句。

一种是她最近遇到的男人太没挑战性了，好不容易碰上这么一个旗鼓相当的，比较上心。

不得不说，在她心情最丧的时候，他通过了她的好友申请，那一刻她是有点感动的。虽然他没跟她说几个字，但她还是被治愈了，最起码她现在有点困了。

这是这些年来第一回她从噩梦中醒来还能再睡着。

陆惊宴这一觉睡得很沉，也没再做什么梦，要不是被闹铃吵醒，她大概会一直睡到中午。

她平躺在床上，一脸不爽地生了会儿没理由的气，才揉着眼睛慢吞吞地爬起来。

随着她翻身下床，传来“砰”的一声响，手机掉在了地上，她愣了几秒钟，才想起来昨晚她是攥着手机放在胸口上睡着的。

地上铺了厚厚的地毯，手机完好无损。陆惊宴弯腰把手机捡起来随便往床上一丢，就打着哈欠进了浴室。洗漱好出来，陆惊宴随便挑了身衣服套在身上下楼。

孙阿姨早就备好了早餐，见她下来，立刻端上桌。

今天的早餐出奇地丰盛，小米粥配小咸菜，豆浆和油条，三明治和培根，还有一盘各种水果搭配的果盘。

陆惊宴搅拌着孙阿姨盛好的豆浆，刚想问今天是什么日子，早餐还弄得这么大张旗鼓、中西结合。话还没说出来，陆惊宴就听到了脚步声，她转头看过去，是在家里难得一见的陆鸿程。难怪孙阿姨把早餐搞得这么隆重，原来是主人回家了。

陆惊宴喊了声：“叔叔。”

陆鸿程“嗯”了一声，坐在了主座上：“昨晚半夜回来的？”

“嗯。”

陆鸿程皱了下眉，明显对她私生活不是那么满意：“上次跟你说的事你别不当回事，我这次要给你介绍的男朋友，下个月就回国了，你把你外面那些乱七八糟的关系该断的都断干净。还有，我这次的合作伙伴，他女儿的梦想就是当歌手，你找个好的时间段给她上几个热搜。”

陆惊宴捏着勺子沉默了片刻，很轻地“嗯”了声。

碗里还剩下一大半的豆浆，手里拿着的三明治也只不过刚啃两口，她却没什么胃口了。

陆惊宴勉强把嘴里的东西咽下去，见陆鸿程那边把该说的都说完了，抽了张纸巾，擦了擦嘴角，跟陆鸿程打了声招呼就上楼了。用最快的速度化完妆，从家里走了出去。

到了车库，她才想起来昨晚为了蹭盛羡的车，她把车留在了吃饭那地儿的地下停车场。

车库里有一排的车，她不太想回去拿车钥匙，就干脆叫了辆车去公司。

陆惊宴的助理是个微胖的女生，今年刚硕士毕业，但在她大三那一年就已经跟着陆惊宴了。她上个月检查出来怀孕了，身体有点虚要静养，在月初递交了辞呈。

一大早遇见陆鸿程，陆惊宴的心情本来就很糟糕了。助理跟她汇报工作的时候，她一想到要面试新的助理，气儿就更不顺了。

但总不能无缘无故地把负能量发泄到别人身上，陆惊宴压着心头的浮躁，一边听着助理喋喋不休，一边点开了手机。一进微信，她就看到了盛羡。

她发现盛羡这个顶配渣男除了帅之外，好像还能败火。明明两个人什么话都没说，但看着他的头像，她就觉得呼吸顺畅了不少。

啧，这个用她生日做 Wi-Fi 密码的渣男、撩完不认账的渣男，竟然还有连翘败毒丸的属性。

陆惊宴这么想着，一时手快就把消息给发出去了：**早安啊，连翘败毒丸**。等她反应过来时，想撤回，看到屏幕上方出现了：**对方正在输入……**

她等啊等，等到那行字变成了盛羡的名字，她手机也没进来新消息。八成又打算冷着她了。

陆惊宴“呵”了声，忍不住小声地念道：“做作，假矜持，装清高。”

助理汇报完，见她嘟嘟囔囔，问道：“陆总，您说什么？”

陆惊宴摇了下头：“没事。”

助理刚准备离开，就被陆惊宴喊住了：“对了，”陆惊宴撕了一张纸，写下盛羡的名字和他的工作地址，“你帮我把他的课程表弄来，越快越好。”

等助理出去，陆惊宴敲着桌子，想到网上挺火的一个老掉牙的段子。

霸道总裁盯上一个女人，往往都会来一句：“三分钟，我要知道她的所有信息。”

她也是个总啊，她不要他的所有信息，她只要一张课程表，怎么三分钟也没弄来。

正在陆惊宴寻思着自己这个总是不是做得挺失败的时候，助理的微信过来了，课程表到手了。

陆惊宴看了眼手机上的日期，发现还挺凑巧的，盛教授今天上午就有课。她脑子里不受控制地冒出想和他吃午饭的想法。

起先这念头只是一闪而过，后来也不知道怎么回事，这念头越来越强烈，就跟燎原的星星之火一样，烧遍了她的整个大脑。

撩男人不主动不行，太主动了也不是一件好事。她总这么上赶着去找他不太合适，有失身份。她应该像从前对其他渣男那样，压根儿不把他当回事，闲了就撩拨两句，忙了就丢一旁不闻不问。

陆惊宴一边告诉自己不能太给盛羡脸，一边又控制不住地想去找他。她在心里纠结了一千遍，最后还是决定给盛羡点脸，谁让他长得帅呢。

他记得她生日，还把她生日做成热点密码，那一定是暗恋她。暗恋一个人那么辛苦，她应该给他点糖。

昨晚她负能量最爆棚的时候，是他治愈了她，礼尚往来，她今天也应该让他开心一下。

她可真是一个知恩图报善良贴心的美少女。陆惊宴毫不客气地狠狠地夸赞了自己一番，在快要被自己感动得痛哭流涕时，她翘班了。

陆惊宴先去昨晚吃饭的地方取车，车停了一整夜，停车费足足一百八十块钱。她拿着微信扫码付款的时候，忍不住又感叹了声："烧钱。"

盛羡所在的学校就是陆惊宴以前上的大学，学校没太大的改变，虽然她好几年没进过校门，但还是轻车熟路地找到了盛羡上课的教室。

正好放学，不少学生往外拥，陆惊宴逆着人群往教室那边走，隔了挺长的一段距离，她眼尖，看到了从教室里出来的盛羡。

不知道是谁在给他打电话，他把手里拿着的电脑和书籍递给旁边一个像是助教的男生，然后就从前面的楼梯拐弯下了楼。

陆惊宴一路跟过去，发现盛羡在往停车场那边走。停车场车辆挺多的，但是没什么人。

盛羡一进停车场，就有辆车子的车门打开，薄暮从里面钻了下来。两个人倒没走多远，就杵在停车场旁边的一块空地上。

陆惊宴真不是故意要偷听他们讲话，主要是她待的地方，就在他们旁边的柱子后面。

薄暮一见盛羡，就开门见山地说了重点："我的合同你为什么安排给了别的律师。"

盛羡说："程律师在这一块很专业，他经手过很多类似的合同，对你来说比我更合适。"

"只是因为这个吗？"薄暮不太相信盛羡给出的解释。

盛羡并没有要回答她这话的意思。

薄暮沉默了片刻，又说："昨晚我看到你送她回家了。"

"没别的事，我先走了。"盛羡大概是不太想跟人聊自己的私事，走得还挺干脆。

薄暮急急地喊住他："陆惊宴那个人我很了解，她不会喜欢你的，她就是把你当成商场里可以买到的商品，她看上了就想要，根本不管你的想法，等她得到了，她就不稀罕了。”

盛羡的脚步停了下。

“在她眼里，你就跟她以前交往过的那些男人没区别，都只是她的玩具而已。”

盛羡顿了顿，走了。

一直等到盛羡离开了停车场，陆惊宴才从柱子后面绕了出来。她没吭声，懒洋洋地往柱子上一靠，从包里摸出一根烟。

薄暮转身，刚想回车上，看到旁边站着的陆惊宴，愣住了。

陆惊宴咬着烟，一脸淡漠，垂着眼皮点火。她慢吞吞地抽了一口，抬头看了眼表情复杂的薄暮，笑了：“没想到这么多年过去了，你还是那么喜欢在背后说人坏话。”

薄暮抿了抿唇，神情有点僵硬。

陆惊宴两根手指夹着烟举在耳边，漫不经心地吐了个烟圈：“你什么时候能像我这样不虚伪，想骂人直接当面骂，例如现在我就挺想骂你的……”

陆惊宴冲着薄暮挺嚣张地骂了一串脏话，薄暮的脸色变得更难看了。

陆惊宴弹了弹烟灰：“你喜欢他？”

薄暮的心事被戳穿，眼神顿了下。

陆惊宴掐灭烟：“从现在开始，你别喜欢了，他是我的。”

“你看上的就是你的？”

陆惊宴理所应当地点了下头：“嗯，对，我看上的就是我的。我的，知道是什么意思吗？别抢、别碰、别动，懂？”

陆惊宴浑身跟没骨头似的靠在柱子上，上下打量了薄暮一圈：“为你好，抢你也抢不过我。昨天他不只送我回家，我还对他么么哒了，还送了他一颗小爱心，他凌晨三点钟还给人家发微信。”

薄暮看着满脸轻蔑的陆惊宴，攥了攥拳头。

“陆惊宴，你少在我面前炫耀了，你真以为自己很吃香吗？那些男人看上的不过就是你这张脸和还不错的身世。

“你该不会真觉得会有人发自内心地喜欢你吧？

“那你大概是忘了，上学的时候，根本就没人喜欢你。

“大家都很讨厌你，都不愿意跟你做朋友，就算是你去讨好大家，大家也都不爱理你。

“不只是大家，还有你爸爸、你妈妈、你叔叔，没有一个人是喜欢你的，包括盛羡，他也不会……”

陆惊宴表情冷了下来，没等薄暮把话说完，她一把揪住薄暮的头发往下一拽，让她的脸直接仰了起来：“想死吗你？”

薄暮尖叫了一声，挣扎着想要逃脱，却被陆惊宴死死地控住。

“陆惊宴，你有病吗？你放开我。”

陆惊宴加大手上的力气，薄暮疼得表情逐渐扭曲，直到她嘴里再也说不出话，陆惊宴才低头，凑到她耳边：“你有什么资格在我面前提以前，对我来说，以前的你，不过就是我花钱买来玩的一条狗。怎么，现在做了艺人，觉得自己可以在我面前乱吠了？要不要我去网上给你粉丝讲一讲你当初为了我不稀罕的文具盒，是怎么讨好我的？”

撩三下

想见你，想管你

明天中午我请你吃饭作为感谢这句话还没打完，陆惊宴的消息又进来了：不麻烦，笔是我偷的，想见哥哥是真的。

本来想着能和盛羡吃顿中午饭，心情还挺不错的，现在被薄暮这么一搅和，陆惊宴什么兴致都没了。真不知道自己这两天到底倒了什么霉运，总是能碰到这种糟心窝子的事。

她很清楚薄暮那些话就是故意往她痛处戳，她要是在意就正合了薄暮的意。

可她回到车上，关上车门，在安静狭隘的环境中，薄暮说的那些话，就跟被人施法一样，反复地、不断地往她耳朵里钻。

“根本就没人喜欢你……大家都很讨厌你……包括盛羡……”

陆惊宴重重地砸了一下方向盘。过去这么多年，那死丫头怎么还那么招人厌。她刚刚就不该那么放过她，她就应该狠狠地甩她几巴掌，让她好好学学怎么说话。

陆惊宴平时烟瘾并不大，但她心情不好就会发了疯地抽烟。

她落下车窗，夹着一根烟，单手在包里找了半天没找到打火机，八成是刚刚动手扯薄暮头发的时候不小心掉哪儿了。

本来就烦着，她也没什么耐心，下车去找了一圈没找到，一万多块钱的打火机干脆不要了，直接往学校超市走去。

在超市随便选了个劣质打火机，陆惊宴推开门走了出来。

她拐到旁边没人的地方，咬着烟刚想点火，一个不经意的抬头，透过面前的玻璃，看到了食堂里坐着的人。

这会儿已经过了吃饭的高峰期，学校食堂里的人并不算多。盛羡一个人占着一张大桌，坐在靠边的位置正在吃饭。这人气质是真的好，挺普通的食堂餐，被他吃出来了米其林餐厅的感觉。

陆惊宴看了会儿，把烟从嘴边拿下来，连带着刚买来还没用的打火机一起丢进旁边的垃圾桶里。

这些年她一直想戒烟，一直没戒掉。可这会儿，她的烟瘾一下子就没了。

看得出来垂涎盛羡颜值的人不只她一个，餐厅里不少女生都在偷偷地拿着手机拍他，甚至还有些人吃完饭故意绕到他这边离开餐厅。

面对身边时不时经过的女生，盛羡淡定得不得了。不知道他是习惯了，还是骨子里就这么能装。

陆惊宴忽然很想笑，要是可以，她真想躲在暗处多观赏会儿他吃饭的画面，只可惜他的饭已经吃了一半，她要再不进去，他就吃完了。

陆惊宴不清楚盛羡是不是对周围完全漠不关心，她冲着他直直走来的一路上，他连头都没抬一下。直到她坐在他对面，他还是没抬头，但却很冷淡地抛了一句："不拼桌。"

这么冰清玉洁的吗？

大概是头一回遇见自己都明确拒绝了还不走的人，盛羡很敷衍地抬了下眼皮。看到陆惊宴，他顿了下，语气很淡："你怎么会在这儿？"

陆惊宴特坦诚："想见你。"

三秒后，盛羡当她不存在一样，低下头吃饭。

陆惊宴撑着下巴，近距离欣赏他的脸："我饿了。"

盛羡装没听见。

陆惊宴说："我想吃和你一样的饭。"

盛羡无动于衷。

陆惊宴也不恼火："可是我没有饭卡。"

盛羡有那么一瞬间的停顿。

盛羡不把饭卡交给她，她也不能硬抢不是。陆惊宴转着脑袋四处看了看，恰好碰到一个男生正在偷看自己。她冲着那个男生眨了眨眼睛，男生脸红地低下头去吃饭了。

陆惊宴笑了："喂，小哥哥，穿蓝色衣服的那位小哥哥。"

低着头吃饭的男生欣喜地抬起头，不可思议地指着自己："我吗？"

陆惊宴笑得眼睛弯弯，点点头："我能不能请你帮个忙？"

男生激动得说话都磕巴了："能……帮……帮什么忙？"

"我想借你饭卡用一下，我把钱转给你支……"陆惊宴说着就去摸手机，等她摸到三个硬邦邦的硬币时，她才反应过来自己下车来买打火机，忘记带钱包和手机了，全靠着从口袋里翻出来的那五块钱。

买完打火机，还剩下三块钱。从没为钱发愁过的陆大小姐，尴尬地收住了到嘴边的话。

男生不知道她在想什么，激动地说："钱……钱不用了，你……你想吃什么，我……我去给你买。"

陆惊宴指了下盛羡的餐盘："就他这样的。"

男生飞快地跑向窗口，还没五分钟，他就把一份跟盛羡一模一样的饭端过来放在了陆惊宴的面前。

“谢谢。”陆惊宴觉得自己不能白吃白喝一个孩子的饭，“你是哪个班的呀？我等下把钱给你送过去。”

男生摆手：“不用不用，真不用，说了我请你。”

男生执意不要，陆惊宴也没跟他矫情：“那谢谢了啊。”等男生坐回去，她拿着勺子开始吃饭。

盛羡看起来像是有事在忙，这会儿没怎么吃，一直都在按手机。

陆惊宴没打扰他，坐在对面默默地吃饭，她饭量并不大，吃了一小半就饱了。

她放下勺子，拿着纸巾擦了擦唇角，抬起头看对面的盛羡，发现他把手机放一边，又动起了筷子。这会儿他倒是没吃几口就很快起身，端着餐盘往洗碗池那边走去。

陆惊宴跟上盛羡，一路跟出食堂，跟他到教学楼下，也不管他理不理自己，单方面跟他说了句“再见”，然后往停车场走去。

回到办公室，盛羡打开抽屉，在里面翻了点零钱塞进兜里，对助教说：“我出去一趟，等会儿你先代下课。”

从教学楼出来，盛羡往后面的宿舍楼走去。他在一楼值班室，报了一个男生的姓名和系级，拿到他宿舍号，就踩着楼梯上了楼。

按照宿舍门上的数字，他找到了502，还没敲门，就听见里面打游戏的吵闹声，连续敲了三次门才有人不耐烦地把门拉开。

他站在门口扫了一圈，找到了坐在最里面戴着黑色耳机的少年，他走过去轻轻地敲了敲桌子。少年抬起头，看到他连忙摘下耳机：“盛教授，有事儿？”

盛羡淡漠地点了下头，把兜里的零钱放在了少年的键盘上：“她给你的。”

少年愣了愣，反应过来是怎么一回事，有点遗憾：“啊？都说不用了呢。”

盛羡对少年说了什么一点兴趣都没有，把钱放下就走了。

少年很郁闷地盯着键盘上的零钱看了会儿，起身追了出去。

盛羡腿长步子快，一会儿的工夫走出了老远。

少年提高嗓门儿：“教授，盛教授。”

盛羡停下脚步，侧头看了眼奔过来的少年。他眼神有点冷，少年被他看得有点怯，鼓足勇气问：“盛教授，中午那个小姐姐是你朋友吧？”

盛羡没说话。

“你能不能把那个小姐姐的联系方式给我一下？”少年被盛羡看得有点背脊发凉，下意识地解释说，“多了两块钱……”

盛羡表情平静，语气淡漠：“没有。”

少年一愣：“啊？”

“没有她的联系方式。”根本不给少年反应的时间，盛羡抬脚下楼。

从宿舍楼出来，盛羡兜里的手机连振了好几次。他好友不多，平时手机安静得半天进不来一条新消息。能这么一连串给他发消息的人只有她。

盛羡挺想不当一回事的，可他往前走了几步，还是掏出了手机。

消息并不是她发来的，是陈女士。

盛羡，对不起。

我这次不能来见你了。

我儿子明天出差回来，我得赶回去见他。

盛羡默了会儿，按了几个字：好，妈。

过了两秒，他把“妈”字删掉，只发了一个“好”字过去。

虽然遇见薄暮挺糟心的，但后来偶遇到盛羡，陆惊宴烦躁的心情还是缓解了几分。

有心情工作的陆惊宴回到公司，从电梯里一出来，助理立刻指着堆在旁边的一大堆乱七八糟的东西开始汇报：“这束鲜花是林先生送来的。”

陆惊宴连眼皮子都没抬一下：“扔了吧。”

“这套化妆品是夏先生送的。”

“也扔了吧。”

“看着还挺贵的。”

“那……挂二手网上卖了，把钱捐了吧。”

助理沉默了会儿，又说：“杨先生又过来了，这会儿在茶水间。”

“哪个杨先生？”

“就那个开法拉利，最近这半个月只要有空就来我们公司的那个杨先生。”

陆惊宴有点对不上号，但也无所谓是哪个杨先生的她，敷衍地“哦”了声，往办公室走去，走了没两步，她回头问：“最近这半个月经常来？”

“对，差不多天天来。”助理以为杨先生的诚意打动了陆惊宴，她终于肯赏脸见一面，“要请他来您办公室吗？”

“不用，我就是想跟你说，他休想天天来我们公司茶水间蹭吃蹭喝，记得给他要钱。”

昨晚有点没睡够的陆惊宴，拒绝了陈楷和宋闲去酒吧的邀请，早早地回了家。

她在自己创办的门户网站上有个小号，没事干也会去看看八卦、嗑嗑CP什么的。她更新动态并不怎么积极，纯粹是看心情来。

孙阿姨养了挺久的昙花，正好被她赶上了盛开，她随手录了个视频发了出去。她的账号没什么人关注，基本上也没什么回复。

陆惊宴发完就去洗澡了，等她出来，已经是一个多小时以后，她的账号有新的消息提醒。

一个名字全是乱码的账号，在她刚刚更新的那条动态下，回复了一条消息：陆惊宴？

陆惊宴没在网上爆过自己的任何信息，现在突然被人扒了马甲，她心里有点说不出来的不安，没回消息，把那条回复给删了。

很快，那个账号就给她发来了私信。

乱码：陆惊宴，好久不见。

乱码：陆惊宴，还记得这个数字吗？

乱码：0609。

陆惊宴的指尖一颤，手机啪地掉在了地上，血色从她脸上瞬间褪去，攥成拳头的手抖得厉害，就连呼吸都开始变得急促。

平时几乎不怎么离手的手机，在她眼里变得既刺目又恐怖。她吞咽着口水，像是在害怕着什么一样，挣扎了许久，才把手机捡了起来。

她指尖不稳地点着键盘，简单的三个字，被她输入错了好几回：你是谁？

号主不知道是不是下线了，没回她。

陆惊宴看着页面里的对话，越看越觉得窒息。

孙阿姨这会儿没在家，陆鸿程晚上很少回来，整栋房子里现在只有她一个人。

她有些怕。她想要身边有个人，不管是谁，只要有个人就好。

陆惊宴想着仓促地起了身，连身上的睡衣都没换，就急匆匆地跑了出去，跑出小区，冲着灯火最亮的广场跑去。

虽然这会儿天冷了，广场上还是聚了不少人。看着一张张陌生的面孔，陆惊宴的情绪慢慢地稳定下来。商场这会儿快打烊了，陆惊宴没进去，四处望了一圈，冲着路边的一家超市走了过去。

她没心情逛超市，直奔烟酒区，拿了盒烟拎了几罐啤酒，付了钱，走出店门，在广场上随便找了把椅子坐下，“啪”的一声，开了罐啤酒，一口气喝了大半瓶。

商场打烊了，广场上的人越来越少。陆惊宴看着商场大楼里一盏接着一盏灭掉的灯，始终没离开。

盛羡今晚喝了点酒，没开车。

出租车沿着的这条路，他总觉得有点眼熟，直到看到小区名字，他才反应过来昨晚他来过这里。再往前开就是商场，等红灯的时候，他往车窗外扫了一眼，然后看到了她。

她穿着睡衣，头发扎得很随意，脚下踩着双棉拖坐在一张木椅上，正仰着头吐烟圈。她手边倒着好几罐啤酒。在看她的这一会儿工夫里，她还单手捏着一罐酒灌了一口。

整个一不良画面，一点儿也不让人省心的那种。

他就没见过哪个女生像她这样，深更半夜衣着草率地蹲在大马路边喝酒抽烟。

盛羡坐直了身子："就在这儿停吧。"

离他要去的地儿还有一段距离，出租车师傅诧异地问："就在这儿停吗？"

盛羡面不改色地"嗯"了声，摸出钱包付了款。等出租车开走，他往马路对面走去。

他人还在斑马线上，从商场海底捞那出口走出来了几个男人。

广场上本来就没什么人了，她一个姑娘又这么另类，一下子就吸引了那几个男人的注意。

那几个男人打扮得流里流气的，不太像什么正常人。

人家多看了她几眼就多看了，她倒好，见人家频繁看她，就也学着人家频繁看回去。

看回去就看回去了，在人家几个男人经过她身边的时候，她咬着烟念着脏字骂了句："看什么看！"

很好。撑得理直气壮。盛羡头疼地叹了口气，加快了步子。

"看你几眼怎么了？"

"怎么？脸就那么金贵，还不能让人看了？"

"我不只想看，还想摸。喂，小姐姐，一个人寂寞不，要不要哥几个陪陪你？"

那几个男人显然也是喝了不少酒，走路摇摇晃晃的，话说得也不是那么好听。但那几个男人也就只是动动嘴，没别的行为。

小学生乖巧闭嘴，事也就过了。

哪知道她单枪匹马一人，气势汹汹的，仿佛是对方人数的好几倍，把手里的易拉罐往人面前一砸："就凭你们几个……"

她绕着那几个男人转了一圈，最后视线落在了那几个男人的脸上："歪瓜裂枣？"

广场上一片安静。

安静得接近于诡异。

导致这种气氛的罪魁祸首弹着烟灰："怎么？我说错了吗？你看你胖得跟个矮冬瓜一样？还有你，脸型悲剧得跟个葫芦一样。"

盛羡闭着眼睛，长长地叹了一口气。

三秒钟之后，那几个男人彻底疯了。

在一团乱七八糟的脏话中，一个男人没办法忍了，冲着陆惊宴走了过去。

陆惊宴坐在椅子上，不紧不慢地抽着烟，看着像是要恨不得生剥了自己的男人，不屑地冷笑了一声。

她很淡定，与其说是淡定不如说是冷静，冷静得像是没有任何感情的傀儡娃娃，就好像此时此刻面临危险的人根本不是她。

陆惊宴在那男人距离自己还剩下大概一米远的时候，不慌不忙地把烟按灭。她甩了甩手腕，刚想站起身，有人拦在她面前，挡住了冲过来的那个男人。

陆惊宴愣了愣，视线顺着眼前的两条大长腿一路往上看，看到熟悉的背影后，她张了张嘴。

本来心情很不爽，不爽得很想没事找事跟人打一架，现在不用了。

陆惊宴笑了，笑着笑着倒在长椅上，闭上了眼睛。

那几个男人看着张牙舞爪，其实全是虚张声势。盛羡都没怎么动手，几个男人就放着狠话骂骂咧咧地走人了。

盛羡回头盯着不知道什么时候倒在长椅上睡着的人看了会儿，弯腰把地上的烟头易拉罐捡起来，丢进旁边的垃圾桶里，俯身把她抱了起来。

她住的地方离这儿很近，盛羡没叫车，走了十来分钟，到了她家门口。

他按了门铃，很快有人给他开了门。开门的是个中年妇女，看到他怀里的陆惊宴，连忙给他让开了路："陆小姐这是怎么了？"

"喝多了。"盛羡问，"她住哪个房间？"

孙阿姨带路，把他领上了楼："就这个房间，我下去给她泡杯蜂蜜水，真是谢谢你了。"

盛羡微点了下头，没说话，踢开房门走进去，把她放在床上，扯了被子往她身上一搭，准备走人，结果还没来得及转身，袖口被很轻的力量扯住了。

他以为是钩到了什么东西，垂眸看去。她的两根手指白白细细的，拽着他的袖子，在暖黄色灯光下，她手腕上的皮肤嫩得像是加了一层滤镜。

盛羡顿了两秒，视线往上移。姑娘闭着眼睛，跟一路被他抱回来一个样儿，很乖、很安静，看起来睡得还挺沉。

她在女生中个子算很高的，平时看起来盛气凌人，但实际上骨架纤细，抱在怀里轻的跟什么似的。头发乱糟糟的，铺了一枕头，宽松的家居服领口歪斜着，露出的锁骨线条清晰、雪白纤细。

盛羡垂眼盯着看了会儿，俯身捏着被角往上拽了拽，遮住了她的整个脖颈。

他直起身，刚想使劲儿从她手里扯出袖口，睡着的她突然出声："哥哥。"

迎着他的视线，陆惊宴缓缓地睁开眼睛："我说过，下次带你回家。"

姑娘眼珠清明，毫无醉感。盛羡居高临下地看了她片刻，知道自己这是被骗了，演技还挺好。

他刚刚扔罐子时大概数了下，至少八个空瓶罐。不只演技好，酒量也不错。

盛羡默了两秒，胳膊一使劲儿，把袖子从她手里拽了出来，转身往门外走去。

还没走两步，卧室的门被推开，孙阿姨端着一杯蜂蜜水进来："陆小姐，我刚给您泡了点蜂蜜水。"

陆惊宴巨讨厌晚上喝这种甜腻腻的东西："不喝。"

孙阿姨说："你第二天还要早起上班，不喝会很难受的。"

"那也不喝。"陆惊宴裹着被子翻了个身，把脸埋在了枕头里。

孙阿姨只是家里的一个阿姨，陆惊宴不喝，她也不会强求，劝了两句，看陆惊宴死活不肯，就端着蜂蜜水走了。

走到门口的盛羡，往后看了一眼。不知道是不是床太大的缘故，蜷缩起来的她显得很小一只。

这房子很大，三层楼高，走廊里却很安静，除了她这间房，其他的房子都关着灯没人住。

孙阿姨很懂规矩，帮陆惊宴带上门，冲着盛羡笑着弯了下身，就往楼梯那边走去。

盛羡抬脚跟着走了两步："给我吧。"

孙阿姨纳闷地转头。没等她说话，盛羡从她手里抽走了水杯："我拿给她喝。"

盛羡敲了两下门，才转开门锁进去。

这是他今晚第二次进入这个房间，和第一次一样，出于礼貌，没有东张西望。他径自走到床边，把蜂蜜水搁在床头柜上。

她埋在被子里，以为来的是孙阿姨，卷着被子翻了个身，口气不耐烦："我说了不喝就是不喝。"那样子幼稚得就跟和大人抗拒不吃药的孩子一样。

盛羡垂眸欣赏完了她的撒泼打滚："喝了。"

被子里的人僵了几秒，然后猛地掀开被子，盘着腿坐了起来："你怎么没走？"

在床上滚了好几圈的她，头发更乱了，有几缕发丝沿着她的领口钻进她的衣服里。

盛羡别开眼，无视她的话："赶紧喝了。"

陆惊宴仰着头直勾勾地看着盛羡："我不要。"

从她这个角度看他，是从下往上看的，很多人是扛不住这种死亡角度的，可他不一样，下颌轮廓清晰，脖颈修长，凸出的喉结在衬衣的领口处若隐若现。

盛羡连话都懒得说了，敲了敲杯子，示意她别磨叽。

陆惊宴跟个小学生一样："不要不要，就是不要。"

盛羡不知道是着急走，还是被她的任性搞烦了，语气有点重："喝了！"

陆惊宴瞪着盛羡一动不动，还没人敢这么凶过她，他是第一个。

就在她寻思着是撑回去还是打回去，俯视着她的盛羡，看她没动静，弯腰端起蜂蜜水，拿着勺子搅拌了两下，递到她面前："听话。"

也许是他为了压住不耐烦，声音特意放得有点低，在安静的夜里，显得有点温柔。

陆惊宴脑海里正转悠的那些想法，顿时消散得一干二净。

她仰着头没说话。

他端着水杯不妥协。

两个人对峙了好一会儿，陆惊宴的视线落在了杯子里，她看了一会儿，生平第一次给人让步，接过杯子，一口一口老老实实地把蜂蜜水喝了个干干净净。

她一喝完，他立刻抽走了水杯，恨不得马上从她这里消失一样，快步往门那边走。

陆惊宴看着他的背影撇了下嘴，在他拉开门的时候，喊住了他："盛羡。"

他和她认识没几天，她从没喊过他的名字。

一口一个“哥哥”喊得飞起，一点也不知道“害臊”两个字怎么写。

这是她头一回喊他的名字。盛羡顿了下，转过身。

陆惊宴翻身下地，没穿鞋跑到他面前。

盛羡低头看了眼她光着的脚丫子，不动声色地皱了皱眉，这姑娘怎么对自己一点也不好。

穿着单薄的睡衣大半夜在大马路上喝酒，见了她没几次，每次都能看到她抽烟，凌晨三点钟不睡觉还在那儿给他发微信……

盛羡真觉得她爱怎样都跟自己没关系，可他又莫名地觉得有点烦。

他跟自己较了一会儿劲，把目光从她的脚上挪到了她的脸上。

把鞋穿上。

这话刚到嘴边，她小脑瓜子往前一凑，抓住他胸口的衣服，跟小狗一样在他身上嗅来嗅去。

他整个人都还没弄明白她闻什么，她突然抬起头，没头没脑地说：“哥哥，有没有人告诉你，你身上好香。”

她对自己好不好关他屁事，他就不该有那么一瞬间的心软，回来给她送什么蜂蜜水。

不，他就不该抱她回家，不该下那辆出租车。

盛羡抬手捏住她睡衣后面的衣领，把她拎开，离自己远一点儿，转身走了。

陆惊宴看着盛羡快步下楼的身影，笑眯眯地靠在门框上，心情很好：“哥哥，回去的路上慢点。”

盛羡的身影已经消失在楼梯的拐角处。

陆惊宴趴在栏杆上，伸着脖子努力地看到了他一点衣服：“哥哥，记得联系我哦。”

等楼下传来关门声，陆惊宴才不紧不慢地站直起身子，磨磨蹭蹭地回了自己的卧室。

她搂着枕头懒洋洋地往床头一靠，视线不受控制地落在了旁边的床头柜上。

装蜂蜜水的水杯被盛羡顺手带下楼了。杯子底部有水，在床头柜上留下一圈还未干的水痕。

陆惊宴伸出指头有一下没一下地玩着那点水，想起刚刚他站在床边俯视着凶她的样子。

特别像管教孩子的家长，说实话，挺吓人的。但一点也不让她害怕，甚至还让她有点开心。

陆惊宴想起大家对她的形容，陆家大小姐娇纵任性、说一不二、呼风唤雨、无法无天。

她其实并不想说一不二。

她父母很忙，忙到从她有记忆起，就很少在家里见到他们。

小时候不懂事，会不断地打电话过去引起关注，印象里接电话的不是助理就是司机，千篇一律的“陆总在开会”“太太这会儿没时间”。

偶尔妈妈打过来一两个电话，她开心地接听，一句“妈妈”都没喊出口，那边就先传来“我打错了”“我找你爸”这类的话，有时候对面的人心情好，还会问句“有钱吗”“我等下让助理给你转点钱过去”。

家长会，她永远都不会有家长过来，学校老师问都不会问一句。原因很简单，她父母为了图省事，她每进一所学校，就会先大手笔地给学校捐楼、捐款、捐设备。

她装过肚子疼，学过其他孩子不肯吃饭，她没换来父母的关心，也没换来父母的呵斥。

她好与不好，他们都不在意。

不是她想说一不二，她只想让人在她身上多花一点时间，然而没有。

从来没有人愿意在她身上多耗一点点耐心。

除了他。

“喝了！”陆惊宴学着盛羡怪凶的语气重复了好几遍这话，然后把脸埋在了枕头里。

刚刚不该就那么放他走的，应该想办法多留他一会儿。陆惊宴遗憾地叹了口气，把手伸进兜里，摸啊摸了一会儿，摸出来一支录音笔。

他抱着她回家那会儿，趁他没注意，从他兜里偷偷拿出来的。

法学系的，律师出身。陆惊宴转着笔想，这东西对他来说应该很重要吧。

回到家，盛羡脱掉外套，习惯性地往兜里去掏录音笔。

空的。

每天必能摸到的录音笔，不见了。

盛羡蹙了下眉，又拍了拍裤兜，刚想着拿手机出去找，被他放在玄关柜上的手机响了一声。

陆惊宴发来了一条消息。一张她的自拍照，照片里的她眼睛弯弯，歪着头。

他看了两秒，刚想收起手机，手机里又进来了一条消息。

陆惊宴：哥哥，你有东西落在我家了。

盛羡顿了下，才发现她发的那张自拍照，手里举着他的录音笔。

她这是拍笔，还是拍她。

陆惊宴：哥哥，明天中午休息的时候，我给你送学校去吧。

盛羡：我去拿吧。

陆惊宴：你离我这儿太远了，我明天正好下午去你那边开会，给你带过去。

盛羡：麻烦了。

沉默了会儿，盛羡又按亮了屏幕。

明天中午我请你吃饭作为感谢这句话还没打完，陆惊宴的消息又进来了：不麻烦，笔是我偷的，想见哥哥是真的。

三秒后，盛羡把打出来的那行字删干净，手机往桌上一搁，扯开领带进了浴室。站在淋浴下，盛羡想到薄暮中午那会儿在学校停车场跟他说的话。

“陆惊宴那个人我很了解，她不会喜欢你的，她就是把你当成了一种东西，类似于商场里可以买到的商品，她看上了就想要，根本不管你的想法，等她得到了，她就不稀罕了。

“在她眼里，你就跟她以前交往过的那些男人没区别，都只是她的玩具而已。”

玩具吗？

盛羡忽然开始有点儿烦，比那会儿在她卧室看到她光着脚丫想去管她还要烦。

你烦什么呢？你那病又没办法大大方方地去喜欢一个人。人家姑娘把你当玩具不是挺好的吗？最起码人家姑娘不会受伤。

等人家姑娘玩够了自然而然不会再来找你了，你有什么可烦的。

盛羡闭了闭眼，站在花洒下，很轻地叹了口气。

昨天晚上在大马路边喝酒抽烟那会儿，陆惊宴并不觉得有多冷。

第二天醒来，她头闷鼻塞，还一个劲儿地打喷嚏，她才开始后悔昨晚上她那中二而又傻帽的行为。醒了会儿神，强撑着脑瓜子从床上爬起来。

感冒的陆惊宴没什么胃口，喝了小半碗粥就出门去上班了。

鼻子不透气，陆惊宴一上午都懒懒的，中午本来想去给盛羡送录音笔，但感冒越来越严重，到后来不只是嗓子疼得说不出来话，还有点发低烧。

中午，助教去吃饭前，盛羡正坐在办公桌前看资料。

“盛教授，您中午要吃点什么？”

“不用管我。”

助教以为盛羡有约，就自己去食堂吃饭了。

半小时后，他回来，看到盛羡居然还在办公室里，有点诧异："盛教授，您怎么还没去吃饭？"

盛羡看了眼时间："等会儿。"

助教没说话，拉开椅子坐下。

过了大概十分钟，盛羡手机响了，是个同城速递。助教下楼帮他去拿的快递，回来后很自觉地帮他拆开了："咦，怎么是……"

助教话说到一半停了下来，盛羡抬头看过去，看到一包粉色包装的卫生巾。

助教是位 20 岁出头的大男生，略微不好意思地把那包卫生巾放在他桌上，回了自己的位置上。盛羡盯着那包玩意儿看了一会儿，用笔剥开了已经开封的卫生巾包装。

一个一个薄薄的小方块中间，夹着一支黑色的录音笔。

果然是她。

盛羡把录音笔拿出来丢在桌上，然后拿着那包卫生巾冲着垃圾桶扬了下手，没丢出去。

过了几秒钟，他拉开抽屉，把卫生巾塞了进去。

看来她人是不会过来了。

盛羡提着笔钩钩画画的动作停了下来，过了片刻，他抬头看了眼桌上的录音笔。然后又过了片刻，他冷笑了下。

盛羡，你果然病得不轻，她不过来不是挺好的吗？你在期待什么？他慢慢地叹了口气，放下笔，拎起外套打算出去。

还没起身，手机响了，是陆惊宴打来的电话。

他面色淡然，盯着屏幕看了好一会儿，才按了接听。

电话那边的小姑娘好像刚睡醒，声音闷闷的："哥哥，快递收到了吗？"

盛羡看了眼桌上的录音笔，神情漠然："嗯。"

"录音笔里的内容，我一句都没听。我觉得那东西对你来说应该挺重要的，我怕快递小哥动你的东西，就藏在了生活用品里。”说着，电话那头的小姑娘重重地打了个喷嚏。

盛羡皱了下眉，才反应过来她声音闷闷的，不是刚睡醒，好像是感冒了。

默了默，他问：“生病了？”

“嗯。”小姑娘病恹恹地应了一声，一边抽着鼻子一边说，“想去见哥哥，但是感冒好严重，怕传染给哥哥。”

可能是生病的缘故，她整个人有点无精打采的，声音听着软软的，像是在撒娇。

盛羡喉结微滚了下，他这人不爱多管闲事，就连话也是能少说一个字就尽量少说一个字。一般情况下，他要是跟别人打电话，觉得没什么可说的了，就会直接挂电话。但是现在，他一时之间既不知道说什么，也没挂电话。

就这么僵持了一阵儿，最后还是电话那边的陆惊宴打破了两个人之间的沉默：“哥哥，我想睡会儿，没别的事就先挂了啊。”

盛羡很轻地“嗯”了声，顿了几秒，把手机从耳边拿下来摁灭屏幕。

撩四下

多喝热水

盛美浑然不觉自己这一瞬间浮出的念头有多吓人，回：有，有话跟你说。

陆惊宴就跟一直守着手机等他消息一样，回得飞快：什么话？

盛美：多喝热水。

陆惊宴下午缩在办公室里披着毯子趴在桌上睡了一觉，等醒来烧退了，除了鼻子还很塞之外，比上午那会儿要好很多。

她撑着桌面坐起身，看到电脑挂着的微信居然有一百多条未读消息。大多数都是她和宋闲还有陈楷那个群里的消息。

陆惊宴按着鼠标，用最快的速度大概看了一遍，才后知后觉地反应过来今天是陈楷的生日。

陈楷这人很骚包，非常注重仪式感，除去什么春节、元宵节、中秋节这些传统节日，陈楷最最重视的就是自己的生日了。

早在两个月之前，陈楷就已经开始给自己的生日做准备。

大概是陆惊宴一整天没怎么在群里出现，陈楷生怕她忘记了今晚的生日聚会，一个劲儿地在群里呼喊她。

还好陈楷两个月之前就开始张罗自己的生日派对怎么布置，陆惊宴早早地给他备了生日礼物，就放在办公室里。面对陈楷一遍又一遍的狂轰滥炸，她回了句“马上出发”，起身去洗手间补了妆，然后就拎着生日礼物出发了。

陆惊宴到生日派对现场的时候，现场还没什么人，除了宋闲之外，就只有陈楷和几个平时跟他经常鬼混在一起的哥们。

陈楷一个大老爷们，现场布置的又是鲜花又是气球，还是那种浅蓝色和白色交加的色调。

陈楷家家底殷实，花起钱来铺张浪费的程度一点也不逊色于陆惊宴，生日派对的酒是专门从国外订的，食材是空运过来的，就连蛋糕也是专门找人为他设计的。

最骚包的是，这位陈少爷半年前给自己订了一辆车当生日礼物，上个月到了 4S 店就是不去取，非要等到生日这一天，让 4S 店开着玻璃罩的透明车，拉着一条“祝陈楷 27 岁生日快乐”的横条，放着音乐，配着一闪一闪的粉色灯光，给他送到生日现场。

从 4S 店到他生日派对横跨了半个城，高调得恨不得让全城的人都知道今天是他陈楷的生日。

今天是周五，明天不上班，陈楷大概是想嗨到底，生日派对一个长辈都没请，全都是他各路的狐朋狗友。

陈楷做投资，交际圈太广了，从娱乐圈到电竞圈再到网文圈，他统统都有插一脚。以至于今晚来的人五花八门，有不知名的十八线小明星，也有上过热搜的电竞大神，还有一些小网红。

陆惊宴跟陈楷算是很资深的朋友，两人因为家族关系从小就认识，但就算是这么资深，今晚来的人，陆惊宴认识的人连三分之一都不到。

人一多，陆惊宴的性子就会冷下来，别说不认识的人她不会理，就连认识的人，有些跑来给她打招呼，她都是那种爱搭不理的样子。

陈楷摆明了今晚让大家不醉不归，整个生日派对现场，陆惊宴一杯水都没找到。都是各种各样的酒，度数从高到低，从威士忌到鸡尾酒，也算是应有尽有了。

陆惊宴平时没少泡吧，今天虽然生了病，但还是喝了不少酒。不知道是酒精催的，还是感冒加重了，她玩到后半场，头又开始疼得厉害。

陈楷跟只花蝴蝶一样满场飞，飞到陆惊宴跟前，见她搂着个抱枕蔫了吧唧地靠在沙发上，“呲”了一声问：“亲爱的，你这是怎么了？”

陆惊宴看了他一眼，不太想说话：“没事。”

“怎么声音闷闷的？感冒了？”陈楷伸出手摸了摸她的脑袋，“有点烧。”

“生病了怎么也不说一声。”陈楷把酒杯放桌上，扯着她的胳膊想把她拽起来，“走走走，哥带你去医院。”

陆惊宴挣脱：“不去，就有点小感冒，又不是什么大事。”

“那我给你整点药吃。”陈楷翻出手机。

正好在这时候，陈楷的手机响了：“咦？表哥。”

耷拉着眼皮没什么精神的陆惊宴，转头看了一眼陈楷。现场吵得很，陆惊宴听不到那头的盛羡说了点什么。反正话肯定不长，因为没几秒钟，陈楷就又开了口：“你要过来吗？那我把地址发你手机上。”

说着，陈楷就把手机拿到面前按了几下，然后又举起手机：“收到了没？”

大概是电话那边的盛羡要挂电话，陈楷突然喊住：“等下，哥。”

“你从哪儿过来，顺路不？给买点药，感冒药，宴宝生病了啊。”

不知道电话那头的盛羡说了什么，陈楷“啊”了声：“那算了，我搞个外卖吧。”

挂断电话，陈楷拿手机下了单。这附近就有药店，没一会儿骑手就送到了。陈楷拿着药凑到陆惊宴跟前：“药到了，你现在要吃吗？”

陆惊宴喝酒喝得有点难受，摇了下头：“等会儿吧。”

“要不咱还是去医院？”陈楷见陆惊宴不接话，“那要不，我送你回家？”

陆惊宴被陈楷吵得有点头疼，她摆了摆手：“你玩你的吧，不用管我，我在这儿待会儿，要实在难受，我就喊司机来接我回去。”

“行，要实在难受，你随时叫我。”

陆惊宴点了下头，陈楷端着酒杯站起身。陆惊宴看了眼欲走的陈楷，想问他刚刚盛羡说了点什么，是不顺路还是不方便买，但话到嘴边，又被她咽了回去。

她可真奇怪，盛羡给不给她买药，她干吗要这么在意。她的目的是让他哭，怎么搞得反而是自己先在这里纠结了起来。

陆惊宴觉得大概是因为自己生病了，整个人都开始变得有点矫情，真没这个必要。可陆惊宴还是觉得很烦，烦到她想出去抽根烟。

陆大小姐一向是个随心所欲的人，想出来抽根烟。十分钟后，她从旁边的超市出来，撕开一盒女士烟的包装，从里面敲出一根，咬在嘴里打开打火机。

外面挺冷的，她找了个背风的地方，头靠在柱子上，慢吞吞地对着天上吐烟圈。

旁边传来一道很嫩的声音：“妈妈，我头疼。”

陆惊宴转头，看到一个小姑娘，穿着红色的棉袄，六七岁的样子。

“怎么会头疼呢？”小姑娘的妈妈就在她旁边，听到这话伸出手摸了摸她的额头，看她没发烧，就把她的衣服领子往上拉了拉，顺便把自己脖子上的围巾扯下来，裹在了小姑娘的脖子上，“可能是穿少了，明天记得多穿点。现在换季，早晚温差大，很容易生病。”

小姑娘乖巧地“嗯”了声。

妈妈摸了摸她的头发，牵着她的手往前走了。

走了一段距离，妈妈蹲下来：“累不累，妈妈背你。”

妈妈背着小姑娘走起来，比牵着小姑娘走的快多了，没一会儿，母女两人就不见了踪影。

陆惊宴好半天才收回视线，把手里的烟摁灭在旁边垃圾桶的烟灰缸里，又单手敲了一根出来。她把烟放在嘴里，摸出打火机，刚想点烟，一只手伸到她面前，把烟从她嘴里抽走了。

陆惊宴拧着眉反应了片刻，才往前看了一眼。那人就站在她跟前，她视线抬的没那么高，看到了他的手。手腕上的手表，虽然才见过几次，但她还是认了出来。

那只手很漂亮，骨节分明，手指修长，捏着一支细长的女士香烟，画面莫名地有点欲。

陆惊宴吞了下口水，抬头对着盛羡，把手往前一伸："还我。"

盛羡连话都没说，直接把烟丢进旁边的垃圾桶里。

陆惊宴摸出烟盒，还没来得及敲烟，烟盒又到了盛羡的手里，这次都不等她看他，烟盒也进了垃圾桶。

陆惊宴瞪着垃圾桶，一句脏话卡在喉咙处，一时间不知当骂不当骂。

一阵风吹来，冷得陆惊宴打了个寒战，禁不住抽了抽鼻子。

盛羡往旁边挪了两步："不进去？"

陆惊宴看了眼灯火辉煌的酒楼，依稀能听见里面传出的欢呼声，她摇了下头："我不进去了。"

盛羡没说话，站在她面前也不走。

陆惊宴纳闷地抬起头："你不进去吗？"

盛羡很淡地"嗯"了声。

可能是生病了没什么心思去撩拨他，也可能是别的原因，见到盛羡总是话说不完的陆惊宴，没说话。

外面实在是太冷了，本来就重感冒的陆惊宴不想让病情加重。她跟盛羡互相沉默着对峙了会儿，站直了身子："你进去吧，我打算回家了。"

"有人接？"盛羡问。

陆惊宴摸出手机："我现在喊司机过来。"

没等她翻出来司机的电话号码，盛羡说："走吧。"

陆惊宴抬头："啊？"

"顺路捎你回去。"

陆惊宴没动："你不是来给陈楷过生日的吗？"

"来过了。"盛羡的车就停在路边，他走过去，拉开车门。

他等了会儿，看陆惊宴没过来的意思，问道："你上不上车？"

"上。"陆惊宴点了点头，走过来钻进车里。

盛羡发动车子，踩油门准备上路，想了想，把车内的空调调高了两度。

陆惊宴酒量挺好的，可能是生病的缘故，也可能是晚上没吃什么东西，坐在车里吹着暖风，她有点昏昏欲睡。

一路上倒也没睡着，但她意识也不算完全清醒。车子停在家门口，盛羡喊了她两声，她才慢慢地睁开眼睛。

她有点迟钝，大脑也有点转不过来，她看着盛羡，晕晕乎乎地把脑袋往前一凑，盯着他的唇看了一会儿，说："我想把感冒传染给你。"

盛羡动了下唇，定了三秒，别开头。

陆惊宴把头往前凑得更狠了，整个儿上半身几乎都倾斜到了他怀里："谁让你不给我买药呢。"

盛羡把椅子往后调了调，稍微和她拉开了一点距离。

陆惊宴又小声嘟囔了句："不买药就算了，连句'多喝热水'都不跟我说。"

小姑娘说话的语气可怜巴巴的，好像受了天大的委屈。

盛羡抿了抿唇，过了好一会儿，说："买了。"

他声音有点低，陆惊宴没听清："什么？"

"买了。"他又重复了一遍。

陆惊宴反应了几秒钟，明白了他的话，她想都没想就"呵"了一声："你放屁，陈楷让你带药你都不带，你买个屁。"

"为人师表，居然满嘴谎话！"陆惊宴嘀嘀咕咕的，推开车门下车了。

回到家，陆惊宴刚换完鞋，孙阿姨听到动静就跑过来了："陆小姐，你生病了吗？"

陆惊宴属于半醉状态，虽然反应迟钝了点儿，但还是能听出孙阿姨话里的问题："你怎么知道我生病了？"

"药啊。"孙阿姨拎出一袋子药，"下午那会儿送到家的快递，不是你买的吗？"

陆惊宴被问得一愣，反应了几秒，想到盛羡在车里说的那句"买了"。

她一把夺走孙阿姨手里抱着的那一袋子药，连鞋都没换，转身推开门就往外跑。

孙阿姨还没来得及说什么，她已经跑出去很远了。

大门口空荡荡的，陆惊宴左右张望了一圈，一点盛羡车子的影子都没瞄到。

孙阿姨跟了出来："陆小姐，您在找什么？"

"没什么。"陆惊宴收回视线，抱着那一袋子药慢吞吞地往屋里走。

"陆小姐，你又喝酒了？"孙阿姨闻见了她身上的酒味，"喝酒先别吃药，您要是晚上难受的厉害，记得喊我，我等会儿再给您泡杯蜂蜜水。"

陆惊宴没听清孙阿姨说了点什么，敷衍地"嗯"了声，一手提着包，一手搂着药往楼上去了。

回到卧室，陆惊宴坐在床上，把那一袋子药一股脑儿地倒出来，拿着手机拍了个照发给盛羡：你买的？

她盘着腿盯着一床的药盒等了很久，直到孙阿姨把蜂蜜水送上来，手机都没什么动静。

等孙阿姨走了，手机振了一下，她扑到床上拿起来，看到是宋闲发来的消息：宝贝，你怎么样了？

陆惊宴兴味索然地按着手机：还好。

跟宋闲有一句没一句地聊了会儿，宋闲大概是喝多了，没回她消息。陆惊宴退出对话框，趴在床上，一只手撑着下巴，另一只手有一下没一下地摆弄着那些药盒。

其实不需要问，她也能肯定这药是盛羡买给她的。药是下午送过来的，那会儿除了盛羡，没第二个人知道她生病。

难怪陈楷让人带药，人拒绝了，人早就把药送家里来了，人不止送药，还把她也送回了家。陆惊宴想到自己临下车之前凶盛羡的那些话，突然觉得有点小愧疚。

盛教授这么久不回她消息，会不会是不爽了？她要不要哄哄他。

陆惊宴把垒起来的药盒推倒又垒起来，反复了几次后，她叹了口气，拿起手机。

是她误会了他，不对在先。

虽然她陆大小姐错了也是对的，但看在他给她买药的分儿上，她就勉为其难地低个头吧。

想着，陆惊宴就开始打字：哥哥，我不知道你把药买了送回家了，终究是我太浅薄了。

陆惊宴：哥哥，我大姨妈来了，脾气不怎么稳定，女孩都是这样的。

陆惊宴：人家错了。

陆惊宴：理理人家。

陆大小姐从来不是那种很有耐心的人，她低下身段哄了一通，见盛羡居然还不回她消息，彻底恼了，暴躁地解锁屏幕打算狂轰滥炸。

陆惊宴：教授了不起啊，教授就可以这么无视人吗？

陆惊宴嘟嘟囔囔地打着字，愤恨地仿佛要把手机屏幕戳穿。

在她点发送的那一刹那，手机振了一下，屏幕里进来了一条新消息。

陆惊宴连盛羡的消息都还没来得及看，就飞速地按了撤回。正在她为自己的秒反应自我感觉良好时，手机里又进了一条消息。

盛羡发过来一个问号。

陆惊宴看这条消息的时候，顺道把他的上一条消息一并给看了。

盛羡：嗯。

虽然早就知道药是他买的，看到他的消息，陆惊宴也不知道自己高兴个什么劲儿，捧着手机眼睛弯弯，乐个不停。

过了一阵儿，她才反应过来盛羡那边还在等着她解释她刚刚撤回了什么。

陆惊宴又不傻，当然不可能跟他说实话：我发错消息了。

不等盛羡回复，陆惊宴转移了话题："哥哥，你到家了吗？"

盛羡今晚还挺闲：嗯。

陆惊宴：那哥哥你早点休息。

陆惊宴：还有，谢谢哥哥的药。

按照陆惊宴对盛羡的了解，她觉得今晚他能回她三条消息，已经是极限了。陆惊宴也没指望能收到第四条消息，放下手机打算去洗澡，然后手机响了。

盛羡：嗯。

陆惊宴有点受宠若惊，心想着某教授今晚不是一般的闲。

陆惊宴想了两秒，发道：请问你是盛羡本羡吗？

看着陆惊宴发来的消息，盛羡沉默了几秒钟收起了手机。

他有点工作上的事没处理完，今晚的效率还挺不错的，忙完也才十点钟。他每隔一段时间就会清理一次录音，正好刚刚用到了录音笔，时间又还早，索性就清理起录音笔里没用的录音。

他戴着耳机听一段清一段，好多个录音听个开头他就知道要不要继续保留，清起来也挺快的。他没怎么注意清录音的时间，就那么一个录音一个录音地往下听，听着听着就听到了她的声音："哥哥，冬天要来了，我们要不要抱团取暖？"

他看了眼电脑屏幕，发现有好几段录音，都是那种只有十几秒长的。

盛羡沉默了片刻，点开下一段录音。

"哥哥，如果你缺女朋友请按 1，如果你缺老婆请按 2，如果你缺孩子他妈请按 3。

“哥哥，但凡你稍微主动点，我们不但会有故事，还会有孩子。

“哥哥，哥哥，你在干吗呢？有没有想我呢？没想我也没关系，我想你就好了。”

盛羡揉了揉太阳穴，按着鼠标选中了这几条录音，点了删除。

电脑里弹出“确认”的对话框。

盛羡盯着屏幕像是在跟自己抗争什么一样，顿了会儿，默默地撤开手。

回家那会儿，手机快没电了，被他放在卧室充电。

他有睡前看书的习惯，关掉电脑，他先去洗了个澡，然后挑了本书，进了卧室。靠在床头，他调亮头顶的灯光翻开书，看了没两页，旁边正充着电的手机振了一下。

他拔掉充电线，把手机拿到面前，才发现这一会儿的工夫没看手机，她给他发了一连串的消息。

陆惊宴：你到底是不是我哥哥？

陆惊宴：又开始装高冷不理人，委屈！

陆惊宴：你拽什么拽，不就是仗着我宝贝你才这么嚣张。

陆惊宴：你再不出现，我就跟你绝交三十分钟。

三十分钟后，陆惊宴：三十分钟了，请问哥哥可以出现了吗？

陆惊宴：哥哥，你就没话跟我说吗？

陆惊宴：你真没话跟我说吗？

都是些没营养的消息，盛羡滑着屏幕往下拉，看着看着，很轻地嗤笑了一声。

小学生果然够幼稚，发个消息就像小朋友玩过家家对着一群布娃娃自言自语一样，就很想让人逗逗她。

盛羡浑然不觉自己这一瞬间浮出的念头有多吓人，回：有，有话跟你说。

陆惊宴就跟一直守着手机等他消息一样，回得飞快：什么话？

盛羡：多喝热水。

看着盛羡发来的这四个字，陆惊宴反应了三秒钟，想到她在车里跟他说的话："不买药就算了，连句'多喝热水'都不跟我说。"

她怀疑他不是有话跟她说，是存心来给她添堵的。陆惊宴放下手机，翻身下床去洗澡了。

盛羡等了会儿，见陆惊宴那边一直没发消息过来，把手机搁在一旁继续看书，看着看着，他整个人的思绪开始飘远。

他跟陈楷按照关系网来说，他是陈楷的表哥。但实际上，陈楷的小姨，也就是他父亲的现任妻子，和他并没有血缘关系，所以他和陈楷的关系也并不像别人家有血缘关系的那种表兄弟一样亲厚。

陈楷每年的生日派对，他都会收到邀请电话，一般情况下他会把礼物送到，人是不会过来的。假如晚上没有刷到陈楷的朋友圈，没有在陈楷朋友圈的照片里一眼看到她，今年也会是如此。

他其实觉得自己挺莫名其妙的，人家姑娘活了二十多年，不认识他也活得好好的，真犯不着他瞎操什么心，可他偏偏就是给陈楷拨了电话过去，问陈楷要了地址。

车子隔了好远，他就觉得站在路边抽烟的人是她。靠近了一看，果然是她。

昏黄的灯光安静地洒落在她的头顶，给她罩了一层朦胧又柔和的光。

她唇红齿白，头发黑又密，看不到缝隙，微垂着头点烟的样子，港风又复古。

她真的很美。

"名利场"这三个字在她身上展现得淋漓尽致。

可他不知道为什么，透过她的华丽，他看到的是落寞。她是公主，住在城堡里，含着金汤匙，呼风唤雨不可一世。但他觉得她并不快乐，甚至还有点孤单。

他脑海里那一刻想到的是他抱她回家的那一晚，她拒绝了家里阿姨的蜂蜜水，孤零零的一个人蜷缩在床上的画面，像一只被遗弃的小猫。

他从来不多管闲事，尤其是女人的闲事，但他那一瞬间不知怎么就对她同情心泛滥了。

他几乎没犹豫就下了车，夺走了她嘴里咬着的烟。回想起自己那会儿的行为，盛羡眉尖一跳，手指不小心扯了下捏着的书页，撕下来了一张纸。

盛羡你这人怕不是有毛病吧？人家姑娘跟你什么关系，你管人家姑娘抽烟就算了，还把人家姑娘刚开封的一整盒烟都给扔了。

见人家姑娘被风吹得打了个哆嗦，你还当起了人肉墙帮人家姑娘挡风。看人家姑娘要回家，你还主动送上门去当司机。你是受虐狂吧，盛羡。

陆惊宴这个周末哪儿也没去，就宅在家里养病。好在她平时会健身，身体素质还算不错，吃了药容易犯困，昏昏沉沉地睡了两天，到周日晚上感冒已经好了一大半。

可能是这两天睡多了，周一早上天还没亮她就醒了。

时间还早，她赖在床上玩手机，等差不多到了她平时起床的点，才懒洋洋地蹬开被子爬了起来。洗漱完，她拿着手机刚想下楼吃早饭，手机响了，是这几天都没回家的陆鸿程打来的。

陆惊宴接听，她一句“叔叔”都还没喊出口，陆鸿程就在电话那边说道：“上周我跟你说的事，你安排上了吗？”

上周早餐，他跟她说了两件事，一件事是安排她相亲，另外一件事是给他合作伙伴的女儿上热搜。相亲对象是谁，她到现在都还不清楚，陆鸿程问的大概是第二件事，陆惊宴“嗯”了声：“上了。”

“哪天上的？几点？”

陆鸿程简单地问了几句，就去说更重要的事了：“昨天下午，我要介绍给你的那位男朋友到北京了，我安排了你们今晚吃饭，地址我等下让秘书发给你。哦，对了，他喜欢古典文学和音乐，你跟他聊天的时候，记得多提提这两块，表现出你也很感兴趣的样子。”

陆惊宴垂着眼皮，看不太出来情绪，“嗯”了声。

陆鸿程就跟对着下属安排工作一样，听见她应答，就把电话给挂了。

陆惊宴听着电话里的忙音，想起来周六傍晚她睡醒，下楼倒水打算吃药，撞见孙阿姨跟陆鸿程汇报家里的情况，有提到了她生病了。陆鸿程刚给她打电话，连一句“病好了没有”都没问。

她拿着手机在卧室里站了会儿，跟压根儿没接过陆鸿程的电话一样，一脸平静地打开门往楼下走去。

周一是一周最忙的一天，陆惊宴从早上到公司，一直忙到下午四点事情才告一段落。

周五那天晚上，陈楷喝大了，在医院里打了两天吊针，今天刚好就好了伤疤忘了疼，开始在群里@宋闲和陆惊宴：姐妹们，晚上要不要出去坐会儿？

宋闲属于那种比较随意的人：我都可以。

陈楷@陆惊宴：宴宝呢？

陆惊宴：今晚不行，明天吧。

陈楷：怎么了，今晚有事？

陆惊宴正打着嗯，陆鸿程给我安排了相亲，突然手停了下来。

她父母是在她初中毕业那会儿意外离世的，那会儿她已经不再像小时候那样，会想尽办法在父母面前刷存在感。她父母就像是忘记了还有她这么一个女儿，她不打电话给他们，他们也很少主动打电话给她。

她记得很清楚，她接到父母去世的电话，是那两个月她第一次听到有关父母的消息。

她说不清那会儿的自己听到这个消息到底是伤心还是不伤心，更多的可能是茫然。

整个父母离世的过程，她就跟做梦一样，丧事办完，陆鸿程就把她带到了身边养。

陆鸿程比她父母养她养得还要金贵，她并没有因为父母的离世变得落魄，她还是陆家那个被捧在手心里的小公主。

后来她才知道，陆鸿程对她付出是有目的的。

当生活全都是用金钱和利益来衡量，所谓的亲情和血缘也会跟着变得一文不值。倒不是说陆鸿程对她一点感情也没有，只不过陆鸿程更爱钱，更爱他的野心。陆鸿程盼望着她有一天可以用婚姻给他的江山带来更稳定的、更长久的合作。

她大学还没毕业，每隔一段时间，陆鸿程就会给她物色一个新对象。起先她看不上对方，陆鸿程也不太在意，觉得她还小，来日方长，可以慢慢选。

后来一年一年过去了，她年龄越来越大，陆鸿程身边朋友家的千金一个接着一个联了姻，陆鸿程对她的耐心也慢慢地耗尽。尤其是今年，陆鸿程盯得特别紧，甚至开始插手她的私生活，不止一次提醒她别在外面乱玩。

陆惊宴并不想相亲，但她也不想和陆鸿程起争执，他让她去她就去，然后事情就会到此结束。反正以往陆鸿程安排她相亲，她都会跟陈楷和宋闲说，有时候碰到比较奇葩的男士，她还会在群里当成段子一样讲。

可今天她却不想让陈楷知道，主要是怕被盛羡知道。

陆惊宴抠着键盘，犹豫了会儿，把后面那几个字全都删掉，只发了一个“嗯”字过去。

她想把盛羡给撩到手，为了不增加难度，为了让自己在他面前装的自己对他的感情真诚点，不让他知道她要相亲，她可以理解。

可她为什么要怕？她跟他什么关系都没有，她怕什么？弄得好像她要背着他偷情，给他戴一顶绿帽子一样。

看得出来，陆鸿程对这次安排的男士很满意，生怕她迟到，下午五点钟亲自给她打了个电话，提醒她早点出发。

怎么说，单看皮囊，陆鸿程这回挑的男士还真是他有史以来眼光最好的一次。也只是单看皮囊，陆惊宴跟他聊了几句，就有点聊不下去了。

挺大男子主义的一个人，也不太关心她的想法，上来就是一通自己的态度。

“我对你的长相还算是满意，我想要两个孩子，最好有个男孩，我在国外待久了，比较喜欢吃西餐……”

陆惊宴听得在心底直翻白眼，连话都不太想讲，抱着完成任务的心态，坐在对面沉默不语，听对方说。她以为对方说一会儿会觉得气氛尴尬停下来，没想到对方反而越说越兴奋，听得她昏昏欲睡。

陆惊宴忍不住打了个哈欠，抬起手压了压眼角溢出的泪花，拿起手机看了眼时间。

锁屏的通知里，有几条 Emotion 的消息提醒，还是那个全是乱码的账号发来的。

陆惊宴，我又来了。

我发现躲在键盘后面跟你发消息，也是一件很愉快的事情。

陆惊宴，这么多年过去了，以前的事你都还记得吗？要不要我帮你回忆回忆？

学校后面有个废弃的修车厂。

陆惊宴猛地站起身。

对面说的正兴起的那位男士愣了下，仰着头看着她：“陆小姐？”

陆惊宴勉强拉回了一些神智：“我……去趟洗手间。”说完这话，她拿着手机快步走出包厢。闯进洗手间，她随便推开了一扇门反锁上，靠着门板大口大口地喘起了气。

她浑身都在抖，都有点拿不住手机，站了好一会儿，才把视线落在了手机上。她抿了抿唇，很吃力地把手机举到面前，解锁屏幕，进了 Emotion。

哪怕是消息已经看过一遍了，再看第二遍，她的呼吸还是变得有些急促不稳。

她吞咽了口唾沫，颤着指尖打字：你是谁？你到底是谁？

和上次一样，对方没回她的消息。

陆惊宴靠着门板慢慢地滑落，蹲在了地上，把头埋在膝盖上，抱着腿待了许久，待到她双腿发麻，她才撑着旁边的墙壁，缓缓地站起身。

回到包厢时，陆鸿程给她安排的那位男士已经不在了。服务员说对方走的时候气得不行，对她很不满意。

陆惊宴也不是那么在意对方什么感受，她面无表情地点点头，拿着自己的包准备走人，服务员又喊了她一声。

她转头，服务员递来菜单："那个……小姐，还没结账呢。"

买完单从餐厅出来，陆惊宴坐在车里等了大概十分钟，没像以前一样等来陆鸿程训她的电话，就发动了车子。回到家，陆惊宴把车子停在地库，乘坐电梯上楼。

电梯门打开，陆惊宴以为看到的会是孙阿姨，没想到却是坐在客厅里正在看电视的陆鸿程。陆鸿程阴沉着一张脸，脸色有点难看。

看来这次是真的踩了他的底线，他没像往常一样打电话过来，而是直接回了家。

陆惊宴在电梯里站了会儿，才走出来："叔叔。"

陆鸿程没说话，拿着遥控器关掉电视后，才抬起头看向她。

"陆惊宴，你越来越目中无人了，平时你想怎么玩、怎么任性也就算了，今天是什么情况，你心里不清楚吗？你居然一句话不说，把杨公子直接丢在餐厅里走了。

"从小陆家是这么教育你的吗？你什么时候变得这么不懂礼貌，你要记住，你做任何事丢的不单单是你的脸，还有整个陆家的脸。

"不管怎样，你现在立刻当着我的面给杨公子打电话道歉。"

陆鸿程总是这样，问都不问她一句是什么情况，就先劈头盖脸地对她一顿训斥，然后自作主张地让她去认错。

陆惊宴本来还想为自己辩解两句，但她不想说了，觉得挺没意思的。这么多年，从小到大，也没人真的关心过她是怎么活到今天的。

陆鸿程也是真的动了气，见她一动不动，沉着脸道："我让你打电话道歉！”

陆惊宴没反应。

陆鸿程站起身，像是真的气急了，抬起了手。

躲在餐厅里的孙阿姨看到这儿，连忙出来：“陆先生，有话好好说。”

陆鸿程停顿了一下，把手收了回去，他看着面前站着的陆惊宴，越想越火大，抬起手指着她说：“你别忘记了，你现在拥有的一切都是陆家给你的。陆家不养没用的人，你要是再这么下去，就给我滚出陆家。

“还有，杨公子的电话，你现在不打可以。改天，改天我约杨公子出来，当着我的面给他道歉。”

陆鸿程撒完气，连楼都没上，拎起旁边的衣服走了。

孙阿姨这才走过来：“陆小姐，你就去道个歉，别总是惹陆先生生气。”

你瞧，一个一个的都让她去道歉。陆惊宴低头轻笑了一声，没说话，直接上了楼。

关上门，她把包随便一扔，就躺在了地上，看着天花板，表情逐渐茫然。

晚饭没怎么吃，躺了大概一小时，陆惊宴有点饿了，她不想下楼去找孙阿姨煮吃的，想了想，就直接开车出去了。

真出了门，她又没什么胃口了，但又不想回家，就开着车四处乱逛。逛着逛着，她就逛到了学校附近。

都快十一点了，学校自习室的灯还亮着，校门口时不时地有人进进出出。

她怎么来这里了？这个点盛羡早就不在学校了吧。

陆惊宴不知道该去哪儿，就索性将车熄了火，停在路边。她心情一糟糕，就特别想抽烟喝酒。真的从车里翻出来烟，她又把烟给扔了回去。

她把车座往后放了放，仰躺在车里，盯着车顶的星光，又开始发呆。她也不知道自己在车里躺了多久，远处自习室的灯一盏一盏灭掉，周遭越来越安静。

就在她想着自己是不是应该回家了，车窗突然被人敲了一下。她漫不经心地抬手落下车窗，看到一截黑色的风衣。

“有事？”

外面站着的人没说话。她把座椅调起来，伸着脑袋出去看：“请问……”

她话还没说完，就盯着外面站着的人愣住了。

见鬼了！

她把脑袋缩回去，揉了揉眼睛，又把脑袋探出来。

盛羡垂眸欣赏从车窗里探头探脑的小学生，默了两秒，问：“大晚上的，你在这里做什么？”

陆惊宴还有点蒙，没过脑子就脱口而出：“这年头，鬼都会说话了？”

“……”

陆惊宴说完这句话就反应过来了，她看着站在路边的盛羡眨了眨眼睛：“会说话就算了，还长得那么帅。”

“……”

盛羡心态真的挺好的，一点没被陆惊宴这些无厘头的疯言疯语影响到。

他手插在兜里，低垂着眼看着她，面无表情地把自己刚刚那话又问了一遍：“你怎么在这儿？”

陆惊宴慢慢地“啊”了一声，有点不知道该怎么接这话。她没想到会碰到他，也不是为了他来的这里。她对付男人很有一套的，骗男人的话不经过大脑都能胡诌出来一堆。

就像现在，她大可以说：想哥哥了，但不知道去哪里找哥哥，就想着来这里等等看。

可她不想骗他。陆惊宴说道：“随便逛一逛，就逛到这儿了。”

不等盛羡说话，陆惊宴又问：“你呢？怎么这么晚了，还在学校。”

“跟学生谈了点事情。”

陆惊宴是个很有分寸的人，没刨根问底：“上车。”

盛羡被她突然转开的话题搞得一愣：“嗯？”

“你的车不是今天限行吗？送你回家呀。”

没等盛羡问她怎么知道他的车今天限行，陆惊宴笑眯眯地看着他又说：“不只是车牌号，就连手机号我都背下来了。”

她那样子还挺骄傲，就像是在学校里写完作业回家对着家长求夸赞的小朋友。

盛羡垂着眼看了她两秒，突然有点想笑。他别开头，清了下嗓音，压下去那抹笑意，冷淡着一张脸，绕过车头，钻进车里。

学校离盛羡的家很近，晚上又不堵车，十来分钟就到了。陆惊宴踩着刹车，缓缓地停在了路边。

盛羡解开安全带：“谢谢。”

陆惊宴转过头眉眼弯弯地看着盛羡：“哥哥，我说过的，我不喜欢口头感谢，你要是真想感谢我……”陆惊宴装模作样地思考了两秒，“就把你家门锁的密码告诉我吧。

“不愿意啊，那好吧，我不强人所难，你带我回家也行。”陆惊宴满脸写着“我这人特别好说话”，往前探了探脑袋，凑到盛羡面前，像是思考着什么一样，过了两秒钟，小声问，“哥哥，两小时够不够？”

他发现这位小学生胆儿是真的肥，什么话都敢说。盛羡面无表情地靠着座椅默了几秒，抬起手去摸车门把手。

他指尖刚碰到车把手，“咔”的一声，车门被陆惊宴锁死了。盛羡皱了下眉，转头看向陆惊宴。

没等他说话，陆惊宴就抢先出了声：“车费就用你的五分钟来换吧。”

陆惊宴收回倾斜到他那边的上半身，在驾驶座上坐正，拿着手机调出计时器：“就五分钟，再陪我多待五分钟，我就放你下车。”

盛羡盯着她看了五秒钟，把手收了回来。陆惊宴没说话，趴在方向盘上，闭上了眼睛。

盛羡本来就不是那种话多的人。

车里很安静。

只有计时器“嘀嘀嘀”地声音在响。

盛羡目不斜视地盯着正前方看了会儿，转头，视线落在了她的脸上。她皮肤很白，密密的睫毛像小扇子，鼻梁很挺，鼻尖微翘，弧度恰到好处。他忍不住多看了一会儿，才把目光转到了他那侧的窗外。

五分钟很快就到了，计时器发出提醒声。

陆惊宴睁开眼睛，按开了车锁：“哥哥，再见。”

盛羡淡着嗓音“嗯”了声，推开车门。他站在外面，关上车门的时候，往车里看了一眼。

她抱着方向盘，侧着头笑眯眯地冲着他摆了摆手：“哥哥，晚安。”

盛羡没说话，不知怎么就想到她刚刚说的那句“再陪我多待五分钟”。他心里忽然变得很不是滋味，盯着她看了片刻，动了下唇：“饿不饿？”

陆惊宴愣住了。

盛羡看着她的眼睛：“要不要一起吃个夜宵？”

陆惊宴接着愣了几秒钟，缓过神来：“好啊。”没多想，就顺口又说，“别说是吃夜宵了，吃我都行。”

正弯着腰钻进车里的盛羡，停下了动作。

陆惊宴抿了下唇，意识到自己话多了。她生怕盛羡反悔，眼疾手快地揪住他的袖口：“开玩笑的，开玩笑的。”

盛羡抬起眼皮扫了她一眼。陆惊宴一点一点地揪着盛羡的袖口往车里拽，笑的特别乖巧讨好：“真的是开玩笑的。”

盛羡没说话，垂眸盯着揪着自己衣服的两根手指看了两秒，坐进车里。

陆惊宴转着方向盘：“去哪里吃？”

“你想吃什么？”

“和你吃饭，我什么都能吃得下去。”

盛羡发现身边这位小学生嘴巴甜起来是真的甜。

“除了屎。”

撩五下

按22分钟算

“跟薄小姐谈判的时间是22分47秒，给你按……”盛羡拖着尾音思考了一下。

他恰到好处的停顿，让陆惊宴以为他会给她一个很大的优惠。

哪知，盛羡抬眼说道：“22分钟算。”

最后，吃饭的地方是盛羡挑的，就在他家附近不远处的一家二十四小时营业的粤菜馆。

这家店离酒吧街不远，常年灯火通明，就算是已经接近十二点，里面还是坐得满满当当的。

陆惊宴跟着盛羡一直爬到三楼，才在靠窗的那一排的角落里找到了一个空位。

店里每天的顾客实在太多，为了更好地服务大家，桌子上贴了二维码，用微信扫一扫就可以直接点菜。

盛羡摸出手机，扫完二维码，把手机丢到陆惊宴面前："想吃什么自己点。"陆惊宴滑着屏幕拣着自己爱吃的点。

她拉到后面，想返回去点杯喝的，不小心按了下面的返回键，点菜页面退出，回到了盛羡的微信主页。

她真不是故意要看盛羡微信的，突然一下子变了页面，她一时半会儿也没反应过来，就不小心瞄到了几条未读消息。

其中有一条是薄暮：能不能帮我看看现在这份合同还有没有问题？

其他的名字，陆惊宴一个都不认识，但她能认得出来都是女性。

盛教授，学校这次的活动，你要参加吗？

盛律师，上次开会，您提到的那本书叫什么名字？

就在这短短几秒钟里，陆惊宴看到了屏幕里又跳进来一条新的消息：盛先生，明天中午你有没有时间？

然后那些女性的头像后面，有一个特别统一的不打扰的标志。

陆惊宴没忍住，"啧"了一声。盛羡抬头。陆惊宴急忙把手机推到盛羡面前："页面不小心被我点退出了。"

盛羡倒没说什么，又给她扫了一次二维码。陆惊宴点完菜，把手机还给盛羡。盛羡直接点了下单。陆惊宴纳闷地问："你不点吗？"

"嗯。"回到手机主页，盛羡面对那一串未读消息，连点开的意思都没有，很淡定地退出微信。

陆惊宴在心底默默地又"啧"了一声。难怪总不回她消息，原来是行情太好了。

这家餐厅菜倒是上得很快，陆惊宴本来就是出来觅食的，是心情不好才放弃的，这会儿她看着一盘一盘好吃的，饥饿感一下子变得很强烈，捏着筷子专心致志地吃起了饭。

盛羡不饿，但还是象征性地动了几下筷子。

过了十二点，这家餐厅会迎来深夜的一拨新高峰。原因是酒吧街那边泡到自己想泡的人，一般都会先来这里约个饭，然后再去约个酒店什么的。

差不多十二点十五分，那一拨人上楼，坐在了他们身后的位置。

那一拨人一看就是酒吧街出来的，身上的烟酒味混着浓烈的香水味。大冬天的，那些小姐姐们也不怕冷，穿得一个比一个凉爽。那一伙人还挺吵的，时不时地会发出很夸张的笑声。

盛羡这人是天生的聚光灯，他虽然很安静，但还是被那一伙人里的一个小姐姐注意到了："快看，那个小哥哥好帅。"

"哪个？啊，看到了，是好帅。"

"快去要个联系方式啊，要知道过了这个村可就没这个店了。"

在一伙人的叽叽喳喳中，陆惊宴掏出手机，给盛羡发了一条消息：那群妹子看上你了。

陆惊宴消息刚发完，就有个穿着黑色毛呢短裙的小姐姐走了过来。她站在桌子旁边，一只手往下拉了拉超短的裙摆，一只手拿着手机捂着胸前的大领口，微低着头问："那个，不好意思，打扰一下。"

盛羡跟反应迟钝一样，过了好几秒钟，才缓缓地抬起头。

女生急忙把手机递到盛羡面前："能不能加个微信？"

"没有。"盛羡冷淡地收回视线，当着女生的面，点了几下手机屏幕，然后陆惊宴手边的手机"叮咚"了一声，她转头看去，是盛羡回她的微信：哦。

那女生没要到微信，一脸遗憾地走了。

陆惊宴啃着小排骨，回盛羡的消息。

你可真会睁着眼睛说瞎话。

当着人家小姐姐的面发着微信说没有微信。

盛羡的嘴，骗人的鬼。

盛羡一直没回陆惊宴的消息，陆惊宴撇了撇嘴，继续吃饭。

吃着吃着，她"啊"了一声。她和盛羡面对面，一开始是偷听到了身后那些小姐姐的讲话，她提醒盛羡才发的微信，后来盛羡拒绝了小姐姐，她为什么还要发微信。

陆惊宴思考了两秒，没弄明白自己的迷惑行为，不过很快，她的思绪就转到了盛羡身上。

别说，这位顶配渣男的行情可真不是一点儿半点儿的好。那么多女人对他虎视眈眈，他就没遇到过心动的？在渣男世界里混迹了这么久，从不在意渣男过去的陆惊宴，对盛羡的过往产生了点好奇。

她不由自主地抬起头看了一眼盛羡，又看了一眼盛羡。

盛羡放下手机："有话直说。"

盛羡看着她，一副挺有耐心的样子。

好吧，是你让我说的。陆惊宴放下筷子，回看盛羡的眼睛："你跟女人睡过吗？"她说这句话的时候其实声音不算大，因为身后的那一桌人太吵，音量也没有压得很低。

偏偏在她开口的那一瞬间，身后的那一桌人正好冷场了。她的话在这片区域一下子显得特别的突兀，周围不少人往她这边看了过来。

盛羡的表情明显僵了下，不过转瞬就又变成了平时的一脸漠然。陆惊宴觉得盛羡这么淡定，她也不能慌，好歹她也是经历过各种大风大浪的人。

陆惊宴稳着表情，捏着筷子，眨巴着眼睛看着盛羡："除了你妈之外的其他女人，有吗？有和她们睡过吗？睡过几个？"

盛羡闭了闭眼睛，特别后悔那一刻的心软。他好好回家不好吗？为什么非要作死，邀请她来吃什么夜宵。

"个位数还是十位数？哦，不说话，该不会是三位数吧……"

盛羡缓缓地叹了口气，无视周围那一圈看戏的目光，撕下贴在桌角的菜单，起身往收银台走去。陆惊宴匆忙地放下筷子，拿着包追上去："为什么逃走？还是说你压根儿就没睡过女人？"盛羡停下脚步，转身看向陆惊宴。

陆惊宴回视盛羡的眼睛："干吗用这种眼神看着我？该不会是被我说中——"

盛羡忽然低头，把手里拿着的菜单贴在了她的嘴上：“安静。”陆惊宴的话戛然而止。

他的脸离她有点近，她能闻见他身上的味道，既清淡又干净，给人一种夏天的感觉。

这是他头一次离她这么近，也不是没有男人离她这么近过，以前的那些渣男有些比他现在过分多了，有些近到都快挨到她的嘴巴了。对比之下，现在他和她之间的距离真不算什么，比那些在酒吧里凑近说话的距离还要远。

但是陆惊宴不知道怎么回事，看着盛羡微微凑近的面孔，特别有压迫感，甚至还有点儿说不出来的紧张。在男人面前，陆惊宴从来不会怯场，掌控权一向都在她手里攥着，这还是她第一次发现事情不受掌控。

陆惊宴清了清嗓子，慢慢地别开头，看起来既平静又从容：“好吧，不逗你了。”

盛羡没说话，垂眸盯着她看了几秒钟，直起身子去买单了。

从餐厅出来，陆惊宴摸出车钥匙：“走吧，先送你。”

“不用了。”盛羡家离这里很近，大概也就五分钟的路程，“我散散步。”

陆惊宴没勉强，弯着眼睛挥了挥手：“那拜拜。”

盛羡“嗯”了声，看着她进了旁边的停车场，扯了下风衣的领子，往家那边走。

冬天的晚上，大街上没什么人，偶尔有那么一两辆车驶过。盛羡往前走了没多远，发现自己身边跟着一辆车，磨磨蹭蹭的，都赶上了他的步行速度了。

盛羡侧头看了一眼，挺熟悉的车子，不久前他刚坐过。

他停下脚步，转了个身面向车子。

车子也停了下来，副驾驶座的车窗缓缓落下，一点一点地露出陆惊宴笑盈盈的面孔：“哥哥，你怎么不走了呀？”

盛羡冲着她的车子挑了下眉：“你在干吗？”

陆惊宴“啊”了一声，反应过来他是在问她车速为什么这么慢，她歪着头，半张脸快要贴在方向盘上：“还能干吗，陪哥哥散步呀。”

“……”

“再说，让哥哥一个人回家，我也不放心，哥哥长得这么好看，万一被人绑架了怎么办？”

“……”

盛羡真想抬脚走人。他在原地顿了三秒钟，往前踏了几步，手撑在车顶，弯下上半身，冲着车里的人说：“别闹了，赶紧回去吧。”顿了一下，他又说，“回到家，给我发个消息。”

“好吧。”

小学生看起来还挺不情不愿的，不过还是升起车窗，踩着油门在前面的路口转了个弯回家了。

回到家，盛羡去洗了个澡，出来就收到了陆惊宴发来的微信消息，还是一条语音：“哥哥，我到家了。”像是生怕他担心一样，还给他发了一张在卧室里的自拍照。

照片里的她戴着个粉色发箍，笑得有点甜。盛羡盯着照片看了会儿，像是想到什么一样，从自己的风衣口袋里翻出来一张纸。

是菜单，背面的口红印特别显眼。

盛羡捏着那张菜单看了半晌，反应过来自己都干了什么，抬起手按着太阳穴叹了口气。

盛羡，你神经病吧。你拿个菜单回家做什么？

进入 12 月，陆惊宴变得特别忙，尤其是公司的年终庆典，简直忙到她头皮发麻。

那天在大学门口偶遇盛羡后，接下来的大半个月她都没再见到过盛羡。不只是盛羡，就连宋闲和陈楷，她也就只是见了一面。

庆典是在晚上，邀请了不少人，陆惊宴包了个场地附近的酒店给从四面八方邀请过来的嘉宾住。

头一天忙到很晚，陆惊宴那天晚上也是在酒店住的，第二天一大早她就有约，就在顶楼的餐厅。聊完事，她刚准备从餐厅出来，就接到了陆鸿程的电话。

餐厅对面是露天花园咖啡厅，春夏秋开放，冬天太冷不营业。陆惊宴跨过栏杆，走到花园尽头，接听了陆鸿程的电话。

“我跟杨公子约了明天的饭，你过来给他道歉。”

这半个月里，陆鸿程回来过两次，对她的态度不算好也不算差，也没再提她上回相亲那事。陆惊宴以为陆鸿程跟以前一样，这事就不了了之了，她怎么也没想到这回陆鸿程居然这么较真。

陆惊宴今天有一大堆的事要处理，没心思跟陆鸿程因为这事争吵，她想着反正是明天的事，明天再说，就嗯嗯啊啊地敷衍着陆鸿程挂断了电话。

她收起手机，刚想回室内，结果还没来得及转身，就听到身后传来了辱骂声：“你个臭婊子。”随之而来的是很响亮的巴掌声。

陆惊宴顺着声音看去，两个中年人正扭打在一起。那两个中年人应该是一对夫妇，说是扭打，其实是丈夫单方面殴打妻子，妻子只不过是在自保躲避而已。

那丈夫嘴里骂的话很难听，妻子哭哭啼啼的，一直在求饶，他不但没有收手的意思，反而变本加厉，对着妻子拳打脚踢了起来。

露天花园有很多裹着防寒布的绿植，陆惊宴正好隐藏在后面，那对夫妇没发现她。丈夫下手是真的狠，每一下都是冲着妻子的要害去的。

陆惊宴安静地看着，一脸无动于衷，完全没有要上前去阻拦的意思，也没有任何要报警的意思。就好像眼前的画面，是在演电视剧一样，和自己毫无关联。

丈夫殴打了妻子十来分钟，终于累了收手了，指着妻子骂骂咧咧，又用言语侮辱了一阵儿，拢了拢衣服，转身走了，留下妻子蜷缩在地上小声哭泣。

陆惊宴本来想等妻子哭够之后走开，再从暗处出来，哪知道这位被家暴的妻子哭起来没完没了。她没想着会在室外待这么久，穿得有点少，冻到实在顶不住，她骂了句脏话，走了出来。那位妻子大概没想到露天花园里还躲着个人，看到她立刻止住了哭声。

妻子望向她的眼神可怜、无助，充满了求助。

陆惊宴面无表情，对视了会儿，事不关己地转开头，从她面前走掉了。这事就跟个小插曲一样，丝毫没有影响到陆惊宴这一整天的忙碌。

中午，她在一楼大堂和人聊事的时候，又碰到了那对夫妻，两个人穿得挺光鲜亮丽，妻子面带微笑挽着丈夫的胳膊，看起来既和睦又恩爱。

陆惊宴忍不住多看了两眼，惹得坐在她对面的人禁不住喊了她一声："陆总？"她收回视线，说了句"抱歉"，端起咖啡遮掩住唇角的冷笑。

晚上七点，年终庆典正式开始，一直到九点半才结束。之后是晚宴，邀请的都是一些核心人员，就在酒店三楼的中餐厅。

作为这次的主办方，陆惊宴上台做了个简单的致辞，她下来找了个位置刚坐下，包里的手机响了，是 Emotion 的私信。

那个乱码发来了一张照片，是她刚刚站在舞台上致辞的照片。

乱码：陆惊宴，你现在看起来还真不错。

乱码：你说你以前的那些事，要是在场的人都知道的话，她们还会恭恭敬敬地喊你一声"陆总"吗？

陆惊宴猛地站起身，绕着现场看。正好在这个时候，中餐厅的门被推开，穿着一身紫色礼服、裹着一件貂皮上衣的薄暮走了出去。陆惊宴没多想，立刻跟了出去。

薄暮进了洗手间，她也跟着进了洗手间，一边走，一边回那个乱码的私信：你是谁？

乱码：你猜我是谁？

她看到薄暮正在按手机屏幕。为了更确定，陆惊宴继续发：你到底是谁？有本事你出来，不要躲在手机后面。

薄暮的手机响了一声。

陆惊宴看到她又在按手机，没一会儿手机里又进来了一条消息。

乱码：你害怕了？

薄暮那边按手机的动作没停下。

乱码：我好多年都没见到你害怕的样子了，还真有点想念呢。

这个乱码账号是在她第一次去学校找盛羡，恰好碰上薄暮对着盛羡说她坏话，她和薄暮闹了矛盾的那天晚上出现的。薄暮和她是同学，当年的事虽然发展的范围很小，但薄暮和那些人都认识，她有很大的可能是知情的。

晚宴名单上除了薄暮，其他人和过去的她毫无交集，种种迹象让陆惊宴不得不怀疑三番五次给她发消息的这个乱码就是薄暮。

她收起手机，加快步伐。

薄暮听到脚步声，往后扭了一下头。

她看到陆惊宴，立刻锁了手机，但陆惊宴还是眼尖地看到她退出之前的页面是再熟悉不过的 Emotion 页面。这样的巧合让陆惊宴不再怀疑。

薄暮一直都不喜欢她，上学那会儿表面阿谀奉承她、和她做朋友，转身就对其他同学说她坏话。

她喜欢盛羡，而自己偏偏就是要和她抢盛羡。薄暮那种小心眼的人，怎么可能会善罢甘休。她一定是不服气，故意搞了个小号报复。

那是陆惊宴最不想被人提及的往事，如同梦魇一样，让她这么多年想挣脱却怎么都挣脱不掉。

陆惊宴感觉自己的理智在这一瞬间全没了，她看着薄暮的眼神变得凌厉无比："好玩吗？"

薄暮被她问得一愣："什么？"

薄暮看陆惊宴一脸找碴儿的样子，皱了皱眉。这种场合说不定会有狗仔混进来，她并不想跟陆惊宴产生什么冲突，回头再闹上热搜。

"陆惊宴，你要发疯自己去疯，别扯我。"薄暮往后退了半步，转身往洗手间走去。

陆惊宴抓住薄暮的胳膊，一把把她揪了回来："我问你好玩吗？"

"陆惊宴，你是不是有病啊？"薄暮被陆惊宴莫名其妙的质问搞得有些不悦，她甩了下胳膊，没挣开陆惊宴的手，"陆惊宴，麻烦你放开我。"

陆惊宴像是没听到她的话一样，脸上没什么表情，盯着她："你看我不爽，你可以明着来，背地里玩阴的很有意思？"

薄暮的手机被攥在手里，她挣扎的时候，手机正好在陆惊宴面前晃荡。陆惊宴看着特别碍眼，抬手夺走手机摔到了对面的墙壁上："你知不知道你像什么，就像阴沟里的蛆，见不得光，令人作呕！"

薄暮觉得陆惊宴简直不可理喻："陆惊宴，你吃错药了吧？你脑子有坑就去看医生，你来我面前耍什么大小姐脾气？"结果话音还没落定，陆惊宴抬手就给了她一巴掌，薄暮直接被打蒙了。

陆惊宴捏着她的下巴，凑到她耳边："这才叫大小姐脾气。"

薄暮回神，难以置信地摸了摸自己的脸，瞪着陆惊宴："你打我？"

"我早就想打你了，当年你背后恶心我的那些事，我没跟你计较，你以为我好欺负是不是？这么多年过去了，现在还敢踩到我头上来？"陆惊宴的手指加重了力气，在薄暮的下巴上留下很深的手指印，"背后恶心人很爽是不是？嗯？"

薄暮总算彻底清醒过来，她下意识地回骂了句脏话。

"啪"的一声，陆惊宴又反手给了她一巴掌。

薄暮愣了愣，下一秒就尖叫着冲陆惊宴扑了上来。

薄暮哪是陆惊宴的对手，她那些张牙舞爪的动作，落在陆惊宴的眼里，全都是虚张声势。没一会儿，她就被陆惊宴摁趴在洗手台上。陆惊宴拎起旁边装洗手液的容器冲着薄暮耳边的洗手台砸了上去。薄暮捂着脑袋闭着眼，吓得脸色苍白。

陆惊宴的手刚落到一半，就被人攥住了手腕，转头，看到了盛羡。

她表情冷得吓人，眼睛也泛着阴沉的光，看到盛羡后冲他眨了眨眼睛，笑了："你怎么在这儿？"仿佛上一秒那个浑身透着暴戾的人不是她一样。

盛羡没说话，把她整个人从薄暮身上拽开，拦在她和薄暮之间。

他挡在薄暮身前，面向她的样子，像极了护着薄暮。

陆惊宴心头的火一下子又被点燃："你护着她？"

盛羡没接她的话，声音低沉："回你房间去。"

陆惊宴一动不动："你看她哭，就觉得她可怜，她是对的，是不是？"

盛羡皱了下眉，把刚刚的话又重复了一遍："回你房间去。"

陆惊宴双手抱在胸前，微扬着下巴，后背挺得笔直，站在原地不肯走。

盛羡闭了闭眼睛，隔着她的衣服攥住她的胳膊，拽着她往外走。

"我不走，我为什么要走？

"盛羡，你干吗总拦着我？你去拦着她啊。

"你知不知两个人打架，你得拦着对方，这样我还能多打几下。

"盛羡——"

陆惊宴气得嗓门儿一声比一声高。

"怎么回事？"从男洗手间出来的陈楷，看到被打的鼻血都出来的薄暮，吓了一跳，随即就急匆匆地顺着陆惊宴的声音追了出去。

盛羡停下脚步，把陆惊宴往陈楷面前一推："你带她上楼，回她房间，别让她出来。"

陈楷虽然不知道这到底是怎么一回事，但他对这个毫无血缘关系的表哥是打心眼里地佩服又发怵。这位表哥的话对他来说，就跟圣旨没什么区别。陆惊宴这位姑奶奶他也怵得不行，但没对比就没伤害，他毫不犹豫地听从盛羡的意思，抓着陆惊宴的肩膀，把她护在身前往电梯那边推。

等两个人进了电梯，盛羡才转身回了洗手间。

薄暮已经撑着洗手台站直了身子，她看盛羡进来，低着头哭得更厉害了。

盛羡从旁边抽了几张纸巾，递给薄暮："没事吧？"

薄暮很小声地说了句“谢谢”，接过纸巾一边擦眼泪和脸上的血迹，一边偷偷地看了眼盛羡：“不是我招惹的，是她不分青红皂白冲上来先动的手，我跟她上学的时候是闹了点矛盾，但我们班同学都和她处得不好，不是我的问题，是她……”

“薄小姐。”盛羡打断了她的话，声音冷淡。

薄暮抿了下唇，眼泪簌簌而落。

盛羡看着她楚楚可怜的样子，表情淡漠，没有任何情绪起伏：“私了吧。”

薄暮张了张口，表情有点愣怔：“嗯？”

“我说，刚才她动手打你这事，私了吧。”盛羡看了薄暮一眼，“多少钱，我赔你。”

薄暮抿了下唇，明白了盛羡的意思。他刚刚拦在她面前，哪是护着她呀，他是让那位刁蛮任性的大小姐先脱身。

他回来那句“还好吗”，又哪是关心她，他不过就是来给她善后的。

薄暮有点心理不平衡：“就算是私了，那也是我和她的事，应该她来找我，而不是你，你没道理为她出头的，你……”

盛羡摸出名片，放在洗手台上，缓缓地推到薄暮面前：“自我介绍一下，我是陆惊宴的律师。有什么事，你可以直接和我谈。”

薄暮咬了下唇：“你喜欢上她了？”

盛羡就跟没听到她的话似的，声音平静：“按照流程，现在我会安排人立刻送你去医院做详细检查。”

……

盛羡站在酒店大堂门口，看着急匆匆赶来的助教开车带走薄暮，才掏出手机给陈楷拨了个电话。

陈楷接听，盛羡还没说话，就隔着手机听到了陆惊宴的声音：“陈楷，如果是你，我要是跟人打架，你帮不帮我？”

“帮帮帮，别说是帮了，我连命都为你豁出去。”陈楷回完陆惊宴的话，才对着手机“喂”了一声。

陆惊宴一张嘴就没停过：“那你表哥为什么不帮我？是我长得不如那狐狸精好看，还是身材不如那狐狸精好？你表哥的审美可真不是一般的差，居然喜欢这种茶艺大师。”

陈楷又“喂”了一声。

盛羡问：“哪个房间？”

陈楷说：“2021。”

陆惊宴还在继续谴责盛羡：“你表哥就是一个大写加粗的渣男，不但渣还不会鉴婊，薄暮那个小贱人有什么好的，不就是会哭吗？给我几瓶眼药水，我也能哭……”

盛羡面不改色地挂断了电话，收起手机，他转身往酒店大堂里走，走了没几步，他又退出来，拐去了旁边的一家药店。

到酒店房间门口，盛羡按响门铃，过了半分钟，门才被陈楷打开。

迎面而来的是陆惊宴极其不爽的声音：“陈楷，我觉得你表哥那双眼睛可以挖下来喂狗了。”

陆惊宴一点也不在意按门铃的人是谁：“哦，对不起，我侮辱了狗。”

陈楷对着门外站着的盛羡小声说：“表哥，我觉得吧，你现在选择立刻消失比较好。”

盛羡抬了下手指往旁边挥了下，示意他让开。

陈楷把着门，压低嗓音劝道：“哥，我真不是唬你，大小姐脾气上来了，没人能搞得定，你现在进去就是找死。”

盛羡一脸的不耐烦：“让开。”

“哥——”

盛羡看了陈楷一眼。

陈楷默默地松开门把手，往旁边挪了两步。

盛羡拎着个白色袋子走了进去。

听见脚步声，背对着门坐在沙发上的陆惊宴问：“陈楷，是不是我叫的水到了？给我拿一瓶。”然后理所当然地把手往后一伸。

盛羡绕着屋子扫了一圈，从旁边的桌上拿起一瓶水，拧开瓶盖再拧回去递给了陆惊宴。

陆惊宴仰着头喝了半瓶水：“我想了想，我刚刚那话说错了呢。薄暮怎么能是狐狸精呢，她不配。你表哥那个狗东西，单看皮囊还是配得上‘狐狸精’这三个字的。”

“宴——”陈楷想提醒下陆惊宴，她嘴里的那个狗东西就站在她身后。

奈何他刚说了一个字，就收到了他表哥投来的冷飕飕的目光。他吓得急忙把嘴边的话变成了咳嗽声。

“算了，他爱帮谁帮谁，反正我就是玩玩。”

陈楷手捂着嘴重重地咳嗽了两声。

“你有病啊，一个劲儿地咳嗽，不舒服就去看医——”

陆惊宴转头往后看了一眼，她的话戛然而止。

盛羡垂眸盯着表情有点僵的她看了两秒，绕过沙发走到她面前。

陆惊宴瞪了眼陈楷，看向盛羡。

他看起来很淡定，就好像没听到她刚刚说了什么一样。

陆惊宴清了清嗓子，打破凝滞的气氛：“你过来做什么？”

盛羡没说话，把手里的袋子放在一旁的桌上。

陆惊宴好奇地问：“那袋子里是什么东西？”

盛羡看了她一眼：“眼药水。”

旁边站着的陈楷“扑哧”一声笑了。

陆惊宴一脸的茫然。

三秒后，陆惊宴眨了眨眼睛，想到自己那会儿说的那句“不就是会哭吗？给我几瓶眼药水，我也能哭”。

她抬头去瞪盛羡。

盛羡人已经进了洗手间。

她只好转头瞪向陈楷：“很好笑吗？”

陈楷笑个不停："不，一点也不好笑。"

陆惊宴面无表情，看着还在笑的陈楷，默了两秒，对着陈楷招了招手："你过来。"

陈楷努力憋着笑走过来："怎么了？"

陆惊宴没说话，等他到跟前，抓起抱枕，站在沙发上冲着他脑袋上劈头盖脸地一通砸。

陈楷怕她不小心从沙发上摔下去，边躲边伸出手拦了几下："错了错了，宴宝，真错了。"

盛羡洗完手出来，看着两个人闹哄哄的样子，站定脚步。两人一看就很熟，打闹的动作极其自然。

盛羡盯着看了一小会儿，走上前："陈楷。"

陆惊宴和陈楷停了下来。

陈楷冲着盛羡"啊"了一声："怎么了？"

"你小姨让你今天务必过去一趟。"

盛羡口中的小姨，是他父亲的现任妻子，在法律上算是他的继母。

"啊？昨晚在外公家不是刚见过吗？怎么今天还要见？"

"去问你小姨。"

"小姨什么时候跟你说的？"

"早上。"

"那晚上我跟你待这么久，你怎么不告诉我。"

"忘记了。"

陈楷小时候，小姨在他家住过一段时间，几乎整个童年都是小姨陪着他玩儿。

他和小姨很亲，长大之后，对小姨也言听计从。

虽然他也挺纳闷几乎不会回小姨父和小姨家的盛羡，怎么突然跟小姨说上话了，但还是拿了外套走了。

门被陈楷关上，酒店房间只剩了盛羡和陆惊宴。

两个人一个站在沙发上，一个站在洗手间门口，谁也没跟谁主动说话。

最后还是盛羡先打破了僵局，他往沙发这边走了过来。

陆惊宴看着靠近的他，想到他代理过薄暮的合同，大概是薄暮的律师，脚踩着沙发，懒洋洋地坐在靠背上："你是为了薄暮过来的？"

盛羡没说话。

陆惊宴垫着刚刚揍陈楷的抱枕："如果你要跟我聊薄暮，就大可不必了。"

盛羡停在沙发旁，看了眼高高坐着的人："坐下来。"

陆惊宴撑着沙发靠背，滑坐在沙发上："反正人我已经打了，不就是赔偿吗？"

盛羡没理她的话，弯着腰拆开刚刚带过来的小袋子。

陆惊宴仰着头玩着抱枕，报了个电话号码："这电话号码你记下来，有什么事去跟我公司的法务谈吧。"

盛羡转过身："别动。"

陆惊宴抱住抱枕看向盛羡。

盛羡手里捏着几个沾了消毒水的棉签，凑到她面前，轻轻地敷在她脖颈上。

陆惊宴本来没什么感觉，消毒水碰到肌肤泛起的刺疼，让她知道自己受了伤。

不用想也知道，肯定是刚刚跟薄暮纠缠的时候，被她抓伤的。

她压根儿就没感觉到痛，肯定是很不起眼的小伤口。

他竟然注意到了。

陆惊宴愣愣地望着天花板，有点反应不过来。

她发呆的时间有点久，等她回过神，盛羡已经把棉签丢进旁边的垃圾桶里，又拆开了一张创可贴，小心翼翼地正往她脖子上贴。

他指腹刮了下她的皮肤，带着一股电流，让她往后猛躲了下脑袋。

"说了让你别动。"他的声音从她头顶砸了下来，语气有点淡。

她禁不住抬了下头，视线还没碰到他的脸，他一只手落在她头顶上，固定住她动来动去的脑袋。

“怎么跟个孩子一样。”

他另一只手压着创可贴，在她脖子上粘牢。

“越说，动得越厉害。”

他仍是那种淡到不掺杂任何情绪的语气，陆惊宴不知道是不是自己出现了幻听，竟从里面听出了一丝宠溺。

陆惊宴张了张口，忽然什么话都说不出来了，就连心头那抹因为他护着薄暮而浮现出来的不爽也随之消散得一干二净。

盛羡的手很快就从她身上挪开了。

陆惊宴看了他一眼，下意识地抬起手摸了摸脖子上的创可贴，依稀能感觉到他残留的温度。她的指尖蓦地一颤。

就在这时，盛羡转头看了她一眼：“还有哪里受伤吗？”

陆惊宴的手“啪”的一声从颈边落下来。

她不知道自己到底在慌什么，就跟做贼一样，心虚地转开头看向窗外。迟了两秒，她才反应过来他问的话：“哦，没有了吧。”

盛羡没再说话。

陆惊宴一时也不知道该说什么。

片刻后。

盛羡问：“为什么打架？”

陆惊宴很清楚，如果他问了薄暮同样的问题，薄暮一定会在他面前装成自己很无辜的样子，添油加醋地把错误都推到她身上。但她没想着把自己的事讲给盛羡听，所以也没想着要解释些什么。

她歪歪斜斜地靠在沙发上，懒洋洋地打了个哈欠：“看她不顺眼。”

整个一个成长期叛逆的小孩。

盛羡像是被噎住了一样，沉默了几秒钟：“以后别跟人打架了，要真看人不顺眼，你可以选择骂回去。”

陆惊宴以为自己听错了，顶着一脑门问号看向盛羡。

“骂人不犯法。”

陆惊宴眨了眨眼睛。

“打人犯法。”

盛羡看了眼对骂人兴味索然的陆惊宴：“如果实在想打人，你可以考虑下让对方先动手。”

陆惊宴坐直了身子：“怎么？这样我可以不用负一点责了？”

“比较难，”盛羡难得话这么多，“照你打人的狠劲儿，就算是对方先动的手，估计也没人信。”

陆惊宴怀疑盛羡是在嘲讽她，她冲着天花板翻了个大白眼，选择无视他的话。无视了十来秒的样子，陆惊宴扭头看向盛羡：“你是打算脚踏两只船吗？”

盛羡一脸的疑惑。

“你在楼下护着她，现在又跑过来给我涂药，是哪个也不想放，对吧？”

陆惊宴挺不屑地“呵”了一声：“不好意思，我喜欢吃独食。”

盛羡捏了下眉心，沉默了几秒，拿起手机按了几下。

随着他的动作，陆惊宴的手机连振了好几下。

她拿起来一看，全是盛羡发给她的图片。

薄暮在医院的检查费、他转给薄暮的赔偿金，以及他作为律师的费用。

陆惊宴眨着眼睛，有点没反应过来。

“不是护着她，就是觉得有生意做。”盛羡翻出支付宝二维码，递到陆惊宴面前，“刚在楼下帮你把事情摆平了，我看你现在挺闲的，麻烦付下款。”

陆惊宴是真没想到，盛羡看到她和薄暮打架，脑子里想的居然是怎么赚钱。

她沉默了三秒，慢慢地转头看向盛羡：“我又没让你帮我解决。”

盛羡一副无所谓的样子：“那我让薄小姐把钱退回来。”

陆惊宴险些飙出一句脏话。

现在事情解决了也挺好的，省得她回头还要跟薄暮纠缠。

陆惊宴面无表情地瞪了会儿盛羡，不情不愿地掏出手机扫码转账："你这分明是强买强卖。"

盛羡对她的吐槽一点也不在意，语气淡淡地提醒她："转少了。"

不可能。

她心算很厉害的。

陆惊宴当着他的面拿着计算器算了一遍，见金额没错，挺骄傲地瞥了他一眼："哪里少了？"

"我的律师费是按分钟计费。"

陆惊宴被噎了一下。

"跟薄小姐谈判的时间是 22 分 47 秒，给你按……"盛羡拖着尾音思考了一下。

他恰到好处的停顿，让陆惊宴以为他会给她一个很大的优惠。

哪知，盛羡抬眼说道："22 分钟算。"

撩六下

照进鱼塘的白月光

“哥哥，我很好养的。

“你只要稍微投点食饵，我就能在你的鱼塘里活下去。

“不过哥哥，我可不是一般的鱼。

“我是鲨鱼。

“养大了，可是会把你整个鱼塘都灭掉哦！”

22 分钟。

她谢谢他为她免去了 47 秒。

陆惊宴连话都不想说了，拿着手机给盛羡又转了一笔钱：“我这人不喜欢占人便宜，所以给你 23 分钟的钱，多出来的那 13 秒就当是给你的小费了。”

盛羡微点了下头：“谢谢。”

他语气特别公事公办，听得陆惊宴很想挠他。

她十分不爽地盯着他看了会儿，把手往前一伸："拿来。"

盛羡纳闷地往她身上看了一眼："什么？"

"发票。"

也不是就他会公事公办，生意嘛，我付钱你开票，超合理的。

盛羡压根儿没想到小学生还有这么一招，一时间没反应过来，愣了一下。

陆惊宴成功地噎了盛羡一回，挑了下眉："怎么？想少交税？"

盛羡轻抬了下眼皮："没，改天拿给你。"

陆惊宴"哦"了声："改天是哪天？"

没等盛羡说话，陆惊宴把脸凑到盛羡跟前，一点也不害臊，弯着眉眼问："我很想见你的那一天？"

盛羡没接话，陆惊宴单方面当成他默认了，慢慢地坐正身子，抠着抱枕上面的花纹问："今晚有约会？"

"嗯？"

"不然你来酒店做什么？"

上回和薄暮在咖啡厅聊事情，她觉得是约会。

这次他出现在酒店，她又觉得是约会。

盛羡真的挺好奇，他到底是哪儿给了她错觉，让她三番五次地产生这样的误解。

他今天之所以会出现在这家酒店，是受陈楷之托，来帮陈楷不知道从哪儿认识的一个网友的母亲打离婚官司。

见了面盛羡才知道，当事人压根儿没离婚的想法，单纯地是那个网友想让她母亲离婚。

原因是她父亲家暴她母亲长达十几年，陈楷的那位小网友实在是忍不下去了，背着母亲，先斩后奏地约了律师。

见面之后，有一大半的时间，都浪费在那位小网友劝说她母亲狠下心离婚上了。

母女俩说着说着就吵了起来，母亲愤怒之下给了女儿一巴掌，女儿大概也被母亲的软弱和无能气炸了，捂着脸一股脑地把埋在心底的事给抖了出来。

原来她父亲早就想要甩掉她母亲了，这些年来一直在偷偷转移财产。女儿控诉她母亲再这么忍耐下去，迟早有一天，不管是婚姻、金钱，还是女儿，她一样都留不住。

陈楷这位小网友的母亲，是那种很传统的家庭妇女，没工作、没社交，除了偶尔陪着丈夫在必要的时候出来秀一秀恩爱，其余的时间和精力基本都放在孩子的衣食住行和柴米油盐上了。

妻子之所以被家暴这么多年都没离婚，一方面是为了女儿，另一方面是她从来没有出来工作过，怕没了丈夫这个经济来源，她根本无法生存下去。她不怕丈夫跟自己离婚，怕的是女儿跟自己分开，如今丈夫已经动了跟她离婚的念头，她不得不为将来做打算，决定离婚的她，最先想要的是还没成年、正在读初三的女儿的抚养权，其次才是财产。

从经济收入上来看，丈夫获得女儿抚养权的可能性远远大于自己，但家暴是法院判断夫妻感情确已破裂的法定情形之一，也是申请离婚损害赔偿的法定条件之一。同时，家暴行为不利于未成年子女的健康成长，是有很大机会争取到女儿的抚养权的。

仔细聊过之后，盛羡才知道，婚后十几年，这位妻子被家暴过很多次，竟然一次都没留下过丈夫家暴的证据。

她的这位丈夫是个很缜密的人，小伤从不让她去医院看，有那么几次下手狠了，把她打昏厥过去，找的也是私人医生。甚至这位从来没想过离婚的妻子，为了维持婚姻的表面平和，还在就诊书上写了是自己不小心摔伤的。

整个事件顺下来，这位妻子要是真和丈夫打离婚官司，目前看下来一点优势都不占。

留了那位母亲的联系方式后，盛羡和陈楷去了一趟洗手间，然后撞见了正在跟人打架的陆惊宴，头更大了。

……

陆惊宴见盛羡半天不说话，以为自己猜中了，“啧”了一声。

盛羡回神，看了一眼她阴阳怪气的小表情，说道：“工作。”

陆惊宴“哦”了一声，让人摸不清楚她是信了还是不信。

盛羡沉默了两秒：“陈楷的一个小网友，小姑娘的妈妈要打离婚官司。”

陆惊宴上下打量了盛羡一圈：“你是不是靠出卖色相工作。要不然，你的委托人怎么总是女的。”

他刚刚就不该多嘴。

不提这茬事，陆惊宴都忘了上次和他吃夜宵，无意之间从他微信里看到的那些莺莺燕燕发来的各种消息。

她见他的次数不算多，第一天晚上就撞见他在马路边跟别的女生拉拉扯扯。

然后是薄暮。

现在又是孩子他妈。

虽然是工作，但不知怎的就让她觉得很碍眼。

陆惊宴又慢慢地“啧”了一声：“你还挺能养啊？”

盛羡纳闷地看了她一眼：“养什么？”

“鱼。”

盛羡不知道她又在发什么疯。

陆惊宴认识的那些渣男，十个里有九个是“海王”，过分点的还有情人节一天约了八次会的。

她也没觉得有什么，但放在盛羡身上，让她莫名其妙地感到不爽。

时间不早了，他打算单方面结束掉小学生疯言疯语式的聊天：“要是没别的事，我——”

正不爽的陆惊宴听到这话，“啪”的一下扔掉抱枕，伸出手揪住盛羡的领口，把他猛地拽到自己跟前。她这动作还挺突然的，就跟要扑上来跟人干架一样。

盛羡愣了下，低头看向了她攥着自己领口的手。

陆惊宴在出手的那一瞬间反应过来自己在做什么，但已经晚了。她看了看盛羡的脸，又看了看自己的手，张了下嘴。

陆惊宴你有毛病吧？你不爽就不爽，动什么手。人你撩到了吗？就随便动手。就你这样，还想着虐渣男？

陆惊宴眨了眨眼睛，吞了口唾沫，故作镇定，慢慢地把手从盛羡领口挪到领带上，她迎着盛羡充满了询问的目光，腾出一根手指钩着他的领带一圈一圈地卷着："哥哥，我有话跟你说，悄悄话。"

说着，她把脑袋往前凑了凑，凑到他耳边，特意压低的嗓音又轻又软："哥哥，我想进你的鱼塘，可不可以给个机会？"

盛羡像是被人点了穴一样，一动不动。

陆惊宴气场很强，哪怕什么也不做，也能给人一种盛气凌人的感觉，平时跟人说话也不怎么客气，不管对方是谁，一点面子都不留，全凭自己高兴。但她撩起人来，故意放软的声音娇得很，要人命。

盛羡的喉结动了一下，微微侧头看向凑近自己的人。

她穿了件款式简单的黑色吊带礼服，露出的锁骨精致白皙，脖颈纤细修长，精心做过的造型在刚刚跟薄暮拉扯中散了一大半，少了一些干练，多了一些随意和慵懒。

她离他耳边很近，近到他能感受到她浅浅的鼻息，夹杂着一股很淡的、叫不出来名的花香。

盛羡的眼皮跳了一下，扫到了她的唇。唇瓣饱满红润，涂抹的口红颜色很衬她的气质。

视线停顿了一秒，盛羡仓促地别开头，扯住被她把玩的领带，微微用力抽走，然后慢条斯理地站起身，垂着眼皮看了她一眼，什么话都没说，走了。

陆惊宴仰着头转了个身，趴在沙发靠背上，看着他的背影笑眯眯的。

“哥哥，我很好养的。

“你只要稍微投点食饵，我就能在你的鱼塘里活下去。

“不过哥哥，我可不是一般的鱼。

“我是鲨鱼。

“养大了，可是会把你整个鱼塘都灭掉哦！”

回应她的是重重的关门声。

酒店上百平方米的套房只剩她一个人了，一下子变得空荡荡的。

她慢慢地收起脸上的笑容，懒洋洋地躺在沙发上。她从来不怕一个人待着，她从小就是一个人，早就习惯了这种孤单感。她也不是那种会矫情的人，但她不知道是不是因为盛羡来过，这会儿她竟觉得有点乏味。

楼下的晚宴一时半会儿结束不了，她并不是那么想下去了。

她拿着手机无聊地打发了会儿时间，坐起身打算去卸妆，然后她看到了茶几上的消毒水和创可贴。

盛羡给她处理伤口的那一幕就跟被人录下来了一样，在她脑海里回放。

她动了动唇，心情突然变得更糟糕了。

盛羡给她贴创可贴的那一刻，她脑海里冒出的是这样的念头：哦，这么多年，第一个人这么对她。

她从来不觉得自己可怜，可那一刻她觉得自己可怜极了。

她，陆惊宴，外人看来什么都有、什么都不愁的一个人，竟然会因为这么微不足道的一件小事而感动。

果然，深夜就不该一个人待着，就应该在灯红酒绿的酒吧里喝个烂醉，然后回家倒头就睡。

陆惊宴拿着手机在宋闲和陈楷的群里发了个消息。

她等了一分钟，见没人理她，翻出宋闲的电话，拨了过去。很久都没人接听，陆惊宴以为宋闲睡着了，挂了电话。

她丢下手机，打算开瓶红酒独饮，结果手机响了，宋闲把电话拨了回来。宋闲应该是睡着又被她吵醒了，声音含混困倦：“怎么了？”

“没事。”陆惊宴本来是想喊她出去喝酒的，“打错了。”

电话那头安静了两秒钟，宋闲问：“要出去坐坐吗？”

陆惊宴语气挺自然的：“不了吧，我刚从晚宴逃回来，这几天累坏了，现在只想睡觉。”

宋闲没说话。

陆惊宴装模作样地打了个哈欠：“行了，你继续睡吧，我挂电话了。”

“宴宝。”宋闲喊住了她。

“嗯？”

“我已经被你吵醒了，你想聊什么就聊，反正一时半会儿我也睡不着了。”

陆惊宴动了下唇，跟平时和她闲聊的语气没什么区别：“就是我觉得自己碰上对手了。”

“谁？”宋闲很快就反应过来了，“陈楷他表哥？”

“嗯。”陆惊宴应了一声，“我有时候觉得他是渣男，有时候又觉得不是，反正很迷，搞不懂。”

“搞不懂就别搞了呗，你反正就图他长得帅，随便玩一玩而已，管那么多干吗？”

“那不行，我有原则的，我虐的是渣男，又不是良家妇男，那要是错伤无辜了怎么办？”

“那就把你自己赔给他呗。”宋闲打着哈欠，顺着她的话往下接，刚说完，她像是想到什么一样，突然坐了起来，“宴宝，你不对劲儿，很不对劲儿，你以前搞那些渣男，哪有这么多顾忌？”

“……”

“我看你不是怕错伤无辜，我看你是要栽到陈楷他表哥手里了。”

“……”

“哇哦，宴宝，你这不是遇到对手了，你这是遇到克星了。”

陆惊宴的手一抖，也不知道自己到底在心虚个什么劲儿，把电话给挂了。

挂掉后，她又觉得自己反应太强烈，急忙拿着手机开始亡羊补牢：宋闲，刚才进来了个电话，所以断掉了。你刚刚说什么，我没听清楚。

宋闲是真困了，挂断电话，就把手机丢一边倒头又睡了。

陆惊宴见她不回消息，正打算再打个电话过去，手机突然蹦出一条支付宝提醒。

——你收到盛羡的一笔转账。

陆惊宴怔了下，点进去，看到金额，立刻反应过来盛羡这是把她转给他的钱全都退了回来。

要钱的是他，退钱的还是他，几个意思？

陆惊宴截了个图，发到盛羡微信上，然后又打了个问号。

陆惊宴：你什么意思？

过了好一会儿，她的手机屏幕亮了下。

盛羡：喂鱼。

这位顶配渣男还挺会。正在喝水的陆惊宴差点被呛着，她咽了口唾沫，又看了一遍他发来的消息。

心跳不争气地、怦怦怦地开始加快。

这是她从未有过的情况。

她努力想让自己的小心脏淡定点，不但无济于事，反而跳得更凶猛了。

陆惊宴，你怎么回事？明明是你先递的火，人就说了两个字，你这么激动做什么？

就你这样还想让人哭？

陆惊宴丢下手机，进了洗手间，打开水龙头，用冷水冲了一把脸，她整个人总算稍微正常了一点。

人都站在洗手间了，她干脆挖了一块卸妆膏，涂在脸上一通抹。

洗完脸，她脱掉衣服，光着脚踏进淋浴间。

洗完澡，她没着急出来，站在花洒下，发了一会儿呆，低头认命般很轻地叹了口气。

宋闲说得没错。

她好像是遇到克星了。

隔天。

忙碌的日子总算告一段落，陆惊宴一觉睡到下午一点钟才起床，洗漱完，再把这几天住酒店的东西收拾好，差不多已经是下午两点了。她肚子饿得咕咕叫，但懒得跑出去吃饭，直接选择了酒店的下午茶。

填饱肚子，陆惊宴回酒店房间拿上自己的东西，打算退房走人。

她的车这几天就停在地下停车场，她乘坐电梯先到一楼，把房卡放前台，然后就又往电梯那边走去。没走几步，有人拦住了她："这位小姐。"

陆惊宴停下脚步，看了眼来人。

她记性一向不错，一眼认出来眼前喊住她的人是昨天早上在顶楼被丈夫家暴的那位女士。

陆惊宴没说话。

"你还记得我吗？昨天早上，我们在顶楼见过面。"女士自我介绍，"我姓孙，我在这儿等你很久了，以为你已经退房了，还好你没有走。"

陆惊宴挑了下眉："有事？"

孙女士连点了好几次头，似是不知道该怎么开口，磕磕绊绊了好一会儿，才支支吾吾道："我，我想请你帮个忙，你能不能帮我做个证，我丈夫想跟我离婚，但是我想要我女儿的抚养权……"

没等孙女士把话说完，陆惊宴冷冰冰地打断了她的话："没兴趣。"

孙女士没想到她拒绝得那么干脆，愣了下："我知道我这么找你帮忙有点冒犯，但是现在唯一能帮我的就只有你了。你放心，我不会白让你帮忙的，我会给你报酬的。"

"报酬？"陆惊宴轻笑了一声，"是钱吗？不好意思啊，我最不缺的就是钱。”

“麻烦你让一下。”陆惊宴见孙女士站在原地不动，耐心耗尽的她拉着自己的行李箱往旁边绕了过去。

孙女士跟了上去：“小姐，拜托你了，就当是发发善心，我是真的走投无路了，我不能没有我女儿。”

陆惊宴跟没听到孙女士的话一样，按了电梯。

电梯门很快打开，孙女士着急地抓住陆惊宴的衣服：“能不能请你再好好考虑考虑？”

陆惊宴低头看了眼自己被揪着的衣服，一脸冷漠：“放开。”

她话不重，但气势很足。

孙女士吓得松了下指尖，想到女儿，又重新攥住。

两个人僵持了一会儿，陆惊宴耐心耗尽：“我没有义务帮你，也并不打算帮你，你与其在这里纠缠我，不如想办法刺激你老公再打你一次。麻烦你放手，否则我要喊保安了。”

孙女士最终还是松了手。

陆惊宴是她仅剩的唯一的希望，现在也断掉了。给陆惊宴让开路的那一瞬间，她没忍住，眼圈一下子红了。

陆惊宴目光冷冷地在她脸上划过，面对她泛红的眼眶，丝毫没有动容的迹象，拉着箱子进了电梯。

……

盛羡一进酒店大堂就看到了陆惊宴，紧接着就看到了他的当事人。

两个人不知道在说些什么，陆惊宴一脸的不耐烦，眉眼间写满了排斥。

盛羡走过来，看到孙女士红着眼睛正在落泪，动了下眼皮：“怎么了？”

孙女士抬头，看到盛羡，急忙擦了擦眼角的泪，有点不好意思地说：“我昨天想起来，我丈夫打我的时候，有个目击证人，我想请她帮忙，但她拒绝了。”

目击证人……

盛羡想到刚刚和她说话的陆惊宴："是刚刚进电梯的那位？"

孙女士点了下头："您看到了呀？"

盛羡问："你确定没看错？"

孙女士摇了下头："不可能看错的，她长得太漂亮了。"

……

从电梯出来，陆惊宴打开后备箱，把箱子甩了进去，合上后备箱。她打开车门，刚钻进去，手机响了，是盛羡打来的电话。

陆惊宴有点小惊讶，这还是他头一回主动给她打电话。

接通电话，陆惊宴笑嘻嘻地喊了声"哥哥"，刚想问他是不是想她了，盛羡声音传了过来："走了吗？"

陆惊宴收住到嘴边的话："啊？"

"还在酒店吗？"

"在啊，在地下停车场。"

"等我。"

电话被盛羡挂断了。

陆惊宴一头雾水，放下手机，落下车窗，伸着脑袋往电梯那边看去。还挺快的，没两分钟，盛羡从里面走了出来。

他绕着停车场看了一圈，找到她的车，走了过来。

陆惊宴没下车，趴在车窗上看着急匆匆过来的盛羡，刚想问他什么事这么着急，盛羡就先出了声："昨天早上你在酒店顶层看到了一起家暴事件？"

陆惊宴有点诧异："你怎么知道的？"

"其中一个是我的当事人。"

"哦，真巧，看来我跟哥哥很有缘。"陆惊宴趴在车窗上仰着头笑嘻嘻地又问，"哥哥，你找我，就是为了问这个？"

"不全是。"盛羡看着她沉默了片刻，"孙女士找你帮忙做目击证人，你拒绝了？"

陆惊宴很坦荡："嗯，拒绝了。"

"能不能再考虑一下？"

陆惊宴想都没想："不要。"

毕竟是她正明里暗里勾搭的人，她拒绝得太干脆，显得自己太凉薄。

想了下，陆惊宴又说："她不值得同情，在第一次被家暴的时候，她就应该离婚，这么多年过去了，她从没想过自救，我为什么要救她？与其说她是受害者，不如说她是家暴的纵容者。再说，我那天只是凑巧出现了，如果我没出现，那她现在不还是什么证据都没有吗？所以这事很简单，就当那天没看到我。"

陆惊宴觉得这事就这么过了，她往车窗外探了探头，笑了："哥哥，今天天气不错，要不要一起去兜兜风？"

盛羡一脸平静地看着她，他这么沉默不语望着她的样子，很有压迫感。

陆惊宴别开头，清了清嗓子，刚想笑着再说点什么，盛羡的眼神微闪了下："孩子是无辜的。"

就像他之所以会接这个官司，并不是想要拯救孙女士于水深火热之间，而是因为孩子。

因为亲身经历过一个糟糕的家庭，明白那样的环境对人一生的影响到底有多惨烈，所以想尽可能地让这个孩子在一个有爱的环境下成长。

盛羡看陆惊宴没反应，又说："孩子才十几岁，她需要的是妈妈，不是有暴力倾向的父亲。"

陆惊宴无动于衷地耸了下肩："那只能怪她投胎得不够好，我又不是圣母，不想帮就是不想帮咯。再说，你不是法学院最年轻的教授吗？什么案子到你手里都能胜诉，我相信你这次也可以的。实在不行，你可以钻法律的漏洞，你们律师界不是有句话是这么说的吗，'法律不是用来遵守的，而是用来利用的'。"

盛羡又不说话了。他直勾勾地望着陆惊宴的眼睛，像是要从她身上找出什么，又像是要从她眼底挖出一抹动摇。

女孩自始至终都很冷漠，回视他的眼睛里一点温度都没有。

盛羡有点不死心，静静地望着她，过了好一会儿，他问：“你为什么会变成这样？”

顿了下，他又说：“我以前认识的你，不是这样的。”

在很早很早之前，他认识一个女孩。他曾试图用言语形容出那个女孩，他翻遍字典所有的褒义词，也没办法把她形容出来。

她漂亮优雅，弹得一手好钢琴，跳得一身好舞蹈，尤其是她那双眼睛，纯粹干净，像是山顶没有被污染过的泉水。

她路过天桥碰到乞丐，会停下来面带微笑放钱，会在下雨天让司机停下车，顶着雨去帮老人推摆摊的小车，会在周末去福利院当志愿者。

那个时候的她，眼神是温暖的，跟谁说话都是面带微笑，很有礼貌。

在她身上找不出来任何的缺点，所有男生都叫她女神。

而他叫她，白月光。

陆惊宴愣了好一会儿才反应过来：“什么意思？”

盛羡喉结上下动了下，没说话。

陆惊宴又问了一句：“你以前认识我？多久以前？”

盛羡盯着陆惊宴动了下唇，没接她的话，顿了好几秒，他径自道：“算了，当我没找过你。”说完，他没有片刻逗留，直接转身走了。

陆惊宴看着他的背影，犹豫了一下，没下车。

回到家，刚把行李放下，陆鸿程的电话就打过来了，陆惊宴由着手机响了好久才接听。

她什么话都还没说，陆鸿程就劈头盖脸道：“打了半天电话，怎么现在才接。”

陆惊宴闭了闭眼睛，尽量放稳声调：“刚在洗手间。”

陆鸿程没因为这事再训斥她，但接下来说话的语气也不算好听：“今晚和杨公子的饭局别忘了，见到他记得态度好点。我已经帮你想好了借口，说你上次是意外情况，这次你别再给我搞砸了。”

这种话，这些年陆惊宴都不知道听过多少遍，她垂着眼皮，漫不经心地敷衍了声：“嗯。”

陆鸿程那边估计也有要忙的事，没跟她在这儿多费嘴皮子，直接把电话给挂了。

陆惊宴丢下手机，躺在床上发了会儿呆，突然想到盛羡说的话。

她掰着手指算了下盛羡的年纪，要么和她同届，要么就比她大一届。难不成他是她的同班同学？陆惊宴起身跑到书房，翻箱倒柜找了好一阵儿，把上学那会儿拍的合照一股脑地全给翻了出来。

从小学到高中，她挨个找了个遍，没在同班同学里找到盛羡。那就是比她大一届？

上学那会儿追她的男生挺多的，也有不少学长跑来跟她示好。

她当然不可能全记着，可是根据盛羡现在的颜值，当年的他应该也是很扎眼的那种，放学校里怎么也是校草的存在，她不可能完全没记忆。

陆惊宴绞尽脑汁想了很久，也没在记忆中找到能和盛羡搭上边的人和事。

陆鸿程安排的饭局在晚上六点钟，陆惊宴没那么多时间来纠结这事，只能把相册收起来，回房间简单地收拾了下自己出了门。

这顿饭没陆惊宴想象中的那么难熬，大多数时间都是陆鸿程和他口中的那位杨公子在聊天。除了中间被陆鸿程逼着给杨公子倒了两杯酒之外，基本上也没她别的什么事。

饭局快结束的时候，陆鸿程提议陆惊宴和杨公子加个微信好友。

陆惊宴把手机递过去，让杨公子扫自己的微信二维码。很快她就收到了添加好友的信息，但她没通过，不过却瞄到了那位杨公子的姓名——杨絮。

陆鸿程和陆惊宴都喝了点酒，从餐厅出来，陆鸿程让陆惊宴上他的车走。

陆惊宴没拒绝，很敷衍地跟杨公子摆了下手，先钻进车里。

陆鸿程和杨絮在餐厅门口叽叽歪歪了差不多十分钟才上了车。陆惊宴没说话，在心底默默地数着数。数到十的时候，陆鸿程果然开口了："小宴，你年龄真的不小了，也该成家了，不要总是这么任性。"

陆惊宴看着车窗外不断倒退的夜景，有一句没一句地听着陆鸿程的话。

她其实不太清楚陆鸿程具体说了点什么，但就觉得耳边很吵，吵得她很烦。

"杨公子条件真的很不错，他之所以肯见你，也是看了陆家的面子。他这种条件，很多女孩抢的，你得把握住，尤其是你先天条件那么好，漂亮又有家世，比别的女孩有优势多了。而且你二哥现在有个项目，需要杨公子那边的支持，不管怎样，你现在都跟杨公子好好处……"

陆鸿程口中的二哥，是她的堂哥，陆鸿程的二儿子。

陆惊宴其实很少和陆鸿程顶嘴，但她今天也不知道怎么回事，就莫名地控制不住："然后呢？等二哥把项目拿下来，我理不理杨先生是不是就无所谓了？"

这种情况，不是第一次发生。

以前也有过，她以为陆鸿程是真的给她安排相亲对象，到后来才发现不过就是为了促成某种合作。

她有时候就在想，如果她是他的亲生女儿，他会舍得这么用吗？

陆惊宴冷笑着低头，声音很平静："其实不用这么麻烦的，你让我二哥穿上女装或者去趟泰国，就可以解决一切问题。我建议还是穿女装，这样比较方便，万一碰到的人喜欢男的呢。"

陆鸿程愣了好一会儿才反应过来，整个人顿时火冒三丈："你这是什么说话态度？你跟谁学的，没大没小，你二哥是你能这么说的吗？"

陆鸿程平时挺能训人的，大概是真的被她气到了，一时间想不出来更多的词。

他面红耳赤地瞪着陆惊宴看了一会儿，然后怒不可遏地说："停车！

马上给我停车！”

前面开车的秘书急忙把车停在路边。

陆鸿程指着车外：“下车，你给我立刻下车！”

陆惊宴穿上外套，一脸平静地拎着包下车。

车门前一秒被她关上，下一秒车子扬长而去。

陆惊宴跟什么事没发生一样，一点也不在意地走到路边，扒着护栏伸着脑袋往下看。今晚的雾霾有点重，整个城市灰蒙蒙的，她眯着眼睛努力看了好一会儿，才看清不远处的路标。

她应该多忍几分钟，过了这段前不着村后不着店的高架桥再说话。

主路上来来往往的都是私家车，陆惊宴靠着冷冰冰的栏杆站了一会儿，也没等来一辆出租车。从包里掏出手机，点进微信，她看了眼最上面置顶位置的盛羡，抿了下唇，滑着屏幕往下翻。找到陈楷，她点进去发了个定位。

陆惊宴：接我。

十分钟不到，陈楷生日那天自己买给自己的那辆极其拉风的跑车停在了她面前。

上车，陆惊宴问：“怎么那么快？”

“就在旁边的酒吧，刚点完酒，一口都没喝就收到你消息了。”顿了下，陈楷问，“你怎么在这儿？”

陆惊宴“啊”了一声，没说话。陈楷看了她一眼，没再问。

过了会儿，陈楷问：“要不要一起去喝点？”

陆惊宴看着窗外，懒洋洋的：“喝呗。”

陆惊宴没问陈楷约了谁，陈楷也没说。

到酒吧后，陈楷订的位置还是空的。

陆惊宴和陈楷面对面坐下。陈楷熟练地摸出一盒烟，敲出来一根，递给陆惊宴：“来一根？”

陆惊宴摇了下头，指尖捏着杯口转着酒杯：“戒了。”

陈楷咬着烟按响打火机："怎么突然想起来戒烟了？"

陆惊宴抬头不冷不热地看了眼陈楷："养生。"

陈楷"扑哧"笑了："就你？养生？我信你个鬼。"

陆惊宴翻了个白眼，懒得理他。

端着酒杯喝了小半杯，陆惊宴在桌子下面，用鞋尖踢了下陈楷的腿："问你个事。"

陈楷冲着她吹了一口烟："大小姐您请说。"

陆惊宴皱着眉挥开："就你表哥，他在哪儿上的小学、初中还有高中？"

陈楷摇了下头："不知道啊。"

陆惊宴面无表情地看着他。

"我真不知道，我骗你做什么，我也是去年才认识我表哥的。"

陆惊宴有些诧异："去年？"

"对啊，严格意义上来说，盛羡其实不算我表哥，他跟我没血缘关系的，他是我小姨父和他前妻生的。我小姨后来生的我表弟和我表妹，跟我表哥是同父异母的关系。我知道我小姨父之前有个儿子，但是我一直没见过，直到去年才见到，所以我对我表哥之前的事，不是那么了解。"

"这样啊。"陆惊宴顿了顿，又问，"那你表哥跟你现在熟不熟？"

"挺熟的啊，跟我比跟他们家那两个小的亲多了。"

陈楷口中的两个小的，指的应该是盛羡同父异母的弟弟和妹妹。

陆惊宴眨了眨眼睛："那你表哥有没有跟你提过他以前追过的女孩？"

"没有。"

"那白月光呢？就是放在心底偷偷喜欢的那种。"

"也没有。"

"……"

"你问这些做什么？"

"不做什么，就是想要试探下你跟你表哥是不是真熟。"陆惊宴什么都没打探出来，在心底狠狠地骂了陈楷一通，不争气，然后抬起头一本正经道，“事实证明，你表哥跟你一点也不熟。”

陆惊宴有点不死心。

盛羡那句“我以前认识的你”，就像是一根羽毛挠得她心痒痒的。

她知道他以前认识她，要不然怎么可能把她的生日设为手机热点密码，但她那会儿以为他是通过陈楷知道的她，然后偷偷地暗恋她。

可现在看来，好像不是这么一回事，他应该很早就认识她了。

陆惊宴认真地想了想小时候，她既没有走丢被别人家收养的经历，也没有碰到谁被杀手追杀，她大义凛然救了对方的狗血剧情。

盛羡会不会是在骗她？陆惊宴回想了下盛羡当时的表情，不像是在骗人。

就像她之前在家想的那样，盛羡这种人，如果真的出现在她身边，她不可能一点印象都没有。

除非……

陆惊宴完全不敢相信，仿佛石化般停顿了几秒，抬头看向陈楷：“你确定你表哥是人吗？

“你表哥会不会是什么外星人？或者你表哥会不会是鬼怪，再或者是地狱使者？”

说不定他指的是前世的她。虽然这猜测大胆了点，但大千世界无奇不有，指不定就是真的。

“也有可能是吸血鬼……”陆惊宴实在是想不出来别的情况，干脆来了个总结，“总之就是活了好几千年的那种物种。”

陈楷瞠目结舌，盯着陆惊宴看了大概十秒钟，伸出手摸了摸她的额头，确定她没发烧，一脸严肃地说：“我觉得你说得对，不过我觉得我表哥是神。”

陆惊宴眨了眨眼睛。

陈楷跟卖关子一样，张了好几次口，才吐出了两个字：“男——神。”

看着陆惊宴说不出来话的表情，陈楷喝了半杯酒：“外星人？鬼怪？

地狱使者？吸血鬼？你怎么不说我表哥是造人的女娲、开天辟地的盘古、射日的后羿？姑娘，少看点韩剧吧，你看你年纪轻轻，脑子都不好使了。”

那会儿陷入自己脑洞里的陆惊宴，本来没觉得自己刚刚那话有多智障，现在被陈楷这么一说，她忽然觉得自己有点神经质。

她面无表情地瞪着一个劲儿嘲讽自己的陈楷看了几秒钟：“你难道不觉得冷吗？”

“啊？”陈楷抬头看了眼头顶上的中央空调，“不冷啊，我喝了酒，还感觉有点热。”

陆惊宴说：“我有点冷，被我的冷笑话冷到了。”

“……”

陆惊宴把杯子里的酒喝完，拿起一旁的外套：“我要走了。”

“这么早？”

“嗯。”陆惊宴穿上外套，“不想跟冷笑话都听不懂的人在一起喝酒，显得自己脑子不好使。”

陆惊宴走了大概十五分钟，陈楷约的人到了。

等的实在无聊，陈楷跟人开了一把《王者荣耀》。看到被服务员带过来的盛羡，他立刻放下手机，任由自己的账号在游戏里挂机。

聊的还是陈楷那位小网友父母离婚的事，聊了一个多小时，差不多聊完了。

陈楷这才后知后觉地反应过来：“哇，刚刚宴宝在，我忘了告诉她我约了你。”

盛羡正按着手机，听到这句话手指停了下来。

“我要告诉她，她应该就不会那么早走了。”

盛羡没说话，不紧不慢地打完字，然后放下手机：“你跟她很熟？”

“当然了，这还用问吗？”陈楷信誓旦旦的样子只差没当场发个毒誓了，“陆惊宴最好的朋友绝对是我陈楷！”

盛羡思考了片刻，问："她上学那会儿是不是出过什么事儿？"

"为什么这么问？"

"就随便问问。"盛羡语气很随意，"听她以前的同学说的。"

"你怎么认识宴宝以前同学的？"

盛羡被陈楷问得有点不耐烦，默了三秒，耐着性子说："就昨天和她打架的那位。"

陈楷一脸恍然："原来她们是同学啊，不过宴宝上学的事我不清楚，我很小就被拎出国外了，再回来就直接高考。宴宝大学之后的事我比较清楚，都挺正常的啊，跟现在没什么差别。"

顿了下，陈楷问："怎么了？是昨天那个同学跟你说了什么吗？宴宝上学的时候出了什么事吗？"

看着陈楷一脸追问的表情，盛羡拎起衣服，打算走人。

就这样，也能算是她最好的朋友？

"别走啊，哥，把话说清楚啊，到底什么情况，讲讲嘛。"

盛羡被陈楷吵得有点烦，慢慢地看了他一眼："你和她不是很熟吗？"

陈楷被噎得说不出话，同样的情况，他今晚经历了两次。

陈楷的心拔凉拔凉的："哥，你这样让我很难受。"

盛羡没搭理他，看了眼旁边的服务员："结账。"

陈楷有点受宠若惊："啊……不用，哥，我自己来就行了……"话都没说完，盛羡已经扫完了码，直接往酒吧门口走去。

这是盛羡头一次给他买单，陈楷越想越觉得不可思议，突然被暖到了。他哥果然是爱他的。陈楷翻出手机，对着盛羡就是一通感恩戴德的语音消息。

"哥，我懂你，你就是外冷内热，见我说难过，特意买单安慰我。

"哥，从现在开始，你是我亲表哥，不，亲哥，不，比亲哥还亲！"

三秒后，陈楷的手机屏幕亮了一下。

盛羡：想太多。

撩七下

不是要钱，是喂食

“吃撑了吗？小鱼仔。”

“……”

“要是不够，我再喂点？”

“……”

在酒店的地下停车场，盛羡提出让陆惊宴当目击证人那次，是他和她的最后一次见面。

他和她那天的聊天，没有针锋相对，也没有歇斯底里，甚至两个人说话的语气都很温和，总共他们也就交谈了不到五分钟的样子，可给陆惊宴的感觉却像是两个人狠狠地大闹了一场。

一开始是陆惊宴觉得她拒绝帮他，他和她当时的气氛也挺尴尬的，她不知道该跟他说点什么。时间久了，那份尴尬散去，她发现更不知道该怎么找他了。

两个人就这样还没来得及熟悉就先陷入了冷战的僵局。

陆惊宴认识那么多男人，也有没撩到手就不了了之的。她以为盛羡会渐渐地被她抛之脑后，可她怎么也没想到，她总是会在不经意间想起他。

这种感觉对她来说很陌生，也让她很害怕，具体害怕些什么她也不清楚。

在和盛羡没什么联系的这段日子里，她过的跟以前没什么区别，白天忙工作，晚上没事就跟陈楷和宋闲泡吧。

有好几次她没抵住诱惑，差点把戒了一段时间的烟给重新抽回来，但烟真咬在嘴里，她又会犹豫。

她觉得大概是盛羡占据了她微信置顶的位置，每次进微信都能看到他的名字，带给自己太大的干扰。她把他从置顶的位置撤掉，可发现并没太大用处，她会突然走神，等回过神来的时候，手指已经在微信里搜索了他的名字了。

她发现，她越想把他从生命里用最快的速度抹去，他越无孔不入。

时间过得很快，转眼间就到了圣诞节。

那天她点开他微信的频率特别高，她打了好几次"圣诞节快乐"，每次都没发出去。

下午快下班的时候，她打了个电话，联系了个熟悉的人在她当初读的那些学校里查了下盛羡。令她意外的是，她读的那些学校，都没有盛羡的学生档案记录。

他和她竟然没同校过，陆惊宴更觉得神奇了。

圣诞节这天挺不赶巧的，陈楷临时出差，宋闲的妈妈来了北京，他们原来计划好的圣诞节泡汤了。

三个人，两个人都有事忙。

被剩下的陆惊宴，一个人守着空荡荡的别墅吃了顿晚餐，看了半集搞笑的综艺，觉得实在没劲，就套了件外套出门了。

她去了平时跟宋闲还有陈楷他们最喜欢去的那家清吧，找了个比较偏僻的位置，点了一杯桃子味的鸡尾酒。

今天过节，酒吧里人挺多的，平时比较安静的场合也变得热闹了起来。她周围全都是谈笑声，洋溢着过节的喜庆，突然有个女人抽泣的声音夹杂其中。

陆惊宴漫不经心地抬起眼皮找了过去。

一个穿着很朴素戴着眼镜的女人，站在桌旁，对着一个穿着黑色衬衣怀里搂着个女人的男人哽咽道："你不是说你今天加班吗？"

男人怀里抱着的女人抬了下头："这是谁呀？"

男人说："我同事。"

戴着眼镜的女人听到这三个字，不敢置信地看了男人半天，眼泪簌簌而落："你说什么？"

"你难道不是我的同事吗？"男人反问了女人一句，一下子把女人给问住了。

男人显然不想在朋友面前闹开，他对着怀里的女人低声细语哄了两句，然后起身，对着戴眼镜的女人说："有什么事我们出去说。"

女人站在原地不动。

男人不耐烦道："你到底要不要说，不说就走。"

女人抿了下唇，跟着男人出去了。

陆惊宴目送两人出了酒吧，直到他们不见了身影，才收回视线。

她端起酒杯，慢悠悠地把剩下的那点酒喝完，然后从包里摸出两张钞票压在酒杯下面，起身走出酒吧。

酒吧左边有条小胡同，里面没什么灯。借着主路路灯折射进去的光，陆惊宴看到里面站着的两个人。

男人语气很恶劣："别闹了，我说过你是我女朋友吗？"

女人小声的抽泣着："那……那……那你，那天晚上，还……还……还……"

"还什么？还睡你？你不也没拒绝吗？"

“可……可……可你有说喜欢……”

男人笑了：“床上的话你也信？我跟谁上床都说喜欢，都喊她宝贝，那不就是纯粹助个兴嘛。要不然呢？什么也不说，干巴巴地来？再说，你不也享受到了吗？我看你当时也挺爽的啊……”

女人似乎是没想到男人会说出这种话，一时间不知道该怎么开口。

“实不相瞒，要是你今天没闹到酒吧来，就跟我单纯地维持没事干约个会的关系，我还是愿意好好哄着你的，现在……”男人耸了下肩，“看来没这个必要了。再说，跟你约会也挺没情趣的，调教半天什么也学不会，怪没劲的……”

女人听不下去了，转身跑了。

陆惊宴看着她一边抹眼泪一边毫无目的地往前跑的身影，脸上一点表情都没有。

换从前，她会跟着那个男人一起进酒吧，找个合适的机会给那个男人一点暗示，然后把他的联系方式想办法弄到手。

对于这种骗无辜良家女孩感情和身体的人，她虐起来从来都不会手软。

可今天，她却犹豫了，她不想在这种人身上浪费时间，她觉得很不值得，想要给他来个痛快。

陆惊宴看着男人从胡同里走出来，又看着他从自己面前走过，然后她出声喊住了他：“喂。”

男人顿足，回头，看到陆惊宴的脸，他眼底划过一抹惊艳，愣了一秒，才问：“请问有什么事吗？”陆惊宴冲着男人招了下手，然后用手腕的皮筋把头发胡乱地扎起来。

男人走到她跟前：“怎么了？”

陆惊宴把头发盘起来，用皮筋固定好，抬起眼皮看了眼男人，什么话都没说，揪着他的头发，把他脑袋往下一压，抬腿冲着他的鼻子狠狠地撞了上去。

五分钟后。

陆惊宴把头上的皮筋扯下来，甩了一下头发，看都没看被她揍到捂着裤裆蜷缩在冰冷的地上爬不起来的男人一眼，直接往路边走去。

她是个智商在线的人。这会儿趁着男人没反应过来，她得赶紧离开。

等下要是他回过味来报警了，她少不了被警察叔叔带走做笔录，到那时候肯定会惊动陆鸿程，想想那画面就令人烦躁。

路边没出租车经过，手机叫辆车也不知道要等多久，陆惊宴向四周看了看，正好瞄到一辆黑色的车子打着双闪停在路边，看着好像是要走的样子。

她小跑过去，拉开后车门，二话不说钻了进去："大哥，麻烦您带我一程，前面路口停就好。"

坐在前面司机位上的人没反应。

陆惊宴从包里翻出一张钱往前面递去："大哥，我请你喝酒，谢谢了。"

前面的人没接。

陆惊宴把钱往前递了递，刚想再说两句好听话，大哥转过头来，眼皮动了动，对上了她的眼睛。

演电视剧呢？怎么会巧到是他的车。

陆惊宴瞪着盛羡，一时间不知道自己是该下车还是该催他继续走。

车内安静了四五秒钟，盛羡慢慢地收回视线，踩了油门。

陆惊宴暗暗松了口气，盛羡没接她的钱，手伸着怪累的，她纠结了一小会儿，默默地把手缩回来，把钱重新塞回包里。

车内没开音乐，安静得有些过分。盛羡直视正前方，那样子就跟她不存在一样，半点都没有要跟她交谈的意思。

陆惊宴没想到会在这儿碰到他，但碰到了不说话就显得很奇怪。

人也没找自己，是自己误打误撞钻人车里的，陆惊宴想了会儿，觉得事儿是自己挑起来的，也理应自己先开口："没想到会在这儿碰到你。"

盛羡没说话。

陆惊宴感觉没人接自己的话，就这么安静下来，显得很没面子，于是自己接了句：“就还挺巧的，我刚好要走，你刚好车就在路边停了一下，要是早两分钟或者晚两分钟，我们就碰不上了。”

说到这儿，陆惊宴想到自己打人那事：“你……是刚到吧？”

盛羡淡淡道：“不是。”

陆惊宴心里咯噔一下。

不是？

该不会是又目睹到自己跟人打架了吧？

盛羡像是猜到她在想什么：“我到挺久了，看到你进酒吧，又看到你出酒吧。”

言下之意，就是不但目睹到她打人，还把她打人的前因后果都看全了。

陆惊宴觉得盛羡大可不必跟她说得这么详细，这个时候，她还是很愿意听假话的。

陆惊宴叹了口气，转头看了眼窗外，发现车子已经开出很远，过了不止一个路口，她急忙道：“那个……你可以随便找个地方把我放下。”

盛羡透过后视镜看了她一眼：“想去哪儿？”

陆惊宴翻出手机瞄了下时间，还早，她不太想回家，贴着玻璃看着外面研究了一下：“就前面左转，那条街上有家酒吧，我去那儿吧。”

盛羡又不说话了。

左转的时候，恰好赶上了红灯，长达六十秒。

陆惊宴想到盛羡在之前的那家酒吧门口待了四十多分钟，忍不住好奇地问：“你刚刚在那儿待那么久，是等人吗？”

盛羡很敷衍地“嗯”了声。

陆惊宴有点不好意思：“那你还是在桥下掉头回去吧，我在这儿下车，反正也没多远，走走就到了。”

红灯恰好变绿灯。

盛羡一言不发地控着方向盘左转。

陆惊宴“哎”了声：“你真不用送我，你去等你要等的人——”

“不等了。”盛羡语气冷冷的，打断了她的话。

陆惊宴觉得这是人家的事，她好像没什么资格干涉，动了动唇，最后还是闭上了嘴。

这条路上没什么车，没两分钟，车子就到了陆惊宴说的那家酒吧门口。

等盛羡把车停在路边，陆惊宴客套地道了声谢，拿好东西，推开车门下车了。

盛羡将车熄了火，解开安全带，也下了车。

陆惊宴以为他是要找洗手间，贴心地指了下旁边的一家 KFC：“这个酒吧没洗手间，旁边的 KFC 二楼有。”

盛羡站在原地没动。

陆惊宴思考了两秒，从包里翻出一包纸巾：“给你？”

盛羡盯着她手里的纸巾看了两秒，抬起眼皮：“酒钱呢？”

“啊？”陆惊宴反应了两秒，想到自己那会儿递过去请大哥喝酒的钱。

还真要她的钱啊！

陆惊宴默默地翻了个大白眼，从包里翻出钱，递给盛羡：“喏，给你。”

盛羡瞄了眼她递过来的钱没接：“走吧。”说完，冲酒吧走去。

走吧？

陆惊宴看着盛羡的背影，愣了下，跟了上去。盛羡拉开门，等着她进去，才走了进去。

服务生看到他们，热情道：“两位？”

盛羡说：“嗯。”

陆惊宴说：“不是。”

三秒后，盛羡面无表情地绕过服务生进了里面。

陆惊宴在原地站了会儿也进了里面。

这家酒吧所处的位置不如之前的那家清酒吧地段好，虽然是圣诞节，但因为不是周末，人并不多。

盛羡先进去，挑了位置坐下。

陆惊宴真不太确定自己和盛羡现在算什么气氛，上回那吵架不像吵架，现在和好也不像和好，她犹豫了一下，还是打算捡里面的空位坐。

她目不斜视，直直地往里走，在经过盛羡身边的时候，感觉被人轻轻地扯住。她顿了下，低头看去，她的包链被盛羡用一根手指钩住。

不得不说他的手是真的漂亮，手指修长，骨节分明，指甲修剪得整齐干净。

陆惊宴盯着多看了几眼，顺着盛羡的手，视线上移落在了他的脸上。

他脸上没什么表情，碰触到她的视线，声音淡得跟白开水一样："就坐这儿吧。"

陆惊宴没想到他会说这句话，愣了愣："啊？"

盛羡往里挪了个位置："坐。"

陆惊宴沉默了两秒，坐在了盛羡的身边。

服务员很快把酒水单送了上来。

陆惊宴跟在刚刚那个清酒吧一样，点了杯度数不怎么高的鸡尾酒，把酒水单推给了盛羡。

盛羡要开车，他简单翻看了一下，点了杯没酒精的苏打水。

服务生抱着酒水单离开后，盛羡就低头看手机。陆惊宴看他没话跟自己说，也掏出手机刷着玩。比起盛羡看手机的专注，陆惊宴显得有点心不在焉，思绪一个劲儿地往他身上飘。

他这是几个意思？本来好端端地在等人，碰到她不但不等了，还跟着她一块儿来了酒吧。

上回在地下停车场那事，她觉得闹得挺不愉快的，但他怎么就跟没事人一样。难道他压根儿没往心里去，这么多天就她一个人在耿耿于怀？

盛羡回完消息，看了眼身边的人，她撑着下巴，盯着正前方眼睛一眨不眨。

盛羡顺着她的视线望去，她看的地方坐了几个年轻的小伙子，其中一个咬着一根烟正在点火。他又看了眼陆惊宴，发现她直勾勾地望着的正好是那根点燃的烟。

想不明白的陆惊宴，舔了下唇。

盛羡盯着那小伙子指尖缭绕的烟雾看了片刻，像是想到什么一样，摸了下兜，从里面摸出一颗糖。今天是圣诞节，学校里有人发糖，塞给了他几颗，被他随手放兜里了。

他把摸出来的那颗糖递给陆惊宴："给。"

正想事的陆惊宴没反应。

盛羡见她半天没动作，动手剥开了糖纸，把糖递到她嘴边："张嘴。"

沉浸在思绪里的陆惊宴，看了眼盛羡突然递来的这块糖，有点没反应过来，愣愣地张开嘴。下一秒，糖就被盛羡塞进嘴里，甜到发腻的味道瞬间充斥着整个口腔。

陆惊宴下意识地张嘴想要吐出去，盛羡突然又递过来了几颗糖："把烟戒了吧。"

他语气很淡，和平时一样，不掺杂任何情绪："要实在想抽，就吃块糖。"

陆惊宴愣了愣，收住正打算吐糖的动作。

她反应了好几秒才反应过来，她对面的人正在抽烟，盛羡这是以为她烟瘾犯了，给她塞了块糖吃。

陆惊宴动了下唇，糖的甜腻感从舌尖蔓延开，她不怎么喜欢甜的东西，此刻忽然觉得好像也可以接受这种甜度。

酒被服务生送上来了，陆惊宴抿了一口，歪头问："这是你的新套路吗？"

"嗯？"

"让我去当目击证人的新套路。"

"不是。"

隔了几秒，盛羡又说："当事人找到了新的证据。"

陆惊宴喝酒的动作顿了下，看不出表情地“哦”了一声。

两个人都没再说话。

陆惊宴以为他们就会像陌生人一样互不交谈地待到走人。但她没想到十来分钟后，盛羡问：“你以前是不是发生过什么事？”

陆惊宴没想到盛羡会这么问，她低着头看着杯子里浅粉色的鸡尾酒沉默了片刻，眉眼弯弯的转过头说：“没有啊，我能发生什么事啊。”

盛羡静静地望着陆惊宴没吭声。

陆惊宴眨了眨眼睛：“对了，我还想问你呢，你以前真的认识我？”

“嗯。”

“什么时候的事？上学那会儿？怎么认识的？”

陆惊宴一口气追问了好几个问题，盛羡瞥开视线：“忘记了。”

好家伙。不想说就说不想说，直接扯个忘记了，哄谁呢？

陆惊宴面无表情地喝了口酒。

她这段时间一直都在为这事烦恼着，搜刮了自己所有的记忆都没找到他的影子就算了，在所上的学校里也没他任何信息。

这些都不重要，重要的是她问他，他还不肯说。

搞得神秘兮兮的，跟玩捉迷藏一样。越是找不到答案，陆惊宴越像是被猫挠一样，好奇得很。

比起她在这儿抓心挠肺，盛羡反而很淡定，捏着杯子慢吞吞地喝着苏打水，既悠闲又自在。

陆惊宴撇了下嘴，情不自禁地又把视线落在了他身上。

这男人真的是哪儿哪儿都精致、完美，让她挑不出来一点儿毛病，就跟人工打造的一样……

陆惊宴眨了又眨眼睛，然后就跟想起来什么一样，脑袋一点一点地凑近了盛羡。

“你是不是整容了？”

一定是整容了，大变样，她才认不出来他是谁。

陆惊宴仔仔细细研究着盛羡的脸："在哪儿整的，技术还挺好，一点儿疤痕都没留下。"

盛羡略感头疼，喊了声她的名字："陆惊宴。"

要换陈楷，听到盛羡用这种语气跟自己讲话，早就吓跑了，陆惊宴不但不怕，反而还把头往前凑得更近了。近到他能感觉到她清浅的呼吸，带着甜甜的糖味。

盛羡喉结动了一下，低头看向她。

陆惊宴大大方方地迎着他的视线，半点儿避让的意思都没有。

具体不知道过了几秒，陆惊宴把左腮鼓着的糖，用舌尖抵到右边，然后"咯嘣"一声，把糖咬碎嚼了两下全吞了下去："哥哥，你能把给你整容的医生介绍给我认识吗？"

"……"

"他好懂我。"

"……"

"把你整得哪儿哪儿都是我心上人的样子。"

"……"

"尤其是……"陆惊宴的视线落在了盛羡的唇上，"嘴。"她顿了两秒，侧头凑近盛羡耳边，声音低得像是在说悄悄话，"好适合接吻。"

盛羡像是被人按了暂停键，整个人一动不动，僵硬了大概两秒，猛地别开头，吐出了一口气："没整，天生的。"

陆惊宴看着他，表情不是那么相信："那你让我摸摸。"

盛羡闭了下眼睛，语气透着点无奈："别闹了。"

"没闹，是不是天生的，你让我摸摸就知道了。"

盛羡深吸了一口气，打心底觉得小学生简直猖狂到无法无天的地步了。

他垂着眼皮看了她几秒钟，低头靠近她耳边："你想怎么摸？"

陆惊宴张了下嘴，本来想要举起来去摸他脸的手顿在了身侧。

他声音很低，震得她耳膜有点发麻，她禁不住缩了下脖子。

画面就跟静止了似的，陆惊宴愣了好一阵儿才缓过神来。

她平时挺能撩的，但现在一时半会儿竟不知道该说些什么，但她又不能一直这么傻愣愣地待着，显得她段位很低。

她想了几秒钟，慢慢地把身体收回去，然后对着正前方缓缓地打了个酒嗝：“我……需要去个洗手间。”说着，她手撑着桌子站起来，拿着手机，气定神闲地拎起外套走出酒吧。

盛羡看了眼她留在椅子上的包，头疼地揉了下太阳穴。

他算是看出来了，那姑娘看着像是情场高手，身边的异性换了一茬又一茬，实际上就一个言语上的巨人，行动上的矮子，一点也不禁逗。

盛羡叹了一口气，想到两小时前，他没什么事，早早地下了班，开车回家的时候，不知怎的就逛到了她小区门口。

他当时觉得自己的行为挺莫名奇妙的，在车里还骂了句自己有病，正打算走人，就看到她从车里出来，然后他就鬼使神差地跟着她去了酒吧。

她坐的位置正好靠窗，一个人占了一个四人桌。

旁边的人有说有笑的，就她孤单地在角落里一个人喝着酒。在那样热闹的环境下，那样的她，光鲜亮丽的她，竟让他有点心疼。

就像薄暮说的那样，她挺不合群的，有人跑来跟她搭讪，她看也不看对方一眼，被人缠烦了，她“啪”的一声把酒杯往桌上一放，冷漠着一张脸吐出一个字。

虽然隔着玻璃，他还是能分辨出来她说的是“滚”。

再后来，一个戴眼镜的女人进了酒吧，就算他没在跟前，也能看得出来是感情纠纷。那男人对女人挺不客气的，旁边的人都在看热闹，没一个人上去管。

她也在看，表情比在场的任何人都冷漠。

然后那男人把女人叫了出来，走向胡同的路上，男人觉得丢了面子，气急败坏，一直在骂女人。

再然后……她出来了。她靠在胡同口的墙壁上，事不关己地听着戏。

再再然后，她动手打了那个男人。

而酒吧里剩下的那些人，就跟没看到这个小插曲一样，在男人和女人出来之后，继续说笑着喝酒。

这是她主动招惹他以来，他第一次从她身上看到了她从前的影子。

回想到这里的盛羡，突然愣了下。

过了几秒钟，他拿起手机，翻出最近代理的那个家暴离婚案当事人的联系方式："你丈夫家暴你的证据可以现在给我看一眼吗？"

这消息是当事人今天上午告诉他的，他们还没来得及碰面。

当事人的消息回得很快，不到一分钟，他收到了一段视频。

是露天的顶楼。

盛羡又问："这是什么时候的事？"

"就是在四季酒店那天发生的事。"

紧接着当事人发过来了一条很长的语音："我是昨天晚上收到快递的，但是快递上并没有留寄件地址。"

盛羡没回消息。但他的心，像是被什么东西狠狠地撞了一下，起伏得很厉害。

是她啊。

她口口声声说着不会做证，不帮忙，表现冷漠，像是没有感情的冷血动物一样。可她却在第一时间留了证据。

不管她怎么变，不管她看起来和以前的她怎样判若两人，她骨子里依旧是那个温柔善良的陆惊宴。

盛羡的眼神变得有些温柔，不过维持了不过半分钟，他忽然想起他那会儿问她的那句："你以前是不是发生过什么事？"

她回他的语气很自然，表情看起来很轻松，不像是在说假话，但他知道她一定是发生过什么事。

以前的她是一个挺温柔干净的女孩，跟谁说话都礼貌客气，不像现在骚话张口就来，脏话出口成章，冷漠傲慢脾气大，满脸写着颓和丧。

能把她变成这样，应该不会是什么好事。

看得出来，她并不是特别想跟人讲她自己的事，她在他面前虽然什么话都敢说，像是真的在追他，但实际上一点真心都没有。

她不是不合群。

她是画地为牢困住自己，拒绝去相信任何人。

陆惊宴推开 KFC 的门，一出来，就看到了站在路边的盛羡。他手里拎着她的包，黑色的长款风衣衬得他身高腿长。

等陆惊宴走过来，盛羡拉开车门："走吧，送你回家。"

陆惊宴钻进车里，刚想去系安全带，盛羡已经拉着安全带，"啪"的一声帮她扣好了。

陆惊宴凑到挡风玻璃跟前看了眼外面的天，黑漆漆的夜空并没有月亮。

盛羡发动车子，在前方的路口掉了个头。

刚刚他们在的酒吧，到了马路对面，经过的时候，陆惊宴想起来自己还没付酒钱，然后她瞬间懂了盛羡为什么突然如此贴心地给自己系安全带。

呵，男人。

干脆点不好吗？

陆惊宴转头看向盛羡："说吧，多少钱？"

"嗯？"

"就刚刚的酒钱，多少钱。"陆惊宴一边翻包数钱，一边说，"盛教授，你以后可以直接点，犯不着那么拐弯抹角。这是我聪明，要是换别人，哪知道你是什么意思？"

盛羡瞥了一眼陆惊宴："我什么意思？"

"要钱的意思。"陆惊宴见盛羡一副死不承认的样子，又补了句，"你给我系安全带，不就是提醒我给你钱吗？"

静了三秒钟，盛羡忍着头疼："不是要钱。"

"……"

“是喂食。”

陆惊宴眨了眨眼睛。

“吃撑了吗？小鱼仔。”

“……”

“要是不够，我再喂点？”

“……”

十分钟后，车子停在了陆惊宴的家门口。

她跟什么事都没发生过一样，面色如常地说了句“再见”，十分平静地推开车门。

盛羡目送她推开大门，踏进院里。随着门被关上，她的身影消失在了他的视野里。他默了一会儿，拿起手机。

……

陆惊宴借着院子里的地灯往里走，没走几步，感觉到包里的手机振动了几下。

她摸出来，按亮屏幕，发现盛羡给她发来了两条消息。

盛羡：对不起。

盛羡：圣诞节快乐。

对不起……对不起什么？是指地下停车场那回事吗？其实他犯不着给她道歉，那天的事他也没错。

陆惊宴停在别墅门口的台阶上，盯着屏幕看了好一会儿，动了下手指：哦。圣诞节快乐。

消息前一秒发送成功，后一秒手机上方的时间变成了 0:00。

陆惊宴不是那种争强好胜的人，但她总觉得今天的自己，在盛羡面前显得特别弱势。

在酒吧先撩人家的是她，先败下阵来的还是她；在车里先误解他意思的是她，先被他噎得没话说的还是她。

她觉得自己不能这样，弄得她之前谈的那一群男朋友都跟摆设一样。

陆惊宴想了会儿，又按亮了屏幕。

陆惊宴：哥哥，我想问你件事。

盛羡发了一个问号。

陆惊宴刚打完我晚上可以去梦里找你吗？她的手机连振了好几下，手机屏幕上方也跟着连弹出好几条提醒。

是 Emotion 里的私信。

那个从她和薄暮打完架到现在一直没出现的乱码账号又出现了。

乱码：陆惊宴，想我了吗？

乱码：我倒是挺想你的。

乱码：虽然已经过了圣诞节，但还是要祝福你一句“圣诞节快乐”。

乱码：这个人你还记得吗？简末。

陆惊宴握着手机的手开始发抖，她像是被人扼住了脖子一样，无法呼吸。

那些画面，混乱的、残忍的，在她脑海里一帧帧闪过。

她捂着脑袋想要忘掉，但那些画面变得越来越清晰。她转身冲着门外跑去，慌乱地推开门。

盛羡听见动静，连忙下车：“陆惊宴？”

她停下脚步，直勾勾地看着他。

盛羡快步走到她跟前：“怎么了？”

她张了张口，喉咙像是被什么东西捏住一样，“救我”那两个字，怎么都吐不出来。

盛羡皱了下眉，视线从她脸上一路落到她的脚上。她穿了一双小白鞋，鞋带在她刚刚乱跑中散开了。他看了两秒，蹲下身，捡起她散落在地上的鞋带，用袖口擦了擦上面的土，帮她系了个漂亮的蝴蝶结。

直到盛羡站起身，陆惊宴才后知后觉地往后缩了下脚。

她盯着被系好的鞋带张了张嘴，说不出来的情绪瞬间充斥着她的心头。过了两秒，她抬起头看向盛羡。

不知道是不是受那股莫名情绪的影响，她心头的恐慌退散了许多，大脑也跟着逐渐清醒。

盛羡看她一直没说话，又问："你还好吧？"

陆惊宴"啊"了一声，想到自己刚刚的失态，扯着唇笑了下："好啊，我当然好啊。"

她并不想在这个话题上逗留太久，没等盛羡说话，就很随意地换了个话题："对了，刚发微信，我不是说我想问你件事吗？"

"嗯。"

"就是……"陆惊宴停顿了下，胡乱地扯了个事，"网上电费怎么交？家里好像没电了。"

盛羡看了眼她身后的别墅，黑漆漆的没开灯，不知道是真停电了还是假停电了。他看着她的眼睛，沉默了片刻，问："你跑出来，就是为了问我这个？"

"啊，对。"陆惊宴点着头，"就是为了问你这个。"

为了显得逼真，陆惊宴想了下，又说："我不喜欢一点光都没有，没电我会睡不着觉的。"

盛羡看着她不说话。

陆惊宴纳闷地迎着他的视线站了会儿，发现他看着自己的眼神有些不对劲，像是要透过她故作轻松的样子看进她的内心。

陆惊宴觉得自己应该表现得镇定点儿，毕竟盛羡不会什么读心术，可和他僵持了一阵儿，还是败下阵来，她眨了眨眼睛，决定把问题抛回他身上："你……该不会也不会交电费吧？"

"……"

"那通马桶会不会？"陆惊宴看盛羡还是没有接自己话的意思，自顾自地"啧"了声，看着好像还挺失望的，"原来盛教授也不是什么都会啊——"

"……"

换平时，盛羡听到她这些疯言疯语，要么不跟小学生一般见识转身走人，要么就头疼又无奈地给她解释两句。

可这次，盛羡始终没说话，只是定定地望着她，像是要把她看穿一样。

陆惊宴开始莫名地心虚，她佯装镇定，清了清嗓子，面无波澜地摸出手机：“算了，我还是找物业来看看吧。”

说着，陆惊宴指了下盛羡的车：“时间不早了，哥哥，你早点回去吧。”

盛羡盯着装模作样找电话的陆惊宴看了两秒，不知道是不是被她那声“哥哥”喊的，总算动了下唇：“陆惊宴。”

陆惊宴抬起头：“啊？”

盛羡敲了敲手腕上的表：“这个点，物业已经下班了。”

“是吗？”她按亮屏幕，看了眼时间，是下班了。

大半夜的，这会儿就算有人值班，那也都是保安。

“没关系，我打电话问问孙阿姨，平时都是她打点这些的。”

没等陆惊宴继续装模作样地去找孙阿姨的电话，盛羡清淡的嗓音又传了过来：“陆惊宴，这个点，阿姨可能已经睡了。”

“……”

“大半夜扰人清梦，你觉得合适吗？”

“……”

陆惊宴觉得没什么不合适的，毕竟她家里又不是真的停电了，她也不会真的给孙阿姨打电话，她就是找个借口而已，但她又不能跟盛羡说“哦，我逗你玩的”。

正在陆惊宴寻思着该怎么回盛羡这话，盛羡突然出声：“走吧。”

“去哪儿？”

“我家。”盛羡说完那两字，转身往车那边走去。

陆惊宴愣了三秒，小跑着跟上：“去哪儿？你刚说的是去哪儿？”

盛羡拉开车门，语气冷冰冰的，打断了陆惊宴聒噪的声音：“上车。”

“你刚刚说的是什么？我没听清楚，你再说一遍——”

盛羡顶着一脸的不耐烦，作势要去关车门。

陆惊宴动作敏捷地钻进车里，飞速地系上安全带，然后仰起头眉眼弯弯地冲着盛羡笑了一下：“现在可以说了吗？”

“砰”的一声，车门毫不留情地被甩上。

陆惊宴透过挡风玻璃，看着盛教授面无表情的从车前走过，忍不住撇了下嘴：“假清高，装矜持，闷骚怪……”

车门被拉开，盛羡坐进驾驶座。

陆惊宴立刻止住嘴里嘀嘀咕咕的话，歪着头笑眯眯地看着盛羡：“哥哥，你是要带我回家吗？”

盛羡脸上没什么情绪，发动车子，踩着油门往小区外开。

陆惊宴习惯了盛羡冷着一张脸不理人，一点也不在意，继续说自己的：“哥哥，你把我带回家想做点什么？”

“……”

“你做什么，我都会配合的。”

“……”

“反正明天是周六，不用上班。”

车子猛地一个急刹车，陆惊宴的身子往前栽了一下。

等她坐稳，发现车子停在了大马路的正中间，而盛羡正在用冷冷的目光询问她是不是想被他丢下车。

陆惊宴见好就收：“我就是开个玩笑，别往心里去。继续开车，继续开车。”盛羡看了她两秒，重新踩了油门。接下来的一路，陆惊宴没再说话。

盛羡本来就不是那种会跟人瞎聊天的人，车里显得有点安静，不知不觉间到了盛羡住的小区附近。

陆惊宴看到沿街的商户里有不少还亮着灯，其中有一家是二十四小时营业的药店，她没过脑子，就脱口而出：“你家有准备吗？”

她这话很莫名其妙，盛羡没太懂：“嗯？”

陆惊宴指了下车窗外的药店：“我还不太想怀孕。”

盛羡觉得自己一时心软，带她回家就是个错误。他略感头疼，猛踩了一脚油门，把她指着的药店狠狠地甩在了车后。

其实他也不懂，自己那会儿怎么就提出带她回家。那个念头几乎没怎么从他心上过，就被他说出来了。

他不傻，他当然看得出来什么停电了怎么交电费，都是她胡编乱造出来的借口。

她分明就是有什么事，只是不想跟他说而已。

这个世界上，谁还没点自己的小秘密，他真没兴趣。可他不知道为什么，那会儿她极力试图去掩盖的样子，让他很烦躁。

他承认是他自己的问题，人家姑娘和他也没熟到什么都要跟他分享的地步，再说他也不是她的谁，但他就是很不爽。

不爽归不爽，她从家里跌跌撞撞、惊慌失措跑出来的样子，还是让他有点放不下。

他就觉得，她可以什么都不跟他说，但他不能丢她一个人在那儿。

最起码今晚不可以。

撩八下

36码粉色拖鞋和性单恋

陆惊宴：是不是粉色的？

陆惊宴：是不是36码的？

盛美面无表情地回道：没买。然后放下手机，把袋子里最后一样东西掏了出来。那是一双毛茸茸的、戴着兔子耳朵的、36码的粉色拖鞋。

盛羡住的地方隐私性很好，一层一户。从电梯出来，盛羡打开鞋柜，拿了一双拖鞋放在陆惊宴面前，然后就去输密码了。

陆惊宴看着灰扑扑的男士拖鞋，一脸的嫌弃："没有女士的吗？"

"没有。"

"那粉色的呢？"

"也没有。"盛羡打开门，进了屋，一副你爱穿不穿的样子。

陆惊宴撇了下嘴，百般不情愿地换上那双丑到爆的拖鞋，跟着盛羡进了屋。

客厅很大，餐厅里面还有个开放式的西式料理台。

他家里的东西并不多，但每一件看起来都价值不菲，也没太多复杂的陈设，黑白调的装修风格，一眼望去连个绿植都没有。

陆惊宴动着脑袋，把他的客厅研究了一遍，然后跟着他往里走去。

书房的门开着，一整面墙壁的柜子里堆满了书，书桌上有些乱，各种文件资料叠了好几摞。次卧没开灯，看着好像是常年没人住的样子。

盛羡推开主卧的门，陆惊宴听到动静，急忙往前走了几步。

他家里很多电器都是智能的，人过之处灯光自动亮起，陆惊宴看他进了更衣室，柜子里的灯一盏接一盏地随着他的身影逐渐亮起。

没一会儿，盛羡拿了个浴巾出来，丢进她怀里："浴室在那儿，镜子旁边的柜子里有新的牙刷和漱口杯。"

陆惊宴抱着浴巾没动。

盛羡挑了下眉，无声地问她还有什么事。

"睡衣呢？"虽然她今天晚上出门，穿的比较休闲，但在外面晃过，还沾染了很浓烈的烟酒味，她是不可能穿着现在的衣服睡觉的。

她这么一问，盛羡才想起来，又进了更衣室。

陆惊宴跟着他往更衣室走了两步："我要衬衣，衬衣！"

盛羡本来没多想，顺手在最外面挂着衬衣的柜子里随便选了一件。

听到她这话，他脑海里忽然有了画面，下一秒，他松开手，拉开下面的抽屉，从里面拿了件白色的 T 恤丢在了她的脑袋上。

不给穿就不给穿，怎么还砸人。明明一开始拿的就是白衬衣，她不说还好，一说立刻给换了。盛教授好叛逆。

陆惊宴扯下衣服，刚想不满地瞪盛羡，忽然像是想到什么一样，整个人跟没骨头似的懒洋洋地往更衣室门框上一靠，歪着头："哥哥，你是不是怕我穿白衬衣呀？"

盛羡看了眼陆惊宴，没理她，径自往更衣室外走。

陆惊宴也不恼火，好整以暇地欣赏着他的脸，等他走到自己跟前，目不斜视地正准备当自己不存在一样从自己面前走过，陆惊宴才慢悠悠地又出了声："哥哥，你那会儿听到我要白衬衣，是不是想歪了？"

"……"

"哥哥，你是不是在想我洗完澡，头发半干，穿着你衬衣，勉勉强强遮到大腿，领口的扣子解开三颗……"

盛羡慢慢地转头，眼神充满了警告："陆惊宴。"

陆惊宴"扑哧"笑了："哥哥，别生气，人家就是背段小说而已。"

"……"

"真的，真的就是背段小说。"陆惊宴懂得见好就收，抱着浴巾和白T恤往浴室跑去，"哥哥，我去洗澡了。"

盛羡没说话。

陆惊宴推开浴室的门，钻了进去。

看着关上的门，盛羡抬起手揉了下泛疼的太阳穴。动作刚进行到一半，门被拉开，露出陆惊宴白净的小脸："哥哥，我没锁门哦。"

盛羡闭了闭眼睛，三秒后，他磨了下牙齿，又喊了一声她的名字，声音比刚刚沉了很多："陆惊宴。"

随着他话音落定，门"砰"的一声被关上了，盛羡看着紧闭的门，轻叹了口气。

他本来想给她换套干净的床单被罩，身后浴室里很快响起了哗啦啦的流水声。

他整个人突然变得有点烦躁，顿了几秒，他走出主卧，顺带着拉上了门。

陆惊宴洗完澡，擦着已经不滴水的头发，从主卧一路找到了厨房，看到了盛羡的身影。

盛羡听到脚步声，往后看了一眼，然后端着一杯刚热好的牛奶，走到她面前："喝了。"

陆惊宴把毛巾挂在脖子上，接过牛奶，双手捧着喝了一口，忽然“呀”了一声：“我刚刷完牙。”

“再刷一遍。”盛羡说着，往主卧那边走去。

陆惊宴跟在他身后，小口小口地喝着牛奶。

盛羡拉开柜子，从里面拿了一套干净的床单被罩。

陆惊宴眨了眨眼睛，停下喝牛奶的动作：“哥哥，你不用换。”

盛羡看了她一眼。

“我喜欢床上那一套。”陆惊宴指了下盛羡的床，“因为上面有你的味道。”

盛羡感觉头都快要疼炸了，忍着把她丢出去的冲动，大力地一拽，把铺在床上的床单扯下来丢在了地上。

陆惊宴冲着站在床前忙活的盛羡翻了个大白眼，一口气喝光了杯子里的牛奶，进了浴室。她重新刷了个牙出来，盛羡正好刚把床铺好。

他把换下来的床单被罩丢进脏衣篮里，看了眼陆惊宴。

她的皮肤很白，在暖黄色的灯光下，显得柔和细腻。

她在女生里，个子属于高的，他的白色 T 恤勉强遮住了她的臀部。

盛羡盯着她看了片刻，像是在逃避什么一样，飞速移开视线：“早点睡。”说着，他转身往外走去。

陆惊宴“哦”了声，走到床前。她掀开被子，刚坐下，突然扭头：“哥哥，你呢？”

盛羡回头，以为她问的是他睡哪儿：“我去次卧。”

“不是，我是说，你现在还不睡吗？”

盛羡语气淡淡的：“睡。”

“那你不洗澡吗？”没等盛羡说话，陆惊宴转了个身，趴在床上，抬着两条腿一晃一晃的，又说，“算了，哥哥，你还是别在这里洗了，我怕我忍不住。”

他还是头一次听到女人说听人洗澡忍不住，盛羡什么话都不想说了，端着她喝完的牛奶杯，走出卧室用力地带上门。

陆惊宴慢慢地“啧”了声，心想，还挺能忍，越王勾践都没他能忍。

她在床上翻了个滚，把脸埋在被子里，闻着清爽的洗衣液的味道，看了眼旁边的镜子。

她撑着脑袋，侧卧在床上凹了个造型。挺完美的，要什么有什么。盛教授怎么就那么能把持得住呢？陆惊宴不死心地拿着手机开始发微信。

哥哥，你确定你能睡得着吗？

哥哥，你怎么不理我呢？我还以为哥哥会因为我在睡不着呢。

哥哥，你要是睡不着的话，可以随时来找我。

哥哥，我洗澡洗得可干净了呢。

卧室门外突然传来了脚步声，正准备继续打字的陆惊宴，抬了一下头。门在她的注视下猛地被推开，盛羡大步流星地走了进来。

火是她点的。

看着盛羡就这么直直地走来，陆惊宴突然变得有点紧张。她现在认㞞还来不来得及？短短的数秒钟，陆惊宴脑海里转了好几种想法。

没等她想出来对策，盛羡人已经站在床前了。

她冲着居高临下的盛羡张了张口，刚想说话，盛羡突然俯身。

陆惊宴下意识地闭上眼睛，然后她感觉身上一重，盛羡把被子盖在了她身上。她愣了愣，睁开眼睛，看到盛羡拿着旁边的遥控器，按了下开关。

室内的灯瞬间灭掉，只留了床头柜上一盏睡眠灯。盛羡放下遥控器，看了眼被自己用被子裹得严严实实、只露出来一颗小脑袋瓜的她，顿了两秒，弯下身，揉了一把她的脑袋：“睡吧，小鱼仔。”

陆惊宴根本不知道盛羡是什么时候离开的，她只知道等她意识逐渐清醒，主卧里只有她一个人。若不是亮着的灯灭了，身上还盖了被子，陆惊宴都有点怀疑盛羡根本没来过。

房间里很安静，昏暗的灯光很适合入眠，陆惊宴却兴奋得有点睡不着。

她不知道自己为什么这么兴奋，总之浑身就跟打了鸡血一样，战斗力十足。

她跟个小疯子似的，躺在床上时不时地笑一下。

“睡吧，小鱼仔。”

“小鱼仔。”

陆惊宴学着盛羡的话，喃喃低语了好几句，然后搂着被子翻了个身，把脸埋在枕头里，激动地蹬了两下床单。亢奋了足足半个小时，陆惊宴才恢复平静。

她确实没想到盛羡会带她回家。虽然盛羡后来什么都没问，但她总觉得她扯的那些借口早就被他识破了。她甚至都有点怀疑，他之所以什么都不问，是看出来了她并不想说。

很有分寸感，也很懂得给人留空间，这种人才是最要命的。

陆惊宴无端地想到宋闲之前跟自己说的话：“宴宝，你这不是遇上对手了，你这是遇上克星了。”

那会儿她觉得好像是遇到克星了。陆惊宴突然变得有点惆怅，忍不住轻叹了口气。

现在想来，好像不是“好像”，是“就是”。

她就是遇到克星了。

陆惊宴一觉睡到接近中午才醒来。

她睁眼看到陌生的环境，起床气比平时要大一些，缓了那么十来秒钟，她反应过来这是盛羡的家，整个人顿时神清气爽，掀开被子翻身下床钻进了浴室。

洗漱完，陆惊宴踩着拖鞋走出主卧。

次卧和书房的门都开着，盛羡不在里面，陆惊宴晃到客厅，在沙发上看到了自己的衣服，不知道什么时候被盛羡洗干净烘干了，叠放得整整齐齐。

她走过去，把衣服拎起来，放在鼻边闻了一下，然后就探着脑袋找了一圈，哪儿哪儿都没盛羡的身影。

正在她准备回主卧拿手机给盛羡拨个电话时，门外传来了动静。

她跑过去，透过监视器看到盛羡正在换鞋，急忙打开门。

盛羡正准备开门，突然门被打开，探出来一个脑袋，整个人一时间有点反应不过来。

他已经不记得上一次他回家，有人给他开门是什么样的情况了。好像在他很小很小的时候？小到让他觉得那都是上辈子的事了。

陆惊宴看盛羡站在门口没动作，问："你去哪儿了？"

盛羡看着她顿了两秒："买了点吃的。"

陆惊宴这才发现盛羡手里拎着个袋子，她急忙让开门，让盛羡进来："什么吃的？"

"自己看。"盛羡带上门，把袋子放餐桌上，然后就进了厨房。

陆惊宴扒开袋子，掏出来一个餐盒，正研究着怎么打开，盛羡就拿着餐具从厨房里走了出来。他把餐具放桌上，看了眼跟餐盒瞪眼的小学生："相亲呢？"

她跟没听到盛羡的话一样，继续跟餐盒较劲。

盛羡好整以暇地站在旁边看了会儿，实在看不下去了，伸出手抽走了餐盒："我来吧。"

陆惊宴看到盛羡在旁边扣了一下，撕掉暗扣，轻而易举地打开了盖子。盛羡点了烤鸭，还有两道菜和一道汤。

陆惊宴坐在餐桌上，一直没动烤鸭，直到盛羡拿着饼卷完了烤鸭，她理所应当地把手伸了过去："谢谢。"

盛羡扫了眼她的手："自己没手？"

陆惊宴默了三秒："我吃过的烤鸭，都是卷好的。"

忘了眼前这位是尊贵千金。

盛羡也沉默了三秒，然后放下筷子，把烤鸭一个一个卷好，放在盘子里，推到了她跟前。

伺候陆大小姐吃完饭后，盛羡起身把桌上的餐盒装进袋子里，然后端着餐具进了厨房。

厨房门没关，陆惊宴坐的地方，正好可以完整地看到背对着她站在洗手池前的盛羡。

盛羡的两条腿修长笔直，黑色的衬衣有些松垮地塞在裤腰里，露出一小截皮带。她没怎么观察过他的后背，这会儿仔细打量了一番，发现盛羡的肩挺宽的，腰挺细的。

顿了会儿，陆惊宴的视线往下落了落。

屁股也挺翘的。

她看男人的眼光一向苛刻，用宋闲的话来说就是鸡蛋里挑骨头，没事找事。不管什么样的男人，到她面前，多多少少都能被她挑出瑕疵。

唯独他，是个例外。

陆惊宴有点不甘心，清了清嗓子，摆出特别专业的表情，从上往下把盛羡又挑剔了一遍。

然后就挺想吹口哨。这男人就一个妖孽，帅到连头发丝都是养眼的。

陆惊宴突然觉得有些口干，她目光直勾勾地黏在盛羡的身上，在自己毫无察觉的情况下，轻叹了句："想吃……"

正巧在这时候，盛羡洗完了餐具，关掉了水龙头。她说的那两个字一下子显得突兀。

盛羡把盘子放进消毒柜里，不明所以地回过头："想吃什么？"

他拿着张纸巾，一边擦着手，一边从厨房里往外走。因为是在家里，穿着没那么讲究，衬衣纽扣解开了两颗，露出突起的喉结。

陆惊宴情不自禁地咽了下口水，顺着他的话，没怎么过脑子："你。"

盛羡正打算拉开椅子，坐在陆惊宴对面的，听到这话停了下步子，然后下一秒就转了个方向，走到沙发前，把给她洗干净的衣服拿过来，塞到她怀里："我下午还有事。"

言下之意，让她赶紧换衣服走人。

陆惊宴坐在椅子上，眼巴巴地冲着盛羡眨着眼睛："哥哥，你这是在赶我走吗？"

盛羡发愁地别开眼睛："我真有事。"

陆惊宴撇了撇嘴，不情不愿地"哦"了一声，然后慢吞吞地站起身，看着跟受了天大的委屈一样，抱着衣服往主卧那边一步三回头地蹭。

盛羡在心底叹了口气，在她第三次回头的时候，语气带着点明显的无奈道："我之前约好的。"

小学生瞬间开心了，一眨眼的工夫，抱着衣服溜进了主卧。

陆惊宴昨晚出门时，穿了件背后系扣子的毛衣。她把手绕到后面，一颗扣子一颗扣子地盲系上，系到最上面的时候，她突然停了下来。

这是她第一次跟一个没有血缘关系的男人共处一室，而这个男人清高到不管她怎么撩拨都坐怀不乱。要知道其他男人碰到她，不管是真心还是假意，都想着骗她出去过夜。

陆惊宴突然感觉受到了打击，越想越觉得不服气，然后把系好的扣子一颗一颗地解开，拉开了主卧的门，探了个脑袋出去："哥哥。"

过了十来秒，盛羡走了过来。

"哥哥，你能不能帮我个忙。"陆惊宴的手反在身后抓着衣服，看起来一副好像很怕走光的忐忑不安的模样，"这衣服的扣子我系不上……"

听到这儿，盛羡停了下来。两个人之间隔了大概两米的距离。

盛羡直直地盯着她的眼睛，就在陆惊宴正打算再卖惨，盛羡转身走了："那就光着吧。"

三秒后，陆惊宴没忍住，一句脏话脱口而出。

"我要把盛教授不行打在公屏上！"

盛羡慢慢地转头看向陆惊宴，陆惊宴张了下嘴没说话。

骂都骂了，听也都听到了，怕什么？！想着，陆惊宴回视盛羡的眼睛，挑了挑眉："我说错了吗？盛教授，你行吗？"

面对她的挑衅，盛羡一脸平静，捞起风衣穿在身上："我去楼下发动车子，给你五分钟，没下来就自己打车回去。”说完，盛羡在陆惊宴的目瞪口呆中推开门，风轻云淡地走了出去。

随着门被关上，陆惊宴不可思议地眨了眨眼睛，然后一边愤恨地系扣子，一边狠狠地踹了一脚盛羡家的墙。

拿好东西从盛羡家里出来，陆惊宴在等电梯的时候忍无可忍，开始给宋闲发消息：闲姐儿，你敢相信吗？我昨晚和陈楷他表哥共处一室，他居然对我没有任何想法。

陆惊宴：居然对我完全没有任何想法！

陆惊宴：完全没有！

陆惊宴：没有！

宋闲这会儿还挺闲，秒回她的消息：陈楷他表哥不行吧？

陆惊宴：是吧，我也觉得他不行！

宋闲：不用觉得，一定是不行，面对我家宴宝能坐怀不乱的，只有太监，不，太监都会有想法，只是心有余而力不足！

……

两人你一言我一句地攻击着盛羡，从盛羡家楼下一路攻击到陆惊宴家门口。

陆惊宴连再见都没说就下了车，她刚关上车门，宋闲突然发了句：宴宝，你说陈楷他表哥会不会喜欢男人啊？

陆惊宴的表情一僵，顿了两秒，慢慢地抬起手敲了敲车窗，车窗落下。

她看着盛羡：“你休想跟我做姐妹。”

“……”

“我迟早会把你掰直的！”

“……”

盛羡摇了摇头，升起车窗，踩着油门走了。

陆惊宴瞪着盛羡逐渐远去的车，本来跟宋闲吐槽一路，好不容易好转的心情又变暴躁了。

孙阿姨透过玻璃无意间看到陆惊宴站在门外，连忙拉开了窗户：“陆小姐，你怎么不进来？”

陆惊宴听到孙阿姨的声音，深吸了一口气，整理好情绪，推开门进了家。她在客厅换完鞋，就直接上了楼，整个人的状态看起来既淡定又平静。

回到卧室，关上门，陆惊宴把包往床上一摔，直接给宋闲拨了个电话过去：“他喜欢男人？可以啊，老娘最拿手的就是搞男人了，他喜欢一个我搞一个，他喜欢两个我搞一双，我把全世界的男人都搞定，我逼得他没男人可喜欢——”

说着说着，陆惊宴突然发现好像哪儿不太对劲，盛羡要是喜欢男人，为什么用她的生日做手机 Wi-Fi 密码。他小时候就认识她，还一直记到了现在。

陆惊宴眨了眨眼睛，顿时脑补出一场盛羡暗恋她多年，因为身世差距太大，没有勇气接近她，但又无法忘掉她，所以导致他对女人丧失了兴致，从而开始对男人产生兴趣。

陆惊宴慢慢地“啊”了一声：“看来，他弯得也不是那么彻底嘛。”

宋闲问：“什么弯得不是那么彻底？”

陆惊宴觉得是她当年对他的忽视，才导致他变成这样的，她有义务把他掰回来。

她可真善良。

陆惊宴草草地回了宋闲一句“回头再跟你说”，就挂断电话，开始研究对策去了。

送完陆惊宴，盛羡开车去了一家私人诊所。这家诊所他来过很多次，全程没导航。因为是私人诊所，装修奢华高档，服务态度也是一流。

盛羡一进旋转门，就被一位护士笑容可掬地拦住登记：“您好，请问您要探望哪位病人？”

盛羡站在桌子前，弯下腰，写下自己的个人信息，放下笔，抬起头看了眼护士："简末。"

护士在电脑上搜索下了信息："简末简小姐是吗？"

兴许是很少见到这么养眼的探望者，护士显得过于殷勤："她在三楼，需要我带您上去吗？"

相比之下，盛羡淡漠得像是没有感情的冰冷雕塑："不用，谢谢。"

护士有点遗憾，礼貌地做了个往右边请的动作："那您从那边上电梯。"

从三楼的电梯出来，沿着走廊走到尽头，盛羡隔着门上的玻璃看到了坐在里面的女人。

她很瘦，瘦到干瘪的状态，头发枯黄，皮肤也没什么弹性，看起来跟长期遭受到虐待而营养不良一样。护士坐在她对面，正在喂她吃饭，哄半天，她才吃一口，有时候嚼着嚼着还会吐出来。

盛羡站了会儿，曲指敲了两下门才推开。

护士认识他："盛教授，您来了？"

盛羡点了下头，走过去，他知道简末认不出他是谁，还是喊了声："姐。"

简末仰着头冲着他傻笑了一会儿，口齿不清地叫了声"叔叔"。

盛羡抿了下唇，把手伸到护士面前："给我吧，我来喂她。"

简末拍着手："好啊，叔叔喂，叔叔喂。"

盛羡抽了张纸巾，给简末擦了下嘴边的油渍，坐在她对面，拿着勺子耐心地喂起了饭。

简末吃得很少，但喂起饭来很慢，等她吃好差不多已经是四十分钟以后了。

护士收拾好餐桌就出去了，盛羡翻着书给简末讲故事，房间很安静，只剩下盛羡略低还带着点儿冷意的声音。

半小时后，简末睡着了。盛羡帮她盖好被子，动作很轻地走出了病房。

照顾简末的护士在护士站，见盛羡过来，立刻站起身："盛教授，简小姐睡了？"

盛羡“嗯”了声，问：“她最近怎么样？”

“简小姐的情绪最近很稳定，就是智商依旧还停留在3岁那会儿。”

盛羡没再说话，但他也没离去。就在小护士正想问他是不是还有别的什么事，盛羡问道：“你们院长在吗？”

“在的，庄院长就在他办公室。”护士问，“要我帮您给庄院长打个电话吗？”

“不用。”

回到一楼，盛羡从电梯一出来，就看见穿着一件白色大褂的庄臣，懒洋洋地倚着护士站的桌子，正跟一群年轻的小妹子有说有笑。

盛羡远远地站着清了下嗓子。

庄臣回头，看到他，招了招手：“过来聊会儿。”

盛羡没理他，转身径自往他办公室那边走去。

庄臣遗憾地“啧”了声，只好站直身子，跟那一群小护士挥了挥手，懒洋洋地跟上盛羡。

进了办公室，盛羡轻车熟路地找了个位置坐下。

庄臣给他倒了热茶：“来看简末？”

盛羡“嗯”了声，把杯子放在桌上，抬头看向庄臣：“找你有点事。”

正给自己倒茶的庄臣，没把他这话太往心里去：“你说。”

盛羡沉默了数秒，等庄臣坐下，开门见山道：“你之前提的治疗方案，我想试试。”

庄臣的手一抖，险些把水洒出来，他飞速地放下杯子，不可思议地抬头观察了盛羡一秒，确定是他在说话：“你指的是治你那病的方案？”

盛羡面色平静：“嗯。”

“不是，你等等，我有点消化不过来。”庄臣隔着裤子揪了一把自己的大腿，疼得他倒抽了一口凉气，“不是在做梦啊，你能不能先告诉我，我好几年前就找你，让你配合我治疗，你不答应，怎么现在突然想来试试了？”

盛羡一点要跟他闲聊的意思都没有，冷静地问："多少钱？"

"我不要钱，你告诉我原因，我就尽全力帮你。你要不说，我不治，你去找别人。"

盛羡毫不犹豫地站起身："好吧，那再见。"

庄臣眨了眨眼睛，看盛羡真要走，下一秒就扑过去揪住他的衣服："你告诉我吧，求你了，告诉我，我不但不要你钱，我还不要简末的钱。

"好歹我们认识这么多年了，你什么事我都帮了，我什么事也都告诉你了，我对你从来没秘密，你就告诉我一个秘密能怎么样？"

没等庄臣再开口，盛羡语气挺淡地出了声："遇见她了。"

庄臣没听懂："什么？"

"遇见了挺久之前认识的一个姑娘，"盛羡转过头，看着庄臣慢慢地说，"不想伤害她。"

起先盛羡并不知道自己有病。高中那会儿，他学习好，颜值高，有不少女同学喜欢往他身边凑，课桌的抽屉里也经常会被塞一些小零食或者浅粉色的信封。

学校是禁止早恋的，但总有些女孩胆子比较大，也比较放得开，不像别的女生那样暗暗地做一些事，而是直接跑到他面前表白。

最开始，他听到那些表白会产生不适。

有些女孩，在他勉强压制着那种不舒服礼貌拒绝后，不再纠缠他。但有些不会，会百折不挠地继续来找他。

次数多了，他会对对方产生恶心和厌恶感，是那种从心底和骨子里透出来的恶心和厌恶。

怎么压都压不住的恶心和厌恶。

他记得很清楚，高二那一年，一个挺优秀的女生在学校操场上当着很多人的面跟他说喜欢他。那个女生从高一就在追他，他明确地拒绝过好几次，也不知道她是哪里来的自信，总觉得可以追上他。

那天是傍晚，太阳落山，整个操场都是金色的。女孩穿了件很漂亮的裙子，对着他说了很多打动人心的话。旁边很多人在看，甚至有些人都在起哄让他接受她。

女孩青春漂亮，学习不错，在学校里和同学处得也很好，大家都觉得他和她是很般配的一对。

可是他面对女孩的告白，没有感动，也没有心动，有的只是恶心和恐惧。

他想走，可女孩拽着他的衣服不肯让他走，女孩一遍一遍地说“盛羡我喜欢你，我是真的很喜欢你”。

他努力地想让自己控制住那种恶心感，可在她那么焦急的告白声中，他脸上渐渐地流露出排斥和厌恶，直到控制不住地在女孩的“喜欢你”中，干呕了起来。

女孩傻了，然后哭着跑了，周围的人看他的眼神很错愕。

那天之后，学校里有关他的闲言碎语不再是崇拜、艳羡，而是变成了“他那人怎么那样，别人跟他告白，他可以不喜欢，为什么要呕吐”“他面对别人的喜欢，那种表现也太不尊重人了吧，学习好又怎样，长得帅又怎样，还不是人渣”。

面对那样的指指点点，他没办法解释，甚至就连他自己都不清楚是怎么一回事。他就像是掉入了一个旋涡，怎么爬都爬不出来，甚至还在往更可怕的深渊里坠落。

从一开始得知别人喜欢自己会产生轻微的不适感，到最后变成了恐惧，那种恐惧会让他喘不过气来，浑身出冷汗。甚至到最后，他没办法看跟自己表白过的女生，只要看到，就会头皮发麻、恶心反胃。

他开始对自己产生怀疑，开始不断地自我否定，开始觉得那些女孩是瞎了眼才会喜欢上他这种人。他会刻意地跟所有人划清界限，他能做到对所有人很和善，但又和任何人都保持着一定的距离。

慢慢地，他的世界里就只剩下他一个人。只有他一个人也挺好的，这样他才不会伤害到别人。

直到大三那一年，他因为简末遇到庄臣，他才知道自己是生了病。那个病很矫情，叫性单恋人格。

会讨厌喜欢自己的人，也会去喜欢一个人，但却不希望得到那个人的回应，因为一旦她回应了你喜欢，你很有可能会变得不喜欢她，甚至厌恶她。

所有的真心，在他的面前都注定会被糟蹋。

他希望，他喜欢的人，永远都不要喜欢他。

他只能喜欢不喜欢他的人。

他知道，那位口碑不怎么好的千金大小姐最后未必会真的喜欢上他。

但他不想伤害她。

从庄臣那边出来，盛羡去了一趟超市。他逛超市很有目的性，买东西也都是固定的那几种，很快他就推着小车走向了收银台。

超市对面有一排小商铺，其中有一家是卖绿植的，店铺装饰得很梦幻，最外面还摆着一排盆景，其中有几个是水盆景，里面养着他分不出来品种的小鱼。

“您好。”

收银员突如其来的声音，打断了盛羡的思路。

他面无表情地拉回视线，把小车里的东西一样一样地拿到收银台上。

买完单，盛羡拎着袋子往电梯那边走去，走了没几步，他又退了回来。

十分钟后，盛羡看着副驾驶座上被店家保护得严严实实的水盆景，抬起手用力地压了下眉骨。

他这是在发什么神经，竟然一时脑抽买了这玩意儿。

超市就在盛羡住的小区附近，开车也就五分钟的时间，小区值班的门卫认识盛羡的车，坐在保安室给他开门的时候，笑眯眯的喊了声“盛先生”。

盛羡像平时一样，微点了下头，刚想进地下停车场，像是突然想到什么一样，踩了刹车，然后落下车窗，把水盆景递给了门卫。

回到家，盛羡把从超市里买来的生鲜放进冰箱，至于那些剩下的生活用品被他原封不动地装在袋子里随便放在了一处。

他从厨房出来，看了眼被自己随手放在餐桌上的水盆景，颇为头疼地揉了下太阳穴。

他站了片刻，走过去，把店家包裹的保鲜膜撕掉。里面小的跟蝌蚪似的小鱼儿欢快地游着，摇曳的水草荡起一波一波的水纹。

自己都把这水盆景交保安手上了，结果过了还没五分钟，他把车停在边上，走回保安室，敲开了门，面对保安一脸热情的“盛先生”，面无表情地伸出手拿走水盆景。想到这画面，盛羡感觉头更疼了。

盛羡长嘘了一口气，拿着水盆景绕着房间转了一大圈，最后放在了书房他一抬头就能看到的地方。

回到主卧，盛羡洗了个澡，出来后跟平时一样，拿了本书靠在床头上看。看着看着，他突然觉得好像哪里有点不太对劲。

过了几秒，他慢慢地把视线挪到了床褥上。这套床单昨晚她睡过……

盛羡有那么一瞬间愣住了，一时没反应过来自己脑海里到底在活跃着什么想法。

过了会儿，他跟床上好像沾了什么病毒一样，快速翻身下床，重新拿了一套干净的床单被罩换上。

废了。

盛羡，你废了。

人家姑娘就睡了一下你的床，挺正常的一件事，你竟然能想得这么歪。

盛羡闭着眼睛静了静，然后把换下来的床单被罩拿去阳台，塞进了洗衣机里。书是看不下去了，他索性把刚放在角落里的袋子拎起来，开始给里面的各种东西归类。

正好在这时，被他放在一旁的手机响了两声。

陆惊宴：哥哥，哥哥。

陆惊宴：你忙完了吗，哥哥？

盛羡一手拿着手机回消息，一手从袋子里继续往外掏东西。

盛羡：嗯。

陆惊宴：哥哥，你周末不休息吗？都忙了点什么呀？

盛羡：见了个朋友，去了趟超市。

陆惊宴：超市？

隔着屏幕，盛羡不知道是不是自己产生了什么错觉，竟能感觉到小学生的兴奋。虽然他不清楚为什么她看到“超市”这两个字会兴奋。他还没来得及回她消息，屏幕上就又来了新的信息。

陆惊宴：哥哥，你去超市买什么了？

陆惊宴：有没有给我买拖鞋？

他真不知道她是哪里来的自信，竟然觉得他会把她随口说的那两句话记心里。

陆惊宴：是不是粉色的？

陆惊宴：是不是36码的？

盛羡面无表情地回道：没买。然后放下手机，把袋子里最后一样东西掏了出来。那是一双毛茸茸的、戴着兔子耳朵的、36码的粉色拖鞋。

小学生怪失落的，发来的语音声音闷闷的：“哦。”

盛羡没回她消息，表情冷淡地盯着那双拖鞋看了会儿，把外面的塑封拆掉，拿到门外的鞋柜处，摆了进去。

回到家里，关上门，盛羡再拿起手机，发现又多了两条消息。

陆惊宴：哥哥，你困了吗？

陆惊宴：你要是不困，我能不能跟你打个语音电话？

盛羡还没想好怎么回她消息，她的电话进来了。

这是询问他的意见吗？通知他还差不多。盛羡望着屏幕沉默了会儿，按了接听。

他没怎么仔细看，等信号接通后，看到屏幕里她的面孔跳进来，才反应过来她打的是视频电话。她应该是洗完澡了，脸白白净净的，没有一点妆感。

她可能是真的很喜欢粉红色，头上的发箍是粉的，就连身上的睡衣也是粉的。

视频一接通，她立刻就笑了："哥哥你知道吗？有些人会骗一些无辜的女性当同妻，我今天就看到一则新闻，同妻忍受不了丈夫对自己的冷暴力，也忍受不了丈夫对家庭的不负责任，一怒之下把丈夫分尸了。"

视频里的小学生态度很认真，就跟做新闻报道一样。

"分成了好多块，就冻在他们家的冰箱里，每次出门带一点喂流浪狗。"

陆惊宴心想，我短时间内掰不直你，也能吓死你。她准备了好几个类似的新闻，打算继续吓盛羡。

结果她还没开口，视频里的盛羡突然抬了下眼皮："中午那会儿，你跟我说的最后一句话是什么来着？"

"啊？"陆惊宴被问住了，她想了两秒，"我迟早会把你掰直的。"

"不用掰。"盛羡语气淡的跟夏日清晨的雾气一样，"是直的。"

她在他家待了一整夜，她使出浑身解数各种撩拨他，他淡定得很。

现在让她相信他是直的，那不就等于逼她承认她陆惊宴没魅力吗？

她不要面子的吗？

陆惊宴冷若冰霜地看着屏幕里的盛羡："你确定？"

小学生那模样还挺严肃的，字里行间透着一句"劝你想好了再回答"。盛羡搞不懂这有什么可想的，漫不经心地"嗯"了声。

"我……"陆惊宴收住后面险些飙出来的一串脏话，深吸了一口气，目不转睛地和视频里的盛羡对视了会儿，"所以，你这是在间接告诉我你不行？"

盛羡眼皮子跳了一下。陆惊宴干脆直白地给了盛羡两条路："你选吧，要么你坦白告诉我你喜欢男人，要么就承认你不行。"

反正，她打死都不可能承认是自己的魅力出现了问题。

这选择题，刁钻程度堪比“妈和女朋友同时掉进河里救谁”。

盛羡太阳穴又泛起疼。

“你不说话是几个意思？你该不会是两个都占了？因为不行，所以只能被迫当受？”

他从不给人靠近和了解自己的机会，看着是挺难接触的，但他对每一个人的态度从来都是和善的。

作为大学教授，他带过不少学生，也碰到过很难搞的学生，最多他就跟个没感情的机器人一样冷冰冰地说句“你自己看着办”“既然这样，你以后别来上课了，直接挂科吧”。

他发现手机视频里的这位小学生，是真的挺有本事的，能气到他。

眼看着视频里的小学生又要开口，他简直是怕了，抢在前头：“在我眼里，只会有一个人是女人。

“知道这句话是什么意思吗？”

陆惊宴愣住了。

盛羡想到对面那位是小学生思维，生怕她做出什么可怕的解读，顿了下，说：“就是，我只对我喜欢的那一个女人行。”

他声音放得很轻，在安静的夜里显得有点勾人。

陆惊宴的心猛地跳了一下，慌乱地躲开盛羡的目光，问道：“那你有行过吗？”

问完这话，她开始心跳加速，整个人突然变得紧张了起来，甚至她都有点不敢听他的答案。就在她憋气憋到快要受不住的时候，盛羡说道：“没有。”

陆惊宴仿佛卸掉了心口的一块大石头，长松了一口气。

她不知道自己刚刚为什么要紧张，正如她不知道自己现在为什么会轻松。她琢磨了会儿，把这种从未出现过的、莫名其妙的情绪归因于她比较膨胀，不想有人在盛羡心里的份量超过自己。

两个人视频电话的气氛本来好好的，现在也不知道是哪里出了问题，一下子变得怪怪的。

陆惊宴不清楚是不是自己的问题，反正她盯着手机屏幕想了半天也没想出来要说点什么，最后就清了清嗓子："那个，哥哥，时间不早了，我要休息了。"

"嗯。"

陆惊宴正准备去挂电话。

视频里的盛羡说道："以后，不要随便对别的男人说他不行。"

陆惊宴"啊"了声："为什么？"

为什么？这种话题，哪是一个女孩家家可以随便跟人聊的。

盛羡沉默了会儿："怕你被打。"

陆惊宴险些当场翻个大白眼给盛羡。

"行了，赶紧睡吧，挂了。"盛羡说。

陆惊宴拦住盛羡："等等。"

盛羡停下了按屏幕挂断键的动作："嗯？"

陆惊宴撑着下巴，盯着视频里的盛羡看了几秒，然后稍微凑近了一些，脸对着手机镜头，压低声音说："哥哥，你能把你的浴袍稍微解开点吗？"

"……"

"我想数数你的腹肌有几块。"

"……"

视频被盛羡毫不留情地挂断了。

撩九下

喊声哥哥，我不就帮了

“平时不是挺能哄人的吗？怎么这会儿就跟哑巴一样了。”

陆惊宴不明所以：“啊？什么？”

盛羡声音淡漠：“你喊声‘哥哥’，我不就帮了。”

当天晚上，陆惊宴做了个梦。

灯光幽暗的房间里，一个穿着黑色衣服的男人被锁在椅子上，微长的头发遮住了他的眼睛。房间里很安静，男人垂着头一点气息都没有。

过了不久，有高跟鞋踩在地上的声音传来，紧接着门被推开，一束光射了进来，一个穿着红色长裙的女人踩着一双高跟鞋，冷艳霸气地走了进来。她的胳膊抱在胸前，居高临下地看着男人：“宝贝，想通了吗？”

男人没说话。女人轻笑了一声，抬起男人的下巴，直视着他的眼睛：“你觉得你落在我手里还能逃得掉吗？”男人眉眼冷清，看起来宁死不屈。

女人一脚踩在椅子上，手搭在椅背上，把他拽到自己面前："我就喜欢你这种表情，越高不可攀，我就越想攀。"男人别开头。

女人也不恼火，沿着他的下巴，手一路往下滑，一颗一颗地解开了他衬衣的扣子："啧，居然真有八块腹肌……"

就在这时，昏暗的房间灯光大亮，陆惊宴看清了男人和女人的脸，赫然是她和盛羡。

然后她猛地睁开了眼睛。

陆惊宴平躺在床上，盯着熟悉的天花板，愣了好一会儿才反应过来，自己刚刚是在做梦。

她起床气没散，暴躁地骂了句脏话。她做的那是什么奇怪的梦？陆惊宴越想越觉得自己变态。

卧室的窗帘拉着，室内一片昏暗，因为是周末，陆惊宴没定闹钟，不知道是几点。她在床上清醒了会儿，摸到了手机，才早上七点钟，她不着急起床，点进了 Emotion，习惯性地先去看了一眼热搜榜。

今天的热搜榜和平时不太一样，除了明星、网红、搞笑视频之外，还多了一件时事新闻。

这年头也不知道是被谁带的坏习惯，新闻工作者都喜欢半夜出动爆劲料。

新闻的内容引起了挺大的轰动，一位知名高校女大学生涉嫌偷窃室友的钱，而且是长期多次偷窃，金额高达数万元。

据丢钱的那位女同学讲，她几乎每个月都会丢一次钱，也多次去找宿管阿姨汇报过这件事，但一直都没能查出偷窃者。至于这次丢钱，之所以会有怀疑对象，是因为她们宿舍那晚集体出去活动，那位怀疑对象没去，又恰好没带宿舍钥匙，就借了丢钱的这位同学的钥匙，当天晚上回宿舍，她的钱就丢了。

这条新闻之所以会上热搜，是因为不少人回想起自己上学时也丢过钱，到现在都不知道小偷是谁；也有人说他知道小偷是谁，但没证据就不了了之了。

更多的是一些网友很正义地说这种人不配上大学，学校应该把他开除，建议丢钱的人报警，让这个小偷去坐牢。

在这种互联网媒体很发达的时代，一件事一旦火了，就会有无数人扑过来蹭热度。新闻爆出来才短短几小时，已经有记者到那所高校采访过了。

丢钱的那位同学姓杨，被怀疑的那位同学姓孙。

在大家口中，孙同学不怎么喜欢参加班里的AA制集体活动，吃穿住都很节俭，一双鞋子从大一入学穿到了大三，总之就是很缺钱的样子，但在最近她换了一部新款手机。

而那位杨同学，家庭条件比较好，对同学也很大方，经常会请客吃饭，看得出来家里给的生活费很多。

这些采访内容，让那位孙同学更被动了。虽然警方还没调查出结果，但网上的舆论已经被带的一致认为那位孙同学就是小偷。

陆惊宴大致扫了一眼最新的评论，基本上已经都在骂那位孙同学了。

穷又怎么样？穷是偷钱的理由吗？这年头还有人把穷当有理吗？

都是成年人了，偷窃是犯法的，犯法就要付出代价！

建议警方介入，建议学校严肃处理这位学生。

……

陆惊宴没太把早上刷到的这条新闻放在心上，她一直赖床到肚子饿了，才去浴室简单洗漱了之后下了楼。

孙阿姨把早餐准备好了，但人却不在家里。陆惊宴以为孙阿姨是去超市买什么东西了，也没太在意，坐在餐桌前填饱肚子，就回楼上看了会儿电视剧，然后补了个回笼觉。再醒来，已经是下午了，陆惊宴下楼，没看到孙阿姨的人，就先听到了孙阿姨的声音。

她在跟人打电话，低声下气的，不知道在求什么。

孙阿姨听见脚步声，回头看了一眼，见陆惊宴下楼，急忙挂了电话：

“陆小姐，您要吃午饭吗？”

陆惊宴微点了下头，走进餐厅。孙阿姨把准备好的午餐端上来。陆惊宴吃饭的时候，孙阿姨站在旁边一直没走，好几次看着她欲言又止。

吃完饭，陆惊宴刚放下筷子，孙阿姨就走上前抽了一张纸巾递给陆惊宴。

陆惊宴看了眼孙阿姨，不冷不热地道了声“谢谢”。

孙阿姨抿了下唇，迟疑了好一会儿：“陆小姐。”

“嗯？”

孙阿姨没说话，陆惊宴看了她一眼。

孙阿姨攥了攥手心：“陆小姐，我想请你帮个忙，你能不能帮我女儿把热搜给撤了，Emotion 是你的，你能撤的，对不对？我女儿没偷钱，现在全世界都在说她是小偷。”

陆惊宴愣住，原来孙同学是孙阿姨的女儿。

“陆小姐，我知道我这么贸然请你帮忙有点唐突，但是我看着那些人都在骂我女儿，我真的很难受，你能不能帮……”

“对不起，不能。”陆惊宴回神，很冷静地打断了孙阿姨的话，“那些热搜是网友搜出来的，我不能剥夺网友的权利。”

孙阿姨的眼圈瞬间红了，她低头抹了一把眼泪：“没事，陆小姐，我理解的。”

陆惊宴没说话，起身走出餐厅。回到楼上，她发现自己把手机落在餐厅了。

她又折了回去，刚到一楼，就听见孙阿姨在跟她女儿打电话：“妈妈信你，你不要哭，妈妈说了，有妈妈在，妈妈一定会想办法帮你把这件事解决掉的。

“妈妈真的信你，你是妈妈的女儿，妈妈不信你信谁？”

陆惊宴收住脚步，靠在墙壁上静静地听着孙阿姨安抚她女儿的话。

她想起上小学的时候，和班里的小朋友产生了矛盾，具体矛盾是什么她都不记得了，但她知道，那件事不是她的错，是那个小朋友自己摔倒了污蔑她。

那个小朋友哭得好伤心，老师和班里其他的小朋友都觉得是她欺负的。

双方家长都有被喊到学校里来，那个小朋友的父母来得很快，见到她就凶她再怎样也不应该动手打人，而她的父母那天都在北京，但谁都没来，最后来的是她父亲的秘书。

没人追查真相如何，秘书来了就是一通道歉和赔偿。反正陆家有钱，大不了给学校捐款嘛，校长和老师也不会真的为难她。

而那位小朋友的父母也要给学校的老师几分面子，那事就那么过了。

那天她放学回家碰到了急匆匆要出门的母亲，她喊了声“妈妈”，想跟她说，她没有在学校里欺负那个小朋友，那个小朋友撒谎了。但她什么话都没来得及说，她母亲就飞速地打断了她。

过去二十年了，到现在她还记得很清楚。

她妈妈说：“陆惊宴，你在学校里懂事点，我跟你爸都很忙的，你不要总给我们添麻烦。”说完这句话她就走了。

别说是给她解释的机会，就连问一句“下午在学校里跟同学究竟是怎么回事”都没问。

平时他们对她不闻不问，她可以归因于他们很忙，可那一刻，她看着毫不犹豫离开的母亲才发现，原来他们不是因为很忙才没时间管她，而是因为她对他们来说并不是那么重要。

后来的很长一段时间她都在想，既然她对他们来说不重要，他们为什么要生下她。只可惜那个答案她还没找到，他们就已经离开了。

陆惊宴头靠在墙壁上，静静地站在那儿等孙阿姨把电话挂了，才走出来。

孙阿姨觉得自己刚刚求人帮忙太唐突了，她看着陆惊宴犹犹豫豫了半天，在陆惊宴拿着手机准备上楼时，没忍住喊了一声：“陆小姐。”

陆惊宴停下脚步，表情漠然地扭过头。

“刚刚在餐厅，我跟您说的事，您别往心里去，我就是急坏了。”

陆惊宴点了下头，什么都没说，踩着台阶往楼上去了。关上房门，她叹了口气，盯着窗外看了会儿，就进了更衣室。

她换了身衣服，拿着车钥匙直接搭乘电梯去了地下车库。等被堵在四环路上，她才回过神来。

太阳西下，整条路被染上了金粉色，一排一排的红色车灯忽明忽暗。不知道是哪位暴躁老哥在开车，一直在按车笛。

在刺耳的笛声中，陆惊宴眨了眨眼睛，她怎么出来了？她这是要去哪儿呢？

陆惊宴随着车流缓缓往前开，过了这段路，街道一下子顺畅起来了，提速，沿着四环路开了一会儿，在前方的出口拐了出去。

她沿途找了一家超市，进去买了一大兜子啤酒，再回到车上，她在导航里输入盛羡的小区地址。到盛羡小区门口时，天已经彻底黑了。小区安保森严，禁止外来车辆入内。

陆惊宴把车随便停在路边，然后拎着自己买的那一大袋子啤酒进了小区。

上回盛羡直接把她带到了地下停车场，她不太认识地面上的路，绕了好几圈才找到盛羡家的那栋楼。

她仰着头一层楼一层楼地往上数，数到盛羡那层，看到是黑着灯的，就随便在小区里找了个地方坐下。

天很冷，她穿得很少，但又不想去车里，就这么蹲在户外，开了一罐啤酒自饮自乐。

她坐的位置，能完整地看到进出盛羡住的这栋楼的人。

每过一个人，她就数一次数，数到三十的时候，盛羡那一层楼的灯亮了。

他应该是开车出去的，又开车回来，直接从地下停车场回的家。

陆惊宴仰着头，盯着盛羡那层楼，把手里捏着的啤酒一口气喝光，熟练地一个抬手，稳稳地把易拉罐丢进了不远处的可回收垃圾桶里。

去按呼叫铃，还是不去按呼叫铃？

陆惊宴茫然地发了好一会儿呆也没找到答案，只好伸出冰冷的手，从旁边的袋子里又摸出一罐啤酒，用右手的食指钩着，“啪”的一声打开。

袋子里的啤酒，一罐接着一罐地减少。眼看着里面空了，陆惊宴也没做出决定。

她低着头，无意识地抠着仅剩的最后一个空掉的易拉罐，表情木然地坐了很久，长叹了一口气，抬手把那易拉罐丢进垃圾桶里，起身，拿着包打算走人。

还没迈步子，包里的手机振动了一下，翻出手机，陆惊宴看到屏幕里的提醒，有点诧异。

竟然是从来没主动跟自己发过消息的盛羡。他发了六位数，那六位数没什么规律。

她正想回消息，问他是什么意思，手机又振了两下。

盛羡：密码。

盛羡：一楼大门和电梯都是这个密码。

陆惊宴愣了几秒钟，反应过来盛羡这是知道自己在他家楼下。

她抬起头，往他那一层楼看了一眼。灯光亮着，窗帘没拉，窗前却没有他的身影。

陆惊宴正寻思着，他是怎么知道自己在他家楼下，她的手机又收到了一条消息。

盛羡：不上来吗？

陆惊宴不知道自己是酒喝多了，还是冻傻了，脑子有点转不动，竟不知道怎么回消息。

盛羡：算了。

算了？

这是什么意思？

陆惊宴刚想打字，盛羡又发了一条消息过来：我下来。

陆惊宴顿了下，又抬起头，盛羡那一层的灯已经灭了。

她张了下嘴，不知道为什么，心底突然莫名地酸了一下。

她以为他那句“算了”，是她爱上去不上去的意思，她怎么都没想到，后面还有几个字。

大概是受父母的影响，她觉得他们都不会把她当回事，别的人又怎么会真的把她当回事呢？所以她很讨厌找人帮忙，没那种底气。

哪怕她和陈楷还有宋闲认识这么久，她也很少拿什么事去麻烦他们。

在她都不太确定他们算不算得上是朋友的情况下，她却动了来找盛羡帮忙的心思。

从她收到盛羡消息，到大堂里出现了盛羡的身影，过了不过半分钟。

他穿了件姜黄色的呢子长款大衣，脖子上还裹了个围巾，整个人看起来特别韩范儿，像是韩剧里走出来的男主角。

他走出玻璃门，踩着台阶，走到她面前：“走吧。”

陆惊宴看着盛羡愣了一瞬，问：“去哪儿？”

“不知道。”盛羡说，“你不是不想上去吗，那就随便走走吧。”顿了下，又问道，“冷不冷？”

陆惊宴摇了下头，刚想说不冷，一阵冷风吹来，冻得她浑身打了个哆嗦。

盛羡把脖子上的围巾扯了下来，挂在她的脖子上，然后站在她面前，微低着头帮她绕了两圈，裹严实。

围巾上残留着他的体温，袖口上隐隐带着和他床单被罩一样的香气。陆惊宴的心跳速度不受控制地开始加快。

她故作镇定地吞了口唾沫，心想着，他给她围巾，直接递给她不行吗？为什么还要顺道给她裹好？他该不会是看她穿得少，故意裹个围巾下来的吧。

陆惊宴被自己脑补出来的信息，搞得心怦怦跳得更猛了。

陆惊宴，你淡定点儿。你以为这是在写小说啊，像男主角那样，每个举动都别有深意。

盛羡压根儿不知道面前的小学生脑子里到底在转些什么，他看她搓着手不说话，以为她手冷，低声说："冷就把手塞兜里。"

陆惊宴整个人还有点晕乎，她先是"啊"了一声，过了两秒，又"啊"了一声，然后就把手塞进了盛羡的兜里。

"……"

"……"

陆惊宴看盛羡的表情有点不太对劲，眨了眨眼睛，慢慢地低下头。

她看了眼自己伸进他兜里的手，张了张嘴，尴尬得恨不得当场消失。

她到底在想些什么，人家一句"冷就把手塞兜里"，是塞她自己兜里，她刚刚怎么就以为是塞人家兜里。

她以为就以为，为什么还照做了！

陆惊宴压着体内急速翻滚的尴尬，清了清嗓子："那个，借个温度。"

"……"

她这语气，还挺自然，就跟抽烟找人借个火一样。

"我在外面待太久了，衣服兜里冰凉得不行，你那衣服刚从室内出来是暖的。"

为了让自己说的话听起来跟真的一样，陆惊宴故意把手往他兜的深处伸了伸，还装模作样地感叹了一句："好暖和。"

盛羡看着她没说话。

陆惊宴被他看得有点不自在，但戏演都演了，那总得演完不是。

她表情平静地数了十个数，然后才慢吞吞地把手收回来："谢谢啊。"刚往外收了一半，盛羡隔着她的衣服握住她的胳膊，拦住了她的动作。

陆惊宴愣了下，下一秒抬起头，眉眼弯弯的，冲着盛羡笑了下："怎么？舍不得我的手从你兜里出来？"

盛羡动了动唇，握着她的手指松了下力道，但没松开。

“哥哥，其实有个地方更好暖手。”陆惊宴的视线落在了盛羡的胸前，“你怀里。”

“……”

“哥哥，要不要试试？”

“……”

“我保证不乱摸。”

“……”

又来了……盛羡头疼得闭了下眼睛，抓着她的胳膊，把她的手从自己兜里拿出来，转身往小区门口的方向走去。

陆惊宴看着他的背影，缓缓地“啧”了一声。

她就没见过这么难撩的人，整天板着一张脸，冷冰冰的跟被人喂了绝情丹一样。

陆惊宴喊了声盛羡的名字，看他脚步没有停下来的意思，抬起脚一边跟着他走，一边问：“哥哥，你走这么快，是害羞了吗？”

盛羡没理她，直直地往前走。

陆惊宴慢悠悠地跟在后面：“还是，哥哥，你怕我真摸你？”

晚上的小区本来就安静，她和他隔着一段距离，她的声音并不低。此时正好迎面走来两位老太太，听到这话，放慢脚步，频频转头往他们两个身上看。

盛羡头疼得更厉害了，他压了下突突突直蹦的太阳穴，生怕她接下来的话把那两位老太太吓到高血压犯了，转身回到陆惊宴跟前，抓住她胳膊，拽着她快步走开。

陆惊宴往后微仰着，直直地盯着盛羡，由着他拽着自己往前走。

正常男人，多多少少都会有点欲望，但在盛羡身上，她就从来没看到过。她还真挺好奇的，盛羡这人真有那么清心寡欲吗？

走到没人的地方，盛羡撒开了陆惊宴的胳膊。

陆惊宴眨了眨眼睛，看着自己被他抓过的地方顿了两秒，抬头：“哥哥，你的手有行过吗？”

盛羡一时没反应过来，看着她：“嗯？”

陆惊宴喝了一大袋子啤酒，眼睛依旧一片清明，她仰着头观察了他一会儿，确定她没懂自己的意思，就慢吞吞地说：“就昨晚上，你不是跟我说，你只对你喜欢的那一个女人行吗？那除了女人之外，你的手呢？”

总算明白她什么意思的盛羡，在心底默默地骂了一句。

三秒后，他用力地磨了下牙齿，又想把眼前这位乖戾难搞的小学生丢这儿走人了。

他刚刚把她的手从兜里拽出来之后就应该回家，不，他就不该下楼来找她。

他都分不清这是这段时间以来，他第几次后悔因为她而做出的决定了。他发现这位姑娘真的挺能蹬鼻子上脸的。每回他只要稍微对她心疼那么一点点，她总是能在下一秒说点什么，气得他牙痒痒。

然后他又发现，他这人也挺不长记性的，明明每次都告诉自己，绝对不会有下次了，可每次都还是控制不住。

盛羡闭着眼睛，在心底长长地叹了口气，睁开眼睛，看着她问道：“吃晚饭了吗？”

按照陆惊宴对盛羡的了解，她刚刚那些话抛出来之后，盛羡要么是拦辆出租车把她塞进去，让师傅送她回家，要么就是把她塞到她车上，给她喊了代驾转身回家。

陆惊宴对着盛羡看了会儿，摇了摇头。她其实不饿，那些酒早就把她灌饱了。

她刚刚之所以那么没正经，一来是她真的挺喜欢撩拨他的，二来是她那会儿被他裹围巾的动作搞得有点慌乱无措，下意识地想要做点什么来掩盖自己混乱的内心。

她其实没什么底气，也就抱着跟他胡闹一会儿就走人的心思。

可她怎么也没想到，被她搞到头大的盛羡竟然问了一句“吃晚饭了吗”。

“那走吧。”盛羡率先走出小区大门。陆惊宴没说话，跟在他身后，安安静静的样子看起来有点儿乖。

她不知道自己是不是过分自恋了，她觉得盛羡看出了她有心事。甚至……在给她机会，等着她主动说。

盛羡没走太远，就近找了一家烧烤店。现在将近晚上十点钟，店里依旧人满为患。

盛羡隔着玻璃看了眼里面坐满的人，抬起手正准备推门的动作停了下来：“小鱼仔。”

他语气很淡，但陆惊宴却听出来了一丝宠溺，她慢半拍地抬起头：“啊？”

“咱能打个商量不？”

陆惊宴眨了眨眼睛：“什么商量？”

盛羡垂眸看着她：“等会儿吃饭，咱能不能说点女孩应该说的话？”

两个人在烧烤店里转了一圈，总算在最里面比较靠角落的地方找到了一张空桌。

这家店的生意实在是太好了，服务员虽然不少，但根本忙不过来。

盛羡怕对面的小学生等不及，直接去前台要了一张菜单，和笔一起放在陆惊宴面前，示意她吃什么打钩就行。

陆惊宴不太饿，随便点了几样东西就把菜单还给了盛羡。

盛羡怕不够，又加了两道菜，招呼服务员下单。

烧烤店里很吵，陆惊宴身后那一桌是张大桌，坐了几个壮汉在喝酒吹牛，声音大得能把烧烤店的屋顶给掀了。

在这种过分嘈杂却又很有生活气息的地方，聊起天来也挺费劲儿的。

陆惊宴跟盛羡聊了两句，每回声音都被身后的人盖住，索性就闭上了嘴。

还好这家店虽然人多，但菜上得很快，陆惊宴冲着一桌子的食物动起了筷子。盛羡可能是吃过了，肉类的东西都没怎么碰，拣了点清淡的蔬菜吃。

背对着陆惊宴坐着的有两个人，其中一个比较胖，在陆惊宴正跟一只虾奋战的时候，那人起身去了一趟洗手间，不知道是不是因为喝多了，动作有点粗鲁，撞到了陆惊宴的椅子。

陆惊宴叼着虾扭头看了一眼。

那胖胖的男人看到她，眼睛明显亮了一下：“美女，对不起。”

陆惊宴没太大的表示，转回头继续啃自己的虾。

那位胖胖的男人没一会儿就从洗手间回来了，边走边整理腰带。在经过陆惊宴身边的时候，他低头看了一眼陆惊宴。

坐在陆惊宴对面淡着一张脸的盛羡看了那个胖胖的男人一眼，那胖胖的男人压根儿没注意到盛羡的眼神，眼神极其放肆地上上下下把陆惊宴扫了一圈。

北京的冬天，室内有暖气，温度很高。陆惊宴进来之后，把外套脱了，只剩了里面那件比较修身的毛衣。她后背很漂亮，挺拔纤细，露出来的脖颈白皙修长。

胖胖的男人回到自己位置上后，还不断地往后扭头看陆惊宴。兴许是喝了酒的缘故，他的眼神越来越放肆，带着点男人一看就懂的垂涎和露骨。

向来冷静的盛羡，蹙了下眉，突然有点躁。

那位胖胖的男人第三次转头的时候，双手抱在胸前看着陆惊宴吃饭的盛羡，忍不住伸出手敲了敲桌子：“陆惊宴。”

嘴里塞满东西的陆惊宴，一脸疑惑地抬起头。

盛羡面无表情地冲着她说：“过来。”

陆惊宴眨了眨眼睛，把嘴里的东西吞下：“什么？”

盛羡扫了眼身边的空位：“坐我旁边来？”

都快吃完了，干吗让她坐到他旁边去？

陆惊宴想了想，以为是盛羡有话跟自己说，就把手里的筌子放在桌上，拿着手机绕到了盛羡这边。

盛羡伸出手，把旁边的椅子拉出来，等到陆惊宴坐下后，他抬起眼皮往前看了一眼。

那位胖胖的男士还在扭着头盯着陆惊宴看。

陆惊宴坐好，拿了一串肉，刚想问盛羡喊自己过来干什么，盛羡突然站起身，绕到了她原来坐的那一边，坐在了她的位置上。

陆惊宴一脸蒙，盛教授这是闹哪样？

盛羡往后扭了下头，扯着椅子往里挪了下，不动声色地把陆惊宴挡了个严严实实。

陆惊宴咬着肉，转着脑袋四处看了一圈，然后在看到自己头顶后方的电视机后，顿时懂了。盛教授这是想看电视了，而且还是想看电视购物广告了。

看陆惊宴吃得差不多了，盛羡叫来了服务员。身后那一桌还没结束，牛吹得越来越大。

陆惊宴的衣服和包都在盛羡那边，她站起身想过去拿，盛羡已经帮她拿好了。

走到烧烤店门口，两个人穿好衣服，从里面一前一后地走出来。

来到陆惊宴的车前，盛羡和她要了车钥匙。陆惊宴钻进车里，才想起来自己有事忘了问，转头看向他："你怎么知道我在你家楼下？"

盛羡把上车之前从挡风玻璃上撕下来的罚单递给她："回家那会儿，刚好看到交警在这儿贴罚单。"

陆惊宴默默地把脸转了回来。

盛羡本来已经按了车子的启动键，听到陆惊宴问他这话，又把车给熄火了："说吧。"

陆惊宴愣了下，转过头看向他："说什么？"

盛羡说："说你为什么会在我家楼下？"

他在外面看到她的车，回小区就先找了一圈，果不其然在楼下花坛旁边找到了蹲在那儿、顶着冷风喝酒的她。

她频繁地抬起头，伸着手指数着数往楼上找，找到他这一层就停了下来。

她好几次站起身走到楼前又退了回去，似是恼火自己迟迟做不出决定，把手里的空酒罐捏扁了好几个。

盛羡瞥了眼陆惊宴："鬼鬼祟祟的，跟狗仔一样。"顿了下，盛羡想到那些遭殃的空酒罐，又补了句，"力气还挺大，投得也挺准。"

陆惊宴一时没反应过来盛羡后面那话的意思，过了一会才反应过来，盛羡描述的是她捏扁那些空酒罐，以及隔了那么远扬手把空酒罐丢进垃圾桶里。

她抬头那么多次，就没在他窗前看到过他的身影，他是怎么知道的？而且还知道的这么详细。

陆惊宴木着一张脸："你偷窥我。"

盛羡差点被她的倒打一耙给整笑了，他淡漠着一张脸，忽略了她的指责，言归正传："你找我是有什么事吗？"

他果然看出来了她有事。

陆惊宴漫不经心地"啊"了声："没啊，就是想哥哥了，来哥哥家楼下喝喝小酒，呼吸呼吸哥哥家周围的空气，很惬意。"

盛羡不是那种很擅长刨根问底的人，他看着陆惊宴沉默了会儿，没拆穿她的胡言乱语，重新发动了车子。

陆惊宴也没说话，送她回家的路上，车里很安静。她看着窗外的夜景，总觉得两个人之间的气氛有点诡异。

到陆惊宴家后，盛羡直接把车开进了车库，停好车以后把钥匙还给她。

陆惊宴没接："你开我车走吧。"

"不用，我打车走。"

陆惊宴"哦"了声，没勉强，接过钥匙。

两人一前一后下了车，陆惊宴笑得眼睛弯弯的，跟他挥了挥手："再见，哥哥。"

她和平时没什么差别，依旧是一口一个“哥哥”地喊着他，声音甜起来能腻死人。

盛羡没说话，由着她往电梯那边走了几步，开口喊道：“陆惊宴。”

陆惊宴回头：“啊？”

盛羡看着她顿了几秒：“你还有别的话要跟我说吗？”

陆惊宴觉得自己掩饰得挺好的，小时候她每回有事给父母打电话，他们一接电话就说很忙，匆匆挂断电话之后，再见面，他们偶尔会问她一句“之前打电话是有什么事吗”，但那个时候，她已经过了想说的那股劲儿，会很淡定地摇摇脑袋说没事，就是想他们了。

她父母都会信的，她还为此沾沾自喜过，夸自己装若无其事的功夫简直练到了炉火纯青的地步。

哪怕是和她认识这么久，对她已经很了解的陈楷和宋闲都看不透她。

她以为盛羡也一样。

陆惊宴看着盛羡，一时间不知道该做出什么反应，可她又不想让自己看起来很呆滞，慢吞吞地说：“还是有话要说的。”

她边说，边飞速地转着大脑，她想到隔了二十几层楼，盛羡竟然能把她当时在他家楼下的情况观察得那么仔细，面无表情地说道：“你视力还挺好。”

盛羡一晚上都在等她开口，现在看来是不太可能了，有点不爽，虽然他也不知道自己到底在不爽什么。他看着她又不说话了，过了会儿，转身走了。

望着盛羡的背影，陆惊宴动了动唇，想喊他，最终还是没有。直到盛羡不见了身影，陆惊宴才转身往电梯那边走去。

她不清楚自己这是怎么了，心里变得空荡荡的，还有点茫然。

人家盛教授看出来了她有问题，也问了她好几次，是她自己不想说的，现在人走了，她在这瞎失落个什么劲儿。她什么时候开始变得这么矫情了？

陆惊宴一边吐槽着自己，一边从电梯里走了出来。她刚到卧室门口，手机响了一声。

掏出来一看，是刚刚走掉的盛羡发来的。

盛羡：我手机晚上不关机的。

陆惊宴的眼眶突然有点酸。她别开头，抿了下唇，跟没看到这条消息一样，推开门，把手机往床上一丢，进了浴室。

站在花洒下，她仰着头由着温热的水迎面浇着，她虽然闭着眼睛，还是有水灌进了眼睛里，酸酸的、胀胀的。

他是第一个没被她骗过去的人。

他给了她两次机会，她都没说，他在车库转身走了那会儿，她觉得是带了点小脾气的，可他转身就又给她发了一条消息。

陆惊宴不确定自己脑子是不是坏掉了，她竟然觉得盛羡有点纵容她。她深吸了一口气，抬手“啪”的一声关掉水龙头，随便抽了个浴巾裹在身上冲出了浴室。

她在床上找到手机，翻出盛羡的电话号码拨了过去。电话响了一声，就被接听了。

陆惊宴不等电话那边的盛羡说话，就抢先出了声：“我找你是有事。”

她语气很急，气势汹汹的，就跟找人来打架一样，电话那边的盛羡一顿。

陆惊宴抿了下唇，接着又说：“我想请你帮个忙。”

她做不到坐视不理，她也做不到站出来帮孙阿姨，最好的办法就是盛羡。

他是律师，胜率相当高，孙阿姨的女儿倘若没偷钱，他可以还她清白；倘若真偷钱了，他也能让她少付出一点代价，给她一次改过的机会，不至于因为一次错误就毁了一生。

不等盛羡那边有反应，陆惊宴就一鼓作气地把孙阿姨女儿的情况跟他讲了一遍。

虽然她说得很笼统，但盛羡还是懂了她的意思："你让我出面去帮你家阿姨，但不能让你家阿姨知道，是你在背后帮她找的我？"

陆惊宴轻点了下头："嗯，对。"

盛羡沉默了几秒："为什么要隐瞒？"

陆惊宴愣了下，反应过来他指的是隐瞒她帮孙阿姨这事。

她不会让任何人知道她帮了谁，就是因为不想让盛羡知道她想帮孙阿姨，才犹犹豫豫了一整晚。

陆惊宴抿了下唇："我可以不说吗？"

盛羡那边没了动静。

陆惊宴等了会儿，带着点不确定地问："我不说，是不是你就不打算帮忙了？"

隔着电话，她看不见他的表情，也摸不准他到底是怎么想的。

她理解他问的问题，换成别人也会这么问。毕竟这又不是拍武侠小说，做好事不留名，想想就挺扯淡的，但她并不想说。

陆惊宴怕盛羡非跟自己要个答案，想了想，直接把路给堵死了："你要是因为我不告诉你原因不高兴帮忙，没关系的，我可以找找别人什么的。"

盛羡"啧"了声，声音很淡，但却夹杂着丝丝缕缕的不爽："我有说不帮忙吗？"

他不就是问了句为什么，她就开始寻思着找别人了，问都不能问了是不是，脾气可真大。

陆惊宴眨眨眼，心想她也没说什么啊，盛教授的语气咋这么不友善。

再说，他半天不说话，换谁都以为他不想帮忙。

陆惊宴撇了下嘴，还没来得及说话，电话那边的盛羡又说道："平时不是挺能哄人的吗？怎么这会儿就跟哑巴一样了。"

陆惊宴不明所以："啊？什么？"

盛羡声音淡漠："你喊声'哥哥'，我不就帮了。"

他说这话的语气跟平时没什么区别，甚至比平时还要淡上几分，就好像这话可说可不说一样。

可陆惊宴的耳尖却跟触电一样，麻麻的，还带着点儿烫，她跟受惊似的猛地把手机从耳边拿开，发现自己心跳有点快，怦怦怦的，活跃个没完没了。

陆惊宴咽了下口水，装得很不走心地问："那个，只要我喊了你就帮？"

"嗯。"

"也会帮我保密？"

"嗯。"

陆惊宴不知道该说什么了。

平时她一口一个哥哥的，特没负担，这会儿也不知道怎么回事，她反倒喊不出来了。

盛羡在电话那边没说话。

夜晚的房间里很安静，隔着手机，陆惊宴隐约能听见盛羡那边偶尔响起的一道短促的鸣笛声。

她握着手机沉默了好一会儿，闭着眼睛，就跟被人用刀架在脖子上一样，硬生生地逼着自己吐出了两个字："哥哥。"

她喊得挺僵硬的，喊完之后，还有一点莫名的羞耻感。

虽然她也不知道自己这种老江湖哪来的脸谈羞耻。

她不等盛羡那边做出回应，就清了清嗓子："我洗着澡呢，突然跑出来给你打电话，挂了啊。"

盛羡又"嗯"了声。

陆惊宴什么话都没说，把手机从耳边拿下来，按了挂断，把像烫手的山芋一样的手机往床上一丢，转身又钻回了浴室。靠在浴室门上，陆惊宴抬头，透过前面的镜子看到了自己的耳朵。

有点红……

过了两秒，她在心底骂了句脏话。

她是怎么回事？她怎么突然间变得这么要脸了。这要是被人看到了，她陆惊宴以后就甭想着在渣男团里混了。

不是，人家盛教授也没说什么，就让她喊了声“哥哥”，她怎么就变成这样了？是她最近金盆洗手了，不祸害那些渣男了，所以对男人的抵抗力减弱了吗？

那也不至于减弱成个情窦未开、懵懵懂懂的傻白甜啊。

盛羡回到家，洗完澡出来，就给助理发了个消息，让他把网上现在有关孙阿姨女儿事情的新闻整理一份，发给自己。

助理办事效率很高，很快就给他发来了一个文档，后面还跟着一条消息：盛教授，您怎么突然关心起这种舆论案了？

盛羡：不是关心，是接。

助理：啊！您怎么突然要接这种小案子了？

盛羡：受人之托。

受谁之托？在助理的认知里，这种小纠纷的案件，真的没必要到盛羡手里：该不会这案件纠扯到了你什么亲戚吧？

亲戚……

盛羡顿了下：可以这么说吧。

助理的话一直很多，又发了一条语音，问了一堆有的没的。

盛羡听了前面几秒，就把手机放一边，打开刚刚传到电脑里的那个文档。了解完案件的情况，盛羡又去网上看了眼舆论动态，忙完已经过了凌晨。

他关掉书房的灯，回到卧室，躺在床上却睡不着。

他下午确实回家了，但又从楼上下来了，然后在地下停车场绕到隔壁的楼出来了。他就站在花坛后面，她一直没发现他，完全沉浸在自己的纠结里。

他以为是她出了什么大事，到最后才发现，原来竟是和自己毫不相关的事。

他想起前两天结束的那个家暴离婚官司，她当时面对当事人的恳求也是斩钉截铁地说不帮忙，可转身却悄悄地将证据以匿名的方式寄给他的当事人。

她为什么要这样？明明可以让人念她的好，偏偏却要让人觉得自己冷血无情。

甚至帮个人都犹犹豫豫的。

撩十下

晚安，阿宴

陆惊宴纳闷地眨巴了两下眼睛，刚想笑着问他为什么这么看着她。然后就听到盛羡说：“阿宴。”

陆惊宴猛地抬头，直直地看向盛羡。迎着她的目光，盛羡又说：“晚安，阿宴。”

隔天早上。

陆惊宴睁开眼，消化完起床气的第一件事就是跟往常一样，拿着手机给盛羡道早安。她点开微信，顺着置顶戳进去，自然地敲下了这段时间每天都会打一遍的话：哥哥，早安。

刚想点发送，她顿住了。然后她盯着“哥哥”这两个字，脸突然开始有点烧。

陆惊宴咬着牙齿挤了个脏字，飞速退出微信，翻身下床进了洗手间。洗漱完，陆惊宴的心态也差不多调整好了，她顶着一张冷艳的脸，跟平时没什么两样，拿着手机下了楼。

孙阿姨因为女儿的事，跟陆鸿程请了两天假，家里就剩她一个人，陆鸿程不会专程为了她安排个人过来做饭，陆惊宴在冰箱里拿了一盒牛奶当早餐。

一直到下午两点钟，陆惊宴才又戳进盛羡的微信，早上打的那四个字还保留在输入框里。谁能想到逢人都能甜滋滋喊“哥哥”的她，竟然会有一天无法直视“哥哥”这两个字。

陆惊宴叹了口气，把早上没发出去的消息删掉。“哥哥”的杀伤力太大了，大到她盯着手机想了好一会儿，都没想到给盛羡发点什么。她正打算不发了，刚想把手机放下，手机突然振了一下。

盛羡：我约了当事人。

陆惊宴一时没反应过来，手快地敲了个问号过去。发完消息，她才意识到盛羡说的是孙阿姨和她的女儿。

陆惊宴：孙阿姨她们吗？

盛羡：嗯。

陆惊宴：哦。

按照平时的情况，不出意外的话，他和她的聊天就到此结束了，结果片刻之后，她手机振了一下。

盛羡：在漫咖啡。

他这是什么意思？告诉她地址，是让她过去的意思吗？

陆惊宴快速地按着笔，在一串的咔嗒声中，刚想回消息，屏幕又亮了一下。

盛羡：今天我会先跟她们简单聊一聊，主要是了解一下当事人的内心情况。

陆惊宴收住正打字的动作，整个人有点蒙。盛教授这到底是在唱哪一出戏，干吗这么详细地给她汇报工作？

陆惊宴：你是不是发错人了？

盛羡：……

省略号是什么意思？无语吗？

陆惊宴撇了撇嘴，看到微信里又多了两张截图。

是他和她的对话框，不过盛羡甩过来的是他那边的。

截图上方有时间，一个是早上八点二十分的，一个是不久前的。对话框的上面，显示的不是她的名字，而是“对方正在输入……”

盛羡：纠结了大半天，一个消息都没发过来，不就是想知道这些？

陆惊宴：……

她真不是想知道这些。

她是……

好不容易被自己抛之脑后的“哥哥”又一次被翻了出来，陆惊宴心想，哥哥这个梗是过不去了。

陆惊宴没回盛羡消息，盛羡那边大概忙起来了，也没再给她发消息。

她没想到盛羡的行动力那么强，昨晚答应她的事，今天已经在进程中了。

她一上午都在忙别的事，没太去关注孙阿姨女儿那件事的后续。现在被盛羡这么一提醒，她正好也闲着，就点开了 Emotion。

她以为这种事，最多维持一天的热搜也就过了，没想到这件事居然还在热搜榜上，甚至热度越发酵越高。

陆惊宴看过之后才知道，原来孙阿姨去找过另外一个当事人，想跟对方私了，希望对方可以对媒体说是一场误会，放过她女儿。

现实中很多人明知道受了冤枉，但为了子女的未来考虑，愿意委曲求全。可现在这事闹到网上，孙阿姨的做法，并不会让人觉得她是想要息事宁人，只会让更多的人认定她女儿就是小偷。

在互联网的世界里，不可能存在秘密，短短的一天时间，孙阿姨女儿的个人信息、上过的学校以及参加过的一些活动基本上都被扒了出来，甚至就连她的游戏账号也都落入了大众的视野里，里面充了多少皮肤，大概多少金额，都被网友精确地算了出来。

两件事加在一块儿，舆论导向变得更不可控了，网友的留言也比昨天犀利毒辣了很多。

陆惊宴其实挺不喜欢这种网络环境的，但是这种环境也不是她一个人能改变的。不知道从什么时候开始，在一些人的意识里，一个人出现了问题，评判他有没有罪的不是法律，而是网友。

陆惊宴关掉网站，一手撑着下巴一手敲着桌子，盯着窗外无聊地发起了呆。

前阵子北京降温，温度创了新低，所有人都不怎么爱出去，基本上都在室内缩着。这两天气温回升，尤其是今天，天气特别好，太阳晒得整个城市明灿灿的，很容易让人萌生出去转转的念头。

仔细回想起来，她好像还没见过盛教授工作的样子。陆惊宴歪着头想了会儿，拿上包和大衣提早下班了。

漫咖啡离公司并不远，陆惊宴开车过来也就十几分钟。她怕孙阿姨认出自己，下车前特意戴了副墨镜和口罩。

她在收银台点了杯拿铁，拿着呼叫牌，在咖啡厅里转了一圈，然后看到了在最里面坐着的盛羡。

这家咖啡厅的沙发靠背很高，像是一堵堵矮矮的墙隔开了一个个空间。盛羡他们那一桌后面正好没人坐，陆惊宴拣了个背靠着盛羡的位置坐下。

除了盛羡、孙阿姨和孙阿姨的女儿，还有一位男士应该是盛羡的助理。

陆惊宴不清楚来之前他们都聊了点什么，但是孙阿姨和她女儿像是有了什么分歧，孙阿姨的声音很激动，虽然她尽量把音量压到了最低，但陆惊宴还是能完整地听到她的话。

“这位律师是大学的教授，他很厉害的，你有什么就直接跟他说，他一定会帮你的。

“女儿，你老实告诉妈妈，那钱到底是不是你拿的？

“妈妈一开始是相信你的，妈妈也很想一直相信你，但你什么都不肯说，你让妈妈怎么办？你告诉律师，你游戏里的那些钱都是哪里来的？你新买手机的钱又是怎么来的？”

孙阿姨的女儿始终没开口说话，孙阿姨的情绪越来越激动，最后盛羡的助理出了声：“阿姨，您稍微冷静点。这样吧，阿姨，我陪您去旁边的商场转转，让盛教授跟这位小同学聊聊。”

孙阿姨还想说话，一直沉默的盛羡抬头说道：“去吧。”

孙阿姨沉默了片刻，对着盛羡说了句“谢谢”，起身跟着盛羡的助理走了。

盛羡那一桌只剩下盛羡和那个小女孩。

他们谁也没着急说话，大概过了一会儿，盛羡看了眼女孩面前已经空掉的冷饮杯子：“还要再喝点什么吗？”

她没说话。

盛羡抬起手招呼服务员，给她点了杯热奶茶。

服务员很快把奶茶送了过来，盛羡示意服务员把奶茶放到女孩面前，等服务员走后，盛羡又说：“我是来帮你的，你可以尝试着相信我。”

女孩还是没说话。

陆惊宴一直觉得盛羡是个为人淡漠、没什么耐心的人，可她发现在工作上盛羡还挺温和的，准确地说，是很专业的。

“你能跟我简单地描述下，丢钱那天你都在做什么吗？

“还有平时在学校里，你跟同学相处得怎么样？你和那位丢钱的杨同学，你们之间有没有闹过什么矛盾，或者是一些误会？

“除了你母亲给你的生活费外，你还有别的收入吗？例如做家教或者打零工。”

盛羡又尝试着和孙阿姨的女儿沟通了几次，但每次都没什么结果。

孙阿姨不放心女儿，不肯在外面多待，没多久就回来了，她看女儿还是一副什么都不肯说的样子，又气又急。

一直这么僵持下去，也解决不了问题。孙阿姨提出先带女儿回家，做好思想工作后再联系盛羡。出于礼貌和尊重，盛羡起身带着他的助理送了送孙阿姨。

孙阿姨大概是太过意不去了，走到陆惊宴这一桌的时候，突然停了下来。

陆惊宴怕被孙阿姨发现，急忙抬起一只手遮住自己的脸，埋头装作路人看手机。

孙阿姨一脸歉意地对着盛羡和他的助理鞠躬："实在对不住，今天麻烦你们了。"

盛羡的助理是个性格亲和的人，急忙陪着鞠躬："没关系的，阿姨，您回去好好劝劝她，随时可以联系我。"

孙阿姨又鞠了个躬："谢谢，真的是太谢谢了。"

盛羡助理跟着鞠躬："阿姨您太客气了。"

在两个人一来一回中，陆惊宴默默地把头又往下低了低。

孙阿姨跟盛羡的助理相互客套了好一会儿，总算拉着她的女儿走了。

陆惊宴暗暗地松了一口气，刚想把胳膊放下来，身边突然传来了盛羡的声音："你先回去吧。"

那声音离她很近，近到几乎是从她头顶传来的。

陆惊宴的心猛地跳了下，下意识又紧紧地捂住脸。过了一会儿，她突然察觉自己这反应有点迷，斟酌了下，也没弄懂自己究竟是怎么了。

她不想被孙阿姨认出来，是怕孙阿姨知道她女儿这事她有掺和其中。现在孙阿姨都走了，她为什么还要藏？这地址是盛羡给她的，一心想着把他撩到手的她，不应该是能见面就必须得见面，不能见面也得制造机会见面吗？

就算她这次过来，不是为了撩他，而是好奇他工作的样子，她也不用这么躲着他啊。

陆惊宴反应了会儿，才意识到自己慌了。具体慌什么她也不清楚，好像是怕盛羡知道她过来的目的，也好像是在怕去深究她为什么会好奇他工作的样子。

陆惊宴咽了下口水，偷偷摸摸地透过挡着脸的胳膊往旁边看了一眼。盛羡就站在她坐的沙发旁边，又喊了他的助理一声："对了，给你我的车钥匙。"

"啊？那您等会儿怎么走？"

"有人送。"

助理没多问，收拾了下自己的东西，道了句"再见"就先走了。周围静了下来，过了十来秒钟，陆惊宴又悄悄地偷看了一次。盛羡居然还站在她旁边，低着头正在看手机，像是在回什么人的消息。

陆惊宴不敢乱动，她滑着手机屏幕，寻思着要不要当成她跟人在这儿有约，找个人来救场。两分钟后，盛羡还没回完消息。陆惊宴实在是受不了了，点开微信，在陈楷和宋闲之间纠结了会儿，决定选择离得比较近的陈楷。

陆惊宴点开陈楷的名字，刚想发消息，身边站着的盛羡突然出声："买单。"说完这话，他就回她身后的那一桌了。

陆惊宴连忙放下手机，打算趁这个时候先溜去洗手间，等盛羡走了她再撤。结果她收拾好自己的东西，拿着手机刚准备起身，盛羡拎着大衣又站在了走道上。

陆惊宴忍着到嘴边的脏话，默默地又一屁股坐回位置上，重新举起胳膊捂住了脸。

盛羡穿好大衣，也不往收银台那边走，而是站在刚刚站的地方等服务员过来。

服务员忙完别的事，拿着扫码机走了过来："先生，您好，总共消费278 元。"

盛羡没说话，而是弯腰撕掉陆惊宴桌上的单子，一起递给了服务员。

服务员愣了下："先生，您的意思是一起结？"

盛羡微点了下头："嗯。"

"先生，总共 326 元。"

盛羡递过去手机付款码，服务员扫完码离开了。他把单子塞进口袋里，转身低头看着恨不得把脸藏在桌下的小学生，沉默了会儿，看她还没抬起头来的意思，摸出手机拍了张照片。

三秒钟后，陆惊宴的手机"叮咚"响了一声。她没抬头，把手机从桌上摸到桌下，点进微信，她看着盛羡拍的照片，一阵无语。

她正想着该怎么办，手机又响了一声。盛羡发来的还是刚刚那张照片，只不过多了三个字：小、鸵、鸟。

陆惊宴的脑袋往下埋得更狠了。

得，这次是真把脑袋藏桌子下了。盛羡眼底划过一抹他自己都未曾察觉的笑意。

陆惊宴手里捏着的手机很快又跳出一条新的消息。

盛羡：小心脑袋。

已经被抓包了，再藏也无济于事。陆惊宴深吸一口气抬起头，一脸淡定地对上盛羡的目光："我就是想看看哥……"

陆惊宴张了张口，卡壳儿了。本来就她一个人对"哥哥"这两字偷偷别扭，要是现在就这么生生断了，反而会让盛羡察觉。她吞了下口水，耳尖微微有些烧，别开头："……哥哥你能不能认出我？"

小学生还挺能胡诌。

"事实证明，哥哥还是能认出来我的。"陆惊宴顿了下，重新看向盛羡，"哥哥，我要是化成灰呢？你还能不能认出来我？小说里的男主，女主化成灰可都是能认得出来的哦。"

盛羡盯着她看了两秒，没理会她这些疯言疯语："你怎么过来了？"

陆惊宴慢吞吞地"啊"了声，想到那会儿她明明不是问他孙阿姨女儿这事的进程，他却那么认为，就现学现卖道："你不是给我发了地址吗？我以为你是让我过来监督你工作的。"

“那走吧。”盛羡让开沙发和桌子出口的位置。

“啊？”

盛羡看了眼一脸茫然的陆惊宴，语气淡漠道：“不是要监督工作吗？”

陆惊宴拿着包跟着盛羡走出咖啡厅，才反应过来他话里暗藏的意思：“你不是已经工作完了吗？孙阿姨女儿都走了，你还要忙什么？”

“去学校和她们家附近转转。”

“哦。”

两个人没再说话，走到路边，盛羡找了一圈，看到陆惊宴的车，把手伸到她面前：“车钥匙。”

陆惊宴打开包，翻出钥匙递给他。

上了车，陆惊宴突然想起盛羡赶走自己的助理前，跟助理说的那句“有人送”。

所以他说的有人送，是有陆惊宴送？他可真会安排。

陆惊宴撇了下嘴，系上安全带。她看过不少律政类的电视剧，一直以为电视剧里演的那些律师去了解当事人的生活环境是夸张了的，没想到现实中还真是这样。

盛羡在孙阿姨女儿的学校里，找了好几个孙阿姨女儿的同班同学了解了一些情况。

大多数都是围绕着孙阿姨女儿在学校里的表现，以及有没有跟人闹过矛盾之类的话题展开，其中有男生也有女生。

陆惊宴插不上话，就在一旁听着，她觉得盛羡跟人聊天的内容都挺正常的，也没听出哪里有问题，但盛羡却把这些聊天都用录音笔记录了下来。

从学校出来，两人去了孙阿姨家。她们住的是个老城区，那边有点破旧，车子开不进去，两个人沿着胡同走进去。

虽然天挺冷的，但还是有几个人从楼里出来遛狗。

盛羡把每个出来遛狗的人都拦住问了一下，还挺赶巧的，其中有一个就是孙阿姨她们家邻居。

盛羡简单地问了几个问题，平时孙阿姨家是什么情况，母女两个人关系怎么样，还有孙阿姨女儿怎么样。

这位邻居是个中年妇女，看得出来性格很开朗，超级能聊，跟盛羡说了一通，大多数话都是在夸孙阿姨家的女儿，说她体贴妈妈带大她不容易，很小就开始帮着妈妈干家务了，还说她妈妈没去有钱人家当钟点工之前，还在小区外面摆过地摊，孙阿姨家的女儿经常在地摊旁边打着手电筒看书。

邻居说到最后还叹了一口气："好好的一个姑娘，怎么会去偷人东西呢？"

其实学校里的同学对孙阿姨女儿的评价也都蛮好的，朴素勤奋，话很少，不怎么喜欢和同学们出去聚会，节俭到接近抠门的程度。那些同学和邻居一样，也很纳闷在学校里挺好的一个同学怎么会去偷钱。

孙阿姨家就住在二楼，那位邻居离开后，二楼突然传来了争吵声，带着楼道里的声控灯从二楼一路亮满了整栋楼。

这里的房子老旧，隔音效果不怎么好，盛羡能分辨出那是孙阿姨的声音。

"你告诉我，那个老男人是谁，你是不是背着我不学好？！"

"你那钱是不是那个老男人给的！我养你这么大容易吗？你为什么要这么做？！"

盛羡看了眼身边的陆惊宴："我上去看看。"

陆惊宴"嗯"了声，往后退了几步，倚在一棵光秃秃的树干上。

盛羡刚一进楼里，就有人从楼里跑了出来。

是孙阿姨的女儿，她谁都没看，只是一眨眼的工夫就不见人影了。

陆惊宴看盛羡没跟出来，盯着孙阿姨女儿跑开的方向看了会儿，叹了口气，起身跟了过去。

走出胡同，陆惊宴看到孙阿姨的女儿站在路边，死死地盯着面前车来车往的道路。她手攥着衣服，杵了片刻，像是下定了什么决心似的，抬起脚冲着马路中间走去。

在一片四起的鸣笛声中，陆惊宴拽住孙阿姨女儿的胳膊，把她重新拽回了路边。

因为力气过猛，陆惊宴的后背撞在了路灯杆上。她疼得倒抽了一口凉气，飙着脏字站直了身子，二话不说扬手就给了孙阿姨女儿一巴掌。

孙阿姨的女儿被她打蒙了，过了好一会儿，才眨着眼睛看向陆惊宴。

陆惊宴撒开了孙阿姨女儿的胳膊，往旁边挪了半步，站直了身子，居高临下地看着她："你想死，办法多得是，可以去坠河，可以去吃药，可以去跳楼，可以去割腕！"

陆惊宴一点一点地逼近孙阿姨的女儿："但是，别拖无辜的人下水。"

在陆惊宴的逼近中，孙阿姨的女儿慢慢地往后退去，被一棵树挡住，只能紧紧地贴在树干上。

陆惊宴的鞋尖直到挨住孙阿姨女儿的鞋尖才停了下来。

她一脸冷漠地俯视着孙阿姨女儿恐慌的脸，语气依旧狠狠的，像是要杀人："他们还想好好生活，他们没道理因为你承受这种飞来横祸。所以你想死，就请找个没人的地方安安静静地去死，别在这里丢人现眼。"

孙阿姨的女儿张了张口，一点声音都没能发出来。

陆惊宴的眼底划过一抹轻蔑。

"哦，这个世界上倒是有个人愿意陪你承受这种飞来横祸。

"你妈妈。

"想想也不错，你死了，你妈妈肯定会难过死，黄泉路上你们母女还可以做个伴，彼此都不寂寞了。"

孙阿姨的女儿身子微晃了一下，贴着树干缓缓地蹲坐在地上，把脸埋在膝盖上呜呜地哭了起来。

陆惊宴低头漠然地盯着她一耸一耸的肩膀看了两秒，冲着胡同口的方向转身，她走了没两步，就停了下来。

不知道盛羡是什么时候跟过来的，就站在离她们很近的地方。陆惊宴想到自己刚刚说的那些话，手指下意识地抓紧了包链。

她的神情没太大的变化，毫无波澜地和他对视了片刻，就抬起脚走到不远处的车前，拉开车门上了车。

陆惊宴的胸口闷得厉害，她习惯性地想找根烟，等把包里的东西都翻了个遍，她才后知后觉地反应过来自己戒烟有一段时间了。

她是真的搞不懂孙阿姨的女儿，她妈妈爱她爱得那么明显，她竟为了这么一点屁事寻短见。好歹她被全世界抛弃的时候，她还有妈妈。

而自己呢……陆惊宴轻笑了一声，抬起手按了下车窗。

迎着灌进车里的冷风，陆惊宴想到很多年前，她好不容易从那种绝望的场合里逃脱出来，第一时间拨通了她母亲的电话。

响了好多声才被接通，那好多声，是她生命里最煎熬的时刻。

接通后，里面传来的是她母亲干净利索的声音："我在开会，等会儿给你打过去。"

几乎没给她开口求救的机会，电话就被挂断了。再拨过去，已经是无人接听的状态。

不知道是不是被风吹的，陆惊宴感觉眼睛有点涩。

她靠在车背上，闭了会儿眼睛，再睁开，看到孙阿姨抱着一个黑色的羽绒服从光线暗沉的胡同里神色慌张地跑了出来。

她一边四处张望，一边喊着女儿的名字。透过后视镜，陆惊宴看到站在她车后面的孙阿姨的女儿，顺着声音看向了孙阿姨。

她看着母亲着急忙慌的样子，眼圈又红了，随后眼泪涌了出来，她哽咽地喊了声："妈。"

声音很轻，被风吹得有些散。但离她有些距离的孙阿姨却听见了，她看到女儿，明显地松了一口气，冲着女儿奔了过来。

她给女儿披好衣服，忍不住埋怨了几句："怎么不穿件衣服就跑出来了，冻感冒了怎么办？"

说着说着，她看到了女儿脸上的手指印，语气一下子重了起来："你的脸是怎么回事，谁打的？"

孙阿姨的女儿没说话，把脸埋进了孙阿姨的怀里："妈，我错了。"孙阿姨拍着女儿的后背，悄悄地抹了下眼泪。

陆惊宴望着后车镜里倒映出来的画面，定定地看了一会儿，抬起手升起车窗。她把外套脱下来，蒙在了脑袋上，毛呢布料扎得她眼睛有点疼。

在一团漆黑中，她不知道待了多久，车窗突然被人敲了两下。陆惊宴扯下衣服，转头看见了盛羡。

她开了车锁，盛羡拉开后车门，孙阿姨的女儿钻了进来。

陆惊宴纳闷地扭了下头，还没来得及问盛羡什么意思，盛羡已经跟着孙阿姨的女儿上了车，也坐在后车座上，拿着一瓶冰镇的饮料递给了孙阿姨的女儿。

孙阿姨的女儿道了句"谢谢"，接过来贴在了脸上，她低着头安静了一会儿，突然转头对着盛羡说："我没有偷钱，杨琴琴的钱不是我偷的。我家里条件是不好，我是很缺钱，我在学校里是贫困生，但我从没有偷过钱，我也不齿这种行为。"

顿了片刻，孙阿姨的女儿又说："我的手机是别人送的，还有我游戏里的那些皮肤也是别人送的。"

她抿了下唇，似是不愿意说，过了好半天，才小声说："是爸爸，送我那些东西的人是爸爸。"

盛羡微蹙了下眉："你爸爸不是……"

孙阿姨的女儿抿了下唇："妈妈也是这么跟我说的，说爸爸不在了。但不是这样的，爸爸他在，他在好几年前就已经来找我了。

"我有尝试过告诉妈妈，但只要我一提有关爸爸的事，妈妈的情绪就会激动。

"她很恨爸爸，是爸爸对不起她，当初说什么要娶她，但实际上一直在骗她。那个时候，爸爸他不务正业，是妈妈养的他，还为了他把我外公留给我妈妈唯一的房子给卖了，用来给爸爸的妈妈看病。到最后钱花光了，爸爸的妈妈也没能救过来，然后爸爸就打着跟人做生意的借口跑了。

“我妈妈那个时候已经怀孕了，她一个人生下了我，然后一边养我，一边找爸爸。

“大概在我 3 岁那年，我妈妈找到了我爸爸，那个时候他已经结婚了，娶了他真心喜欢的女人，还当着那个女人的面跟我妈妈说，他压根儿不认识我妈妈。

“我小时候问妈妈，我为什么没爸爸，妈妈说爸爸死了，我也一直以为我爸爸死了，所以当他来找我的时候，我是不信的，可是 DNA 检查报告骗不了我，那就是我爸爸。

“我应该恨爸爸的，恨爸爸那么对妈妈，可是爸爸他对我真的很好，他和我妈妈的事，是爸爸告诉我的。他也说了，妈妈当初去找他，他不知道已经有了我，要是知道，他不会不管我的。他总是偷偷地来学校看我，也会在晚上我一个人放学回家的时候，默默地跟着我。他和他喜欢的那个女人有孩子的，可即便有，他也还是对我很好。

“他或许不是一个好丈夫，但他真的是一个好爸爸，我是这两年才跟他亲近起来的，我知道不应该这样，我太对不起妈妈了，但是我是真的很喜欢爸爸，我也跟爸爸说过，不要再来找我了，我怕妈妈知道了会难过。那个手机是爸爸送我的生日礼物，也是答应我最后一次来找我。

“爸爸是看到了网上那些事，今天才来找我的，妈妈没有看清楚爸爸的脸，看我和爸爸亲昵，以为是我找的男朋友。

“我之所以不说，是因为我不知道怎么说。我怕妈妈知道事情真相会崩溃，我怕妈妈觉得我背叛了她，怕妈妈觉得她辛苦养了这么多年的女儿不是跟她真的亲，我真的好怕……”

孙阿姨的女儿这次没像下午那样闷不吭声，她把自己的情况一五一十地讲了出来：“盛教授，我可能是最近被网上那些人还有同学们闹的，有点情绪崩溃，再加上爸爸这事不知道该怎么办，所以才一时想不开的。请你相信我，我真的没有偷钱，也请你帮帮我，律师费我会给你的，我可以分期付款。总之，拜托你了，这位姐姐刚刚说得对，我不能丢下妈妈一个人。”

盛羡轻轻点了下头：“我会尽力而为。”

“谢谢盛教授。”停了下，孙阿姨的女儿看向了陆惊宴：“也谢谢你。”

陆惊宴表情淡淡地“嗯”了声，没什么情绪地转开头。她那模样挺僵的，像是不习惯别人对自己道谢。

时间不算早了，孙阿姨的女儿跟盛羡和陆惊宴二人道了句“再见”。

陆惊宴跟没听到似的一点反应也没有。

盛羡回了句“再见”，跟着孙阿姨的女儿一起下了车，看着她进了胡同，才绕到驾驶座的位置重新回到车上。

盛羡问：“回家？”

陆惊宴“嗯”了声，系上安全带。

盛羡没放音乐，车里很安静。平时话挺多的陆惊宴，有点无精打采地贴着车窗，看着窗外的夜景发呆。

盛羡转头看了她好几次，没忍住问：“想什么呢？”

“啊？”陆惊宴看了盛羡一眼，又“啊”了声，重新将视线落向了窗外：“我以为你会骂我。”

“嗯？”

“就我跟孙阿姨女儿说的那些话啊。”

当时的她，或许是有点生气，也或许是有点嫉妒，觉得孙阿姨的女儿身在福中不知福。

但更多的是性格使然，她已经不是当年的她了，再也没办法对任何人做到温柔以待。

陆惊宴也不知道该怎么形容那话，就又说：“反正那些话不怎么好听。”

盛羡淡着嗓音“嗯”了声，还挺赞同的：“是不怎么好听。”

陆惊宴瞪了眼盛羡。她觉得自己在盛羡面前挺霸道的，她可以觉得自己不好，但不允许盛羡觉得不好。这是什么奇奇怪怪的心理？

“不过……”盛羡说。

陆惊宴还没看到盛羡的脸，就看到他的袖口闪过自己眼前，然后她就感觉到自己的头顶被轻轻地拍了两下。

她后背一僵，再然后就听到了盛羡的话：“做得对。”

盛教授这语气怎么听起来跟夸小学生一样？还带着点鼓励的意思，就好像她以前很不乖，总算做了件人事。不过，嫌弃归嫌弃，她好像还挺受用的。

陆惊宴骂着自己没出息，默默地转过头看向了窗外，撑着下巴看着一棵一棵倒退的树，数了会儿数，突然就停了下来，过了半天，她轻声道：“那位孙同学的爸爸和妈妈都很爱她，对不对？”

盛羡直视正前方：“嗯。”

陆惊宴伸出一根手指轻轻地滑着车窗：“是不是这个世界上的爸爸妈妈都很爱自己的孩子？”

盛羡没说话，看着正前方，表情很淡。

“你呢？”

盛羡迟疑了片刻：“嗯？”

“你爸爸妈妈呢？是不是也都很爱你？”

盛羡没说话。

前方正好是红灯，他踩了刹车，拿起手机看了眼刚刚进来的短信：**盛羡，对不起，我明天又不能跟你见面了**。

是陈女士发来的，陆惊宴口中正问的两个人中的一个。

盛羡面色正常地回了个“好”，放下手机看了眼旁边的陆惊宴：“你呢？”

“我？”陆惊宴笑了，她把头靠在车窗上，“我爸妈他们当然爱我了，你都不知道，他们每次见我，都是给我钱，可多可多的钱，我从很小的时候起，最不缺的就是钱了。唯一可惜的就是，爸爸妈妈从来没有喊过一次我的小名。你知道我小名叫什么吗，其实不叫宴宴，也不叫小宴，那都是陈楷和宋闲他们乱叫的，我小名叫阿宴。”

她说这些话的时候，挺轻松的，就像在谈别人的事一样，可盛羡却觉得她是不快乐的，甚至是难过的。

盛羡握着方向盘，喉结微动了下，没说话。

车子很快驶入车库，陆惊宴提前收拾好东西，车一停稳，就立刻推开车门。她抱着衣服和包下车，对着跟着下车的盛羡笑眯眯地挥了挥手：“再见啊，哥哥。”

“嗯，再见。”盛羡站在车旁边没走，直勾勾地看着她。

陆惊宴纳闷地眨巴了两下眼睛，刚想笑着问他为什么这么看着她。然后就听到盛羡说：“阿宴。”

陆惊宴猛地抬头，直直地看向盛羡。迎着她的目光，盛羡又说：“晚安，阿宴。”

陆惊宴不由自主地移开视线，看起来很淡定地回了声：“晚安。”

她说完，看都没看盛羡一眼，转身头也不回地进了电梯。

站在电梯里，她抬头往外瞄了一眼。她的视线刚碰到他的衣服，就跟受了什么惊吓似的跳开了。

电梯门关上，陆惊宴看着上面的红色数字，抬起手捂着胸口。胸膛里的心脏没什么章法地乱跳，像是会随时从嗓子眼儿里蹦出来。她用力地吞咽了好几下口水，都没能让它安静下来。

陆惊宴，你说你怎么这么没出息？不就是喊个小名，至于反应这么强烈吗？

按理说，她对男人的抵抗力应该是刀枪不入的，怎么到盛羡这儿，她就变得一点防御值都没有了。尤其是从昨天那一声“哥哥”开始，她竟然都学会脸红了。

陆惊宴一边提醒自己争气点，一边暗戳戳地骂起了盛羡。

她告诉他小名，又不是让他喊她小名。说来说去，还是要怪盛教授不按常理出牌。

陆惊宴进了浴室，冲了会儿热水澡，活蹦乱跳的小心脏总算安定下来。她站在淋浴下，看着墙壁上不断往下淌的水珠，忽然发现，从她记事起，盛羡竟是第一个喊她小名的人。

陆惊宴仰着头轻笑了一声，关掉水龙头，从浴室里走了出来。

陆惊宴还是挺关心孙阿姨的女儿那事后面会怎么发展。

从目前的情况来看，孙阿姨的女儿偷钱的可能性最大，除了她之外，再无第二个嫌疑人。

假如孙阿姨的女儿没有撒谎，那么问题就出在杨琴琴身上，要么是她记错了自己的钱放在哪儿，要么就是她可能把钱花完了但是不记得了。

陆惊宴记性不错，她跟盛羡去学校打探情况的时候，其中一位男同学在玩 Emotion，当时随口说了句杨琴琴发动态了。

盛羡问那位男同学可不可以看一眼的时候，陆惊宴瞄了一眼，正好记下了杨琴琴的账号。

陆惊宴睡不着，点开 Emotion，搜索到了杨琴琴。杨琴琴的动态发得挺频繁的，一路刷下去，全都是她的自拍照。她刷到大概半年前的动态，发现那个时候的杨琴琴和这会儿的杨琴琴有点不太一样。她把两个时期的杨琴琴放在一起，做了下对比，发现杨琴琴的眼睛动得还挺明显的。

本来是抱着随便看看的心态，陆惊宴没想到竟然还能发现这些。她再回头去看杨琴琴的照片，这才留意到杨琴琴佩戴的首饰、使用的包包以及穿的某些衣服都是奢侈品。

陆惊宴作为一个有钱人家养出来的大小姐，一眼就能看出来这种配置，家里怎么也得给一张副卡，否则每个月至少要五六万的生活费。

可这两天的报道传的是杨琴琴的生活费一个月五千，这差距也未免太悬殊了。

五千块钱，连杨琴琴拎着的包都买不到。

陆惊宴把自己发现的情况整理出来发给了盛羡，给他留了个言。

陆惊宴：这位杨同学有点问题啊。

盛羡倒是一点也不惊讶，看到她的微信，很快就回了消息。

盛羡：我知道。

陆惊宴：你刚刚也在看杨同学的 Emotion？

盛羡：没有。

盛羡给陆惊宴发来了好几条语音，是从下午他在学校和那几位同学了解情况的录音里摘出来的。

“我跟杨琴琴逛过街，当时她买东西了，付款用的是手机啊。”

“我跟杨琴琴平时一块儿出去吃饭，她偶尔用一次现金。”

“杨琴琴没什么异样啊，就最近电话挺多的，她说都是骚扰电话。”

“我在宿舍接到过一次电话，是找杨琴琴的，说是催债的，我问过杨琴琴，杨琴琴说那是诈骗电话。”

陆惊宴不是特别明白盛羡从这几段录音里知道了什么。

她问道：你想表达什么？

盛羡：杨琴琴撒谎了，她很有可能没丢钱。

盛羡：而且是一次都没丢过。

盛羡：如果我没猜错，她应该背负了很多网贷。至于她说的丢钱，应该是为了从她父母那里骗钱来还债。而孙阿姨的女儿可能就是在她迫不得已撒谎的那天，凑巧一个人在宿舍。

陆惊宴被盛羡的猜测吓到。

她是觉得杨琴琴有点问题，但她更偏向于杨琴琴可能是花钱大手大脚惯了，有一笔开支不记得了，造成了她和孙阿姨的女儿之间的误会。

盛教授这猜测实在是太大胆了。

同一宿舍朝夕相处了那么长时间，就算两个人关系处得再差劲，也不至于狠心到这种地步。要知道，这可是拿着一个人的前途在栽赃。

从震惊中回过神，陆惊宴仔细地想了想，却又觉得盛羡分析得合情合理。

盛教授这人可真有两下子，凭着从学校打探来的那些七零八碎的消息，竟能生生地拼凑出事情的真相，够神的。

陆惊宴眨巴着眼睛，突然把脸埋在手机上笑了。

她忽然变得有点骄傲是怎么回事？找出真相的又不是她，她在这儿得意个什么劲儿？

虽然隔着手机，盛羡看不到她这会儿的反应，陆惊宴还是立刻板起脸，面无表情地看向手机，一本正经地和盛羡继续讨论案件。

陆惊宴：那你接下来打算怎么办？

盛羡：联系杨琴琴谈一谈。

陆惊宴：万一杨琴琴死不承认，就一口咬定她丢钱了，非得栽赃给孙阿姨的女儿怎么办？

盛羡：那就找证据。

陆惊宴感觉自己问了等于白问，说来说去，这案子最关键的证据还没找到。

陆惊宴刚想问盛羡，那万一找不到证据怎么办，盛羡又发来了两条消息。

盛羡：难度不大。

盛羡：基本上这案子已经结了。

没想到盛教授还挺自信的。陆惊宴盯着盛羡发来的消息思考了会儿，发现盛教授字里行间都透着对这个案子必胜的笃定。

她“啊”了声，突然明白过来盛教授的意思。

陆惊宴：哥哥好棒！

陆惊宴：哥哥真厉害！

盛羡发来了一个问号。

这是嫌弃她夸得不够卖力？陆惊宴绞尽脑汁地搜罗着夸人的话。

陆惊宴：哥哥，你简直就是律师界的颜值天花板，明明可以靠脸吃饭，偏偏就要靠出众的才华。

盛羡：发烧了？

陆惊宴：……

陆惊宴这就很不服气了，她捧着手机飞速地打着字。

陆惊宴：哥哥，你今晚跟我聊这么多，不就是为了让我夸夸你？

陆惊宴盯着手机屏幕，迟迟没等来盛羡的消息。

难道是她误会了他的用意？陆惊宴想了片刻，又打起了字。

陆惊宴：或者，你的意思是，我拜托你的事，你已经搞定了，我现在应该跟你说句“谢谢”？

陆惊宴“谢谢”两个字刚打出来，屏幕里跳进来了一条消息。

盛羡：不用。

陆惊宴眨了眨眼睛，不是要夸他，也不是要感谢，那他要什么？她突然起了撩拨盛羡的意。等反应过来，她的消息已经发出去了。

陆惊宴：哥哥，你这也不要，那也不要，你想要什么？

陆惊宴：要我肉偿吗？

陆惊宴成功地把天聊死了。

撩十一下

两个人才叫过节

陆惊宴放在手边的手机响了一声，她拿起来点进微信，看到置顶的盛羡给她发了一个红包。与此同时，对面传来了盛羡的声音："新年快乐。"

周四是12月31日。

这一年的最后一天。

次日是元旦，不用上班，作为对每个节日都很有仪式感的陈楷，当然不可能错过跨年之夜。

陈楷安排了场地，约在晚上十点钟。在此之前，陆惊宴跟宋闲先一起去吃了个晚饭。两人是在商场顶楼吃的，结束时还不到八点钟，就逛了会儿街，结果逛久了，到陈楷订的地方已经十点半了。

比起陈楷生日那天，他这回叫的人不算多，基本上都是平时和他关系很好的人。

陆惊宴进包厢，面对那些人的招呼，不像宋闲那样热情地回应，而是冷着一张脸坐在了沙发上。她给自己倒了杯酒，端着酒杯昂着头喝了半口，才发现陈楷竟然不在。

坐在她身边的宋闲正好也注意到了，大声问道："陈楷呢？"

"还没来呢。"有人接话。

这种活动陈楷一直都是最积极的那个，今天竟然晚到，还真挺让陆惊宴惊讶的。

宋闲拿着手机给陈楷拨电话，刚拨通，包厢门被推开，穿了件大红色毛衣的陈楷走了进来。宋闲挂断电话，看着陈楷："你这衣服还挺喜庆的，戴个圣诞帽可以过圣诞节了。"

陈楷坐在陆惊宴身边，懒洋洋地往沙发上一靠，扯着自己的毛衣："这就是圣诞节准备的衣服，那不是圣诞节出差，没能穿嘛。"

陆惊宴瞥了眼陈楷："怎么才来？"

陈楷抓了抓头发："别提了，家庭聚餐，我小姨、小姨父他们都在，好不容易脱的身。"

陆惊宴转着酒杯，漫不经心地问："你表哥也在？"

"我表哥怎么可能会在。"陈楷给自己倒了杯酒，一口气喝了大半杯，"这种家庭聚餐，他不可能会过来的，逢年过节，他很少跟我小姨还有小姨父他们吃饭，大概是觉得不自在，觉得自己是个外人，太打扰了吧。"

陆惊宴想到盛羡的家庭状况，张了张口，没说话。过了一小会儿，她跟闲聊似的，不经意地问："那逢年过节，你表哥都怎么过？"

陈楷摇了摇头："不知道，应该是一个人过吧。"

一个人吗？陆惊宴盯着酒杯里红色的液体，没说话。

逢年过节，陆家也时常剩下她一个人在家，但她很少一个人过，绝大多数都是跟着陈楷混迹在这种热闹奢靡的场合里。

陆惊宴把杯子里剩下的那点酒一饮而尽，转头看向了陈楷："他不用陪他妈妈吗？"

陈楷"嗐"了一声："他都好多年没见到过他妈妈了吧，我听我小姨提起过一次，说他妈妈也再婚了，嫁得还挺不错的，生了个儿子，过得挺幸福的。

"依我表哥的性格，他不来我小姨父这边过年，也不可能去他妈妈那边过年的。

"其实我表哥跟我小姨父也不怎么亲的，他们一年都见不上两面。"

陆惊宴沉默了一会儿，"哦"了声，把空酒杯递到陈楷面前。陈楷连忙拿起桌上的酒瓶，给她倒满。陆惊宴碰了下陈楷的杯子，仰起头吞了一大口酒。

辛辣的液体顺着喉咙一点一点地滑入腹中，咽到一半的时候，她像是被一只手无形地扼住了喉咙一样，酒卡在嗓子眼儿，怎么都咽不下去了。

她忽然很难过，这些年来，她都是一个人，她太懂那种被全世界抛下的孤独感了，懂到她早就习以为常，早就忘了难过是什么样的感受。

可是此时此刻，她就是很难过，一种强烈的酸涩铺天盖地地从她心底一路冲到她的眼睛和鼻子。

她静静地盯着手里捏着的酒杯，尽量让自己看起来没事。

过了半晌，她恢复淡定，转头看了眼旁边正跟人扯皮的陈楷，然后抬起手轻轻地戳了戳陈楷的肩膀。

陈楷飞速地转头："怎么了，宝贝？"

陆惊宴面无表情地看着陈楷："我发现你这人挺会过河拆桥的。"

陈楷蒙了，陆惊宴慢吞吞地喝了几口酒，斜了他一眼："就你表哥，对你也挺不错的，你上次带你那个小网友去找人家给你打官司，人家二话不说就帮你了。结果你倒好，跨年夜出来浪得飞起，连杯酒都不叫你表哥来喝。"

眼看着陈楷满脸的蒙变成了想骂人的表情，陆惊宴不紧不慢道："陈楷，你可真让我失望，过河拆桥就算了，还没一点眼力见儿。"

陈楷深吸了一口气："陆惊宴，你把话给小爷我说清楚，我怎么没眼力见儿了？”

“你有吗？”陆惊宴瞥了眼陈楷，“我都提醒得这么明显了，也没见你现在请人来喝杯酒。”

陈楷很不爽：“陆小宴，我早就叫了，我表哥嫌无聊，不来。”

陆惊宴“哦”了声，还挺平静地说：“你表哥说得对。”

“……”

“是挺无聊的。”

“……”

“所以我决定走了。”

“……”

从KTV出来，陆惊宴站在路边吹了会儿冷风，她本来就没喝多少酒，这一吹身上的酒味彻底散了。

她经常跟陈楷泡在这片区域，对这里很熟，她拉了拉衣服的领子，沿着马路往前走了大概一百米，右转进了光线没那么亮的小胡同，然后停在了一家门口挂着灯笼的居酒屋前。

这家居酒屋的老板很任性，每天晚上开张，就接几桌客人，食材用完就打烊。

陆惊宴跟这家居酒屋的老板很熟，她推门进去的时候，里面静悄悄的，只有老板一个人，正在研究新菜。

老板听见动静，抬头看：“一个人？”

“嗯。”陆惊宴找了个位置坐下，“打烊了？”

“打烊了。不过有新菜，要不要试试？”

陆惊宴摇了摇头。

老板给陆惊宴倒了一杯温水，顺势坐在了她对面。

陆惊宴掏出手机，解锁屏幕，翻出盛羡的电话号码，然后把手机推到老板面前：“帮个忙。”

老板还挺上道，听完陆惊宴的话，立刻入了戏。

盛羡接电话接得还挺快，老板没等他说话，就出了声：“您好，请问是盛先生吗？您认识这位手机的主人吗？她在我店里喝多了，基本上已经不省人事了，您是她的紧急联系人，所以能不能麻烦您过来把人给领走？”

电话那头的盛羡，沉默了片刻：“地址。”

老板把地址报了过去。他话音刚落，电话就被盛羡挂了。

盛羡来得很快，十分钟不到，居酒屋的门“吱”的一声被推开。

房间里光线昏黄，有点吵。盛羡蹙了下眉，顺着声音看去。

只见电话里说的“喝得有点多”“醉得不省人事”的某人正和一个穿着白色围裙的中年男子在掷骰子。

店里明明就两个人，偏偏这两个人玩出了有二十个人的气势。

盛羡沉默地盯着两个人看了好一会儿。

浑然不觉的两个人，压根儿没发现店里多了个人。

盛羡清了清嗓子。

两个人没理他，某位不省人事的主跟个野丫头一样，踩在椅子上晃骰子。

盛羡叹了口气，走过去。

随着“啪”的一声响，骰子被一个茶杯扣在了桌上，陆惊宴道：“两个 4。”

老板说：“三个 4。”

盛羡说：“八个 4。”

陆惊宴说：“总共就六个骰子，哪儿来的八个 4。”

居酒屋里安静了三秒钟，陆惊宴清了清嗓子，把踩着椅子的脚落在了地上，随后在椅子上坐正，慢慢地抬起头，伸出手撩了撩头发，笑眯眯地撑着下巴冲着盛羡喊了声：“哥哥，你来了。”

盛羡看着陆惊宴不说话。

老板识相地收起桌上的骰子和茶杯，走了。

陆惊宴点了下放在桌上的手机，屏幕亮起，她看了眼时间：“哥哥，来得还挺快，十分钟就到了。”

说着，陆惊宴把脑袋往前凑了凑，正好凑到盛羡腹部的位置，她仰着头对上盛羡的目光：“哥哥，你刚刚是不是很担心我？”

盛羡闭了下眼睛，往后退了一步，和她拉开了一些距离：“走不走？”

“啊？不再待会儿吗？”

盛羡没说话。

陆惊宴往里挪了下，拍了拍让出来的空位：“哥哥，你饿不饿，要不要吃碗拉面？”

盛羡没坐下。

陆惊宴揉了揉肚子，看起来可怜巴巴的：“可是我饿了，我想吃拉面。”

站在收银台那边正在算账的老板抬了下头：“打烊了。”

陆惊宴抬起头瞪了眼多嘴的老板。

盛羡等她瞪完老板，抬起手敲了敲桌子，看着还挺不耐烦的：“走了。”

陆惊宴站起身，跟老板挥着手说了句“再见”，然后跟着盛羡走出居酒屋。

小胡同里很安静，就他和她。

两个人安静地往前走了几步，陆惊宴说：“哥哥，你不问问我，我为什么要骗你过来吗？”

盛羡跟没听到似的，没反应。

陆惊宴停下脚步不肯走了。

盛羡站在原地等了会儿，看她大有倔强到底的意思，又退了回来：“为什么？”

“因为，”陆惊宴顿了两秒，抬起头笑着看向盛羡，“想陪哥哥跨年啊。”

陆惊宴挺喜欢笑的。她五官生得很高级，尤其是她那一双眼睛，眼型细长，内眼角微微往下勾，眼尾稍稍往上扬。

她不笑的时候还好，一旦笑起来眼睛就会弯成月牙形状，给人一种很迷离的感觉，整个人显得特别媚。

她的美属于那种很风情的美，一举一动、一颦一笑都能把“风情万种”这四个字诠释得淋漓尽致。

好在她这人天生带着点骨子里透出来的清冷，风情归风情，却不艳俗，反而还带着点俏皮活泼的文艺感。

很少有人能把截然相反的两种美感融合得特别好，但她做到了。

盛羡一直都知道她是挺惊艳的一个姑娘，但这是头一回，他被她惊艳到了。这姑娘嘴里没几句正经话，撩起人来一套一套的，但都不是真心话。他对她来说，跟她之前那些男人没什么差别，就是一时兴起、心血来潮。

明知道她今晚这一出戏是套路，可他还是眼睁睁地看着自己很清醒地入了套。

盛羡静静地盯着陆惊宴看了几秒钟，嗓音有点哑：“为什么要来找我跨年？”

陆惊宴“啊”了声，有点被问住了。

是啊，为什么要来找他跨年？她又不是没人陪着，陈楷那局上好几十号人呢，要多热闹有多热闹。陆惊宴认真地想了会儿，就跟她那会儿在KTV包厢里，听到陈楷那些话，为什么会突然很难过一样，找不到答案。

深夜的户外很冷，陆惊宴实在想不明白自己为什么这样，索性不想了，她看着盛羡的眼睛，直白道：“还能为什么，当然是来给哥哥献殷勤啊。”

“……”

“这不好几天没见哥哥了吗，今天正好碰到陈楷，他说你都是一个人过节，喊你出来玩，你也不肯来。那对我来说，肯定是陪哥哥跨年更重要了。”

虽然是胡诌的理由，但陆惊宴诌到最后自己都信了。

“所以，哥哥，”陆惊宴歪着头，“看在我这么重色轻友的分儿上，你到底要不要跟我一起跨个年？”

盛羡差点轻笑出声，头一回见人说自己重色轻友的。

其实节日不节日的，他压根儿不在意。

对他来说，一年三百六十五天没什么差别，不是在工作就是在准备工作的路上。他早就习以为常了。也不是没人喊他一块儿过节，除了陈楷，还有律师事务所的同事、他的学生，他只是懒得去凑这份热闹。

盛羡低垂着眼，默了两秒："要。"

陆惊宴没想到盛羡会答应得这么爽快，她有点诧异地"啊"了声。

盛羡看了她一眼。陆惊宴以为他是在问自己"啊"什么："我还以为我要撒个娇，或者喊声'哥哥'什么的，你才会答应。"

听小学生这语气，好像还挺失望的。盛羡不知道自己是不是跟这丫头在一起待久了，受了她影响，说话也变得不正经了起来："那要不你撒个娇？"

这话说完，盛羡愣住了，他是怎么做到一时脑抽说出这种话的。

陆惊宴没想着盛羡会说出这种话，反应了几秒，也跟着愣住了。

本来都忘了前段时间喊他哥哥那事，现在怎么办，难不成她又要羞耻一回了吗？

好好的，她干吗哪壶不开提哪壶……

陆惊宴这边寻思着该怎么回应，那边的盛羡倒跟什么事都没发生一样，他表情冷漠，掏出车钥匙按了一下，停在胡同口的车子闪了几下车灯。

"走吧。"说完，盛羡率先往街边走去。过了两秒，陆惊宴跟上。

上了车，盛羡没问陆惊宴去哪儿，直接发动了车子。

等开出一段距离后，陆惊宴才回神，扭头问："我们去干吗？"

"跨年。"

她当然知道是跨年，她指的是他们去哪儿跨年。没等陆惊宴再问，车子拐进了一条熟悉的街道。陆惊宴看了眼盛羡，脑海里一个字一个字地蹦出了一句话。

他、该、不、会、是、打、算、带、她、回、家……

那个“吧”字都还没蹦出来，盛羡的车子拐进了他所住小区的地下停车场。

陆惊宴又看了一眼盛羡。

盛羡把车停好，见陆惊宴的表情有点古怪，生怕她接下来说出什么惊吓之语，抢在前头说：“不是饿了想吃拉面吗？”

“……”

“回家给你煮。”

到盛羡住的那一层，电梯门打开，盛羡先走出去。

陆惊宴刚想跟出去，盛羡突然像是想到什么，抬手按了电梯的关门键。她一个人留在电梯里蒙了会儿，才急忙又按开电梯。电梯门打开，她看到盛羡把一个不知道里面装了点什么的黑色袋子，塞进鞋柜的最顶层。

盛羡看她出来，不紧不慢地关上鞋柜，把她上次穿的那双丑不拉几的男士拖鞋放她面前。

陆惊宴一脸的嫌弃，边穿拖鞋边问：“你刚刚什么意思？”

盛羡语气轻飘飘地说：“习惯了一个人回家，忘了还跟了一个你。”

见过说瞎话的，没见过这么能睁着眼睛说瞎话的。

陆惊宴撇了下嘴，看着正开门的盛羡，忽然抬起头瞥了眼鞋柜的最高层：“你先出来，是想藏东西吧？”

盛羡没说话，拉开门进了屋。

陆惊宴跟进去，关上门，又问：“那黑色袋子里装的是什么见不得人的东西？”

盛羡还是没说话，进厨房洗了下手，打开冰箱从里面拿出来一些水果、一袋拉面、两个鸡蛋和一把小青菜。

陆惊宴往厨房门框上懒洋洋地一靠，看着忙前忙后的盛羡，突发奇想：“哥哥，你该不会是在藏拖鞋吧？”

盛羡洗水果的动作一顿。

他背对着她，没看到他这些反应的陆惊宴，自顾自地继续往下说：“粉色的。”

“……”

“36 码的。”

“……”

盛羡把洗好的草莓和葡萄装进盘子里，递给陆惊宴：“还没睡着就开始做梦了。”

陆惊宴翻了个大白眼，接过盘子，捡了一颗葡萄丢进嘴里。

盛羡这里的葡萄不知道是从哪儿买的，无籽，还甜。陆惊宴捡了一颗长得最好看的递到盛羡嘴边：“尝一颗？”

小姑娘皮肤本来就白，在深紫色葡萄的衬托下，白得仿佛会发光。

盛羡垂眸盯着她捏着葡萄的两根手指看了几秒，别开头：“你吃吧。”

“你不喜欢吃葡萄？”陆惊宴把葡萄丢进嘴里，然后挑了一颗最大的草莓递给盛羡，“那给你吃草莓。”

盛羡还是那副冷冰冰的样子，他看着她递来的草莓，想低头，却又有点生理不适。

他最近一直都有按时去看心理医生，他其实很想看到成效的，可他努力了会儿，发现还是不行。盛羡动了下喉结，耷拉着眼皮一边熟练地洗菜，一边淡淡地说：“我不吃。”

葡萄不吃，草莓也不吃，那他买回家做什么。

陆惊宴撇了撇嘴，捏着一颗草莓啃了一口：“这草莓哪里买的啊，还挺好吃的。”

“旁边超市。”

陆惊宴“哦”了声，没再说话，吃了两颗草莓，把盘子放旁边台上去客厅了。她绕着客厅转了一圈，发现盛羡家比她住的那个大别墅还要冷清。

陆惊宴盯着冷冰冰的、没半点烟火气的客厅看了会儿，就掏出手机发了几条消息。

没多久，陆惊宴的手机振了一下。她拿起来看了一眼，然后走到门前打开了门。

过了不到一分钟，对面的电梯门打开，里面走出来的送货员拎着好几个袋子。

陆惊宴说了句“谢谢”，把那些袋子拎进了盛羡的家里。

盛羡煮完面，走出厨房，一眼看到了餐桌中间摆放着的一大束法式风格的鲜花。他愣了下，扭头看向客厅，小学生盘着腿坐在沙发上，正在嗑瓜子。

他常年不开的电视，被她打开了，里面正在播跨年晚会。茶几上也摆了一束鲜花，旁边放满了各种糖果和坚果。

盛羡瞬间愣在原地，他忽然有点理解大家为什么要过节了。他也忽然发现，偶尔过一次节，其实也挺不错的。

陆惊宴转头往餐桌这边看来，盛羡自然地把汤碗放桌上，对着她说：“过来吃吧。”陆惊宴蹦下沙发，凑了过来。

盛羡拿了两个小碗，先给她盛了一碗，放在她面前。陆惊宴说了句“谢谢”，拿着筷子挑了一根面，没想到还挺好吃的。

其实两个人都没有吃夜宵的习惯，还好盛羡煮的面并不多，没怎么浪费。陆惊宴喝完碗里的最后一口汤，放下筷子那一刻，电视里正好传来倒计时的声音。

随着电视里的欢呼声响起，新的一年到了。

陆惊宴放在手边的手机响了一声，她拿起来点进微信，看到置顶的盛羡给她发了一个红包。与此同时，对面传来了盛羡的声音：“新年快乐。”

“新年快乐。”

陆惊宴回完盛羡的新年祝福，领了红包。盛羡大概是图吉利，发了188.88元。

人家盛教授先给她发的红包，陆惊宴总觉得她现在反手还一个红包回去有点奇怪。她寻思了几秒钟，抬头问：“你家有剪刀吗？”

盛羡不知道她要做什么，但还是起身给她拿了把剪刀。陆惊宴接过剪刀，抬手把绑着头发的皮筋扯了下来。

长发散落在肩头，她拿着剪刀手起刀落，把皮筋上面的装饰品剪掉，然后伸出左手的无名指，把皮筋绕着手指缠了一圈，拿着剪刀把多出来的剪掉。

她把留下来的那一小截皮筋递给盛羡："新年礼物。"

"……"

"我的无名指尺寸。"

"……"

盛羡反应了几秒，才明白小学生这新年礼物的含义。左手的无名指有根血管是直通心脏的，又叫通心指，也是佩戴婚戒的地方。

这位小学生实在太会了。撩人的套路一个接着一个，简直让人防不胜防。

他真的挺好奇她小脑袋瓜里到底哪来的这么多出其不意的想法。

陆惊宴看盛羡不说话，晃了晃手里那截小皮筋："对我这礼物不满意？那你说，你不想要我指围想要什么？"

陆惊宴撑着下巴想了两秒，突然把脑袋往前一凑，冲着他人畜无害地一笑。

一种极其不好的预感爬上盛羡的心头。果不其然，他还没来得及做出反应，陆惊宴笑得眼睛弯弯地问道："胸围？"

"……"

"还是腰围？臀围？还是你想全知道？"陆惊宴扬了下眉，继续说，"没看出来盛教授你还挺贪心的，不过，也不是不可以满足你。"

盛羡真不知道她是怎么看出来他想知道这些的，这姑娘没脸没皮得很，盛羡还真怕她下一秒大言不惭地对着他报起三围来，这绝对是她能做出来的事。

盛羡抢在她再开口之前转移了话题："吃饱了吗？"

陆惊宴撇了下嘴，没劲，盛教授就是一个老古板。

每次都这样，不管她使出多少解数，他永远都跟没听见似的漫不经心地转移话题。

陆惊宴撑着下巴，隔着餐桌看了盛羡两秒：“你指的是哪一块？”

盛羡有点没跟上她的思路：“嗯？”

陆惊宴长睫毛忽闪忽闪的：“胃是饱了，但身体没有。”

“……”

“所以，哥哥你要不要考虑下满足我？”

盛羡的眼皮子狠狠地一跳。

陆惊宴一点也不怕死地看着他，没完没了：“嗯？哥哥？”她的声线本就好听，故意放轻之后显得特别柔软，听得人从耳膜一路酥到心底深处。

盛羡的喉结动了一下，靠着椅子静静地看着她。

陆惊宴撑着下巴，丝毫不怯场，迎着他的视线，心想我看你能撑多久。

房间里很安静，餐桌上摆放的鲜花散发出若有若无的香气。不知道过了多久，兴许是几秒，兴许是几十秒。

陆惊宴眨了眨眼睛，刚想再喊声“哥哥”，坐在她对面的盛羡突然起身，绕过餐桌进了主卧。

直到门“砰”的一声关上，陆惊宴才跳下椅子，追了过去。

主卧的门被反锁上了。

陆惊宴拍了几下，见里面的人没理她，然后她懒洋洋地往墙上一靠，得寸进尺地对着里面的人喊道：“哥哥，你躲什么？”

“大冬天的冲冷水澡会生病的。

“哥哥，你不要总是这么压抑着自己，压抑久了也会生病的。

“哥哥……”

卧室的门突然被拉开，陆惊宴收住到嘴边的话，扭头看向盛羡：“这么快？”

盛羡忍着把眼前这姑娘揪起来丢出去的冲动，暗暗地磨了下牙：

“阿宴。”

陆惊宴张了张口，后面那些话一个字都说不出来了。

陆惊宴，你怎么回事？明明是你像个老司机一样先开的头，人家什么都没做，就一句“阿宴”，你就溃不成军了？到底是谁在撩谁？

陆惊宴勉强让自己看起来很淡定，她迎着他的视线：“嗯？”

“送你回家了，好不好？”他语气很轻，跟哄孩子似的，还带着点儿不易察觉的无奈。

陆惊宴发现自己根本就扛不住这样的盛羡。

盛羡见她没说话，当她答应了，走到客厅，拿了她的外套和包。

出了家门，陆惊宴换完鞋，才后知后觉地反应过来自己不是没出息，是简直太没出息了。

她不能总是这样被他牵着鼻子走，说好的在他和她之间，是她占主导权的呢？

陆惊宴清了清嗓子，看着换好鞋直起身的盛羡，慢吞吞地问：“哥哥，你确定要送我回家吗？”

盛羡转身看向陆惊宴。他盯着她直勾勾地看了两秒，忽然俯身低头，凑近她耳边低声说：“那你呢？确定要留下来吗？”

他和她离得有点近，他说这话的时候，她能清晰地感觉他的气息拂过耳边。

陆惊宴咽了口唾沫，下意识地往后退了半步，后背贴在了墙壁上。她努力让自己看起来像是个见过各种大风大浪的情场高手，可她坚持了不到十秒钟，还是受不了，慢慢地、一点一点地别开头。

看着她这些僵硬的小动作，盛羡的眼底染上了一层很淡的笑意：“嗯？阿宴？”

让你想要主导权。

让你觉得自己很行。

让你刚刚瞎撩。

现在爽了吧，人家学着你刚刚的样子，全给你原封不动地还击了回来。

她知道他是故意的，她觉得越是这种时候越不能露怯。陆惊宴迎着他的目光，深吸了一口气，勉勉强强没把自己的窘迫和无措露出来。

盛羡没再说话。

陆惊宴拼命地坚持着。

也不过短短的几秒钟，可这几秒钟对陆惊宴来说，却像是一个世纪那么漫长。

就在她快要受不了的时候，盛羡终于有反应了。

她以为他见好就收，这事就算到此为止了，谁知道他突然抬起手，用车钥匙轻轻地拨开了她的头发，贴在了她滚烫的耳朵上："原来阿宴也会害羞啊。"

陆惊宴颤了一下，在心底骂了一句，整个人就跟被点了穴道一样僵住了。

盛羡用手里的车钥匙轻轻地蹭了蹭她的耳垂，看着她的耳尖以肉眼可见的速度变得越来越红，眼神软了几分："阿宴害羞起来的样子还挺像一个小姑娘的。"

"……"

"还挺讨喜的。"

"……"

陆惊宴慢慢地把头转回来，对上盛羡的目光，忍无可忍："我想上厕所。"

就在不久前，她还在嘲笑人家盛教授只会强行转移话题，没想到报应来得太快，没多久就轮到她了。还真是风水轮流转，苍天饶过谁。

盛羡没为难她，帮她拉开门，让开了路。

陆惊宴面无表情地进了洗手间，上了个厕所，洗了个手，又面无表情地回来。

好在盛教授会写"见好就收"这四个字，送她回家的路上，两个人处得还挺和谐。

本来陆惊宴元旦想跟宋闲一块儿去北边滑雪，结果一号那天早上，她一醒来就接到了陆鸿程的电话。陆鸿程说新的一年，一家人聚在一起吃个饭。

这种事，不像是应酬，也不像是相亲，陆惊宴不好拒绝，只能把跟宋闲去滑雪的日程往后挪。

陆鸿程安排的家庭饭局是在 3 日那天晚上。陆惊宴到的还挺早的，她进包厢坐下没多久，陆鸿程和他的两个儿子也一前一后都到了。

陆惊宴见人齐了，正准备喊服务员点菜，陆鸿程却说稍等会儿。过了大概五分钟，包厢门被推开，又到了一位，是之前和她相亲的那位杨公子。

陆鸿程把杨絮安排在了她身边，杨絮当着陆鸿程的面，直言不讳地问她为什么没同意他的微信好友申请。一点也不意外，陆惊宴下一秒就收到了陆鸿程不悦的目光。

陆惊宴发现杨絮这人真的很没品，特别喜欢有事没事告家长。她随便胡诌了个理由，说忘记了，等反应过来的时候，好友已经失效了。

陆鸿程笑呵呵地对着杨絮赔不是，然后说再加一次好友，这次陆鸿程学聪明了，让她扫杨絮。

那顿饭吃得简直让陆惊宴难以消化，回到家她就收到了杨絮的微信，她回都没回，直接设置了免打扰。

1 月中旬是孙阿姨的女儿开庭的日子。一开始杨琴琴一口咬定她就是丢了钱，盛羡问她丢了多少钱？什么时候取的现金？在哪里取的？得到这些信息后，盛羡连续问了杨琴琴两遍让她确定，然后将一段监控拿给了法官。

那是杨琴琴所说的取款机以及那段时间的监控，里面并没有出现过杨琴琴这个人。后来的事情跟盛羡预估的一模一样，杨琴琴网贷欠了很多钱，据她描述，一开始借了差不多十几万，但利息太高了，短短的一年时间变成了将近三十万。

开庭的那天，陆惊宴本来想去现场看一看的，但因为公司临时有会没能去成。

孙阿姨早在月初就回来上班了，那天正好赶上了陆惊宴的生理期，她身体有点不适，早早地回了家，在床上躺到晚上十点多。

下楼来喝水的时候，她撞见了孙阿姨在跟她女儿打电话。

“妈妈这件事做得也有问题，妈妈只顾着恨你爸爸了，却忘了你其实也是需要爸爸的……妈妈没有生气，妈妈知道你也很为难的……妈妈并不打算原谅你爸爸，但是妈妈以后也不会拦着你去见爸爸的……”

陆惊宴清了清嗓子，孙阿姨见她从楼梯下来，连忙挂断了女儿的电话：“陆小姐，您是要吃夜宵吗？”

陆惊宴摇了下头：“我喝水。”

“我去给您倒。”很快孙阿姨端来了一杯水。

陆惊宴说了句“谢谢”，端着水杯上了楼。关门之前，她隐约听见楼下又传来了孙阿姨的声音：“妈妈刚刚去干活儿了，妈妈真不生气……”

陆惊宴关上门，隔绝了孙阿姨的声音。她把水杯放在桌上，打开抽屉，从里面拿出一本相册，她的眉眼很像照片里的女人，像会勾魂一样，既漂亮又迷离。

陆惊宴一张照片一张照片地往后翻，翻到最后一页的时候，她抬起手揉了揉有点儿酸疼的眼睛，合上相册，平躺在床上，盯着天花板茫然了一阵儿，忽然很想找个人说说话。

直到手机里传出“嘟”的声音，她大脑瞬间清醒，她看了眼手机屏幕，发现自己不知道什么时候把电话给拨了出去，而且还是拨给了盛羡。

她正准备挂断，电话被接通了，手机里传出盛羡的声音：“喂？”

陆惊宴张了张嘴，她是想找个人说说话，可她并不知道要说什么。

“有事？”

陆惊宴“啊”了声，反应慢了半拍：“我打错了。”

盛羡“嗯”了声没说话。

陆惊宴不知道怎么接，就也没说话。

两个人互相沉默了会儿，陆惊宴正准备挂电话，盛羡喊住了她："陆惊宴。"

"啊？"

"你这电话打算打给谁？"

盛羡喊她名字的时候，语气有点严肃，还以为他有什么重要的事要说，哪知她全神贯注地等了半天，竟然就等来这么一句无关紧要的话。关键这话还是她最不想听到的，她就随便扯个谎，他怎么还当真了。

陆惊宴只能继续扯谎："陈楷。"

"这么晚了，找他什么事？"

陆惊宴眨了眨眼睛，以为自己听错了，什么时候盛教授变得这么多事了。早知道他会这么刨根问底，她刚刚就扯个公司的人说有公事。

陆惊宴只能硬着头皮继续扯谎："没什么事啊，就是看看他在哪儿，找他喝两杯。"然后不知道是不是自己产生了幻听，她竟然听到电话那边传来一道很低的冷笑声。

特别短，没等她确认，电话那边就静了下来。过了两秒，盛羡的声音传了过来："除了喝酒，还有别的事吗？"

盛羡这语气乍一听挺正常的，仔细一品，陆惊宴总觉得字里行间夹杂了那么一丝丝的火药味。

隔着手机，看不到盛羡的神态，陆惊宴不好确定自己这感觉是对还是错。

她本来也没计划找陈楷，就顺着盛羡的话往下说："我跟他能有什么事，除了吃吃喝喝，就是喝喝吃吃。"

盛羡在电话那头顿了会儿，问："非见不可？"

陆惊宴摸不清盛教授这话是什么意思，说他在警告她吧，又不像，但她明显地感觉到那股火药味更浓了："那倒不是，我跟他有什么非见不可的。"

说着，陆惊宴那种撩人的毛病又犯了：“真要让我找个非见不可的人，那肯定是哥哥你啊。”

陆惊宴感觉今晚的自己有点过于敏感，她竟觉得自己刚刚那话一说完，手机那边的火药味没了。意识到自己想太多了，陆惊宴忍不住在心底嘲讽了自己两句。

陆惊宴，你可真能耐，隔着手机凭空捏造人家盛教授的情绪也就算了，还捏造得一套一套的，连人家情绪的波动起伏都捏造出来了。

陆惊宴自我唾弃了一番，见电话那边的盛羡没说话，又说：“那个，没事的话，我挂了。”

“怎么，着……”盛羡连忙收住到嘴边的话。

他这是怎么了？她跟陈楷很熟，他不是早就知道的事吗，怎么突然开始揪着这种事不放了？甚至还险些不经过大脑脱口而出一句：“怎么，着急去找陈楷？”

陆惊宴不太懂他那三个字是什么意思：“你说什么？”

盛羡差点回一句“没什么”，话到嘴边，他停了下来，安静了几秒钟，他说：“既然不是非见陈楷不可，那就来见我吧。”

“啊？啊？”这还是盛教授头一回主动说见她。

陆惊宴把手机拿到面前，确定跟她打电话的人真的是盛羡，忍不住又是一声：“啊？”

盛羡语气淡淡的：“孙阿姨的女儿那事，我不是帮你搞定了吗？你是不是应该请我喝两杯。”

今天没计划出门的陆惊宴，二十分钟后叫了一辆车。

与此同时，同样也没计划出门的盛羡，从楼里出来，顶着寒冷的夜风，走到小区门口拦了一辆出租车。

坐在车上，盛羡压着眉心，很轻地叹了口气。他为了不让她去找陈楷，居然绞尽脑汁地把孙阿姨的女儿那事给搬出来了。

当初不要谢谢的人是他，现在又扯着让人家出来请喝酒的也是他，盛羡禁不住又叹了口气。

其实一开始，他并不是真的想知道她那通电话要打给谁，是她讲电话的声音不太对劲儿，听起来闷闷的，像是心情很不好的样子。

她也没说什么，就一声“啊”，一句“打错了”。

不知怎么回事，他那一瞬间，心就像是被一排细小的针扎过一样，泛起丝丝缕缕的疼。

他不清楚她到底经历过些什么，但他能感觉到她其实没有表现出来的那么幸福和美好。

她身上有太多他看不透的东西。

比如她为什么会性情大变。

比如他带她回家住的那天晚上，她到底是遇见了什么事。

比如她很善良，却为什么不让人看到她的善良。

比如她好像很羡慕孙阿姨的女儿有孙阿姨这样一个妈妈。

撩十二下

翻车又名修罗场

"'前任渣31'是谁?"

"就刚刚坐你身边那位。"

"'前任渣33'又是谁?"

"就后来过来的那位。"

"所以，你在谈'前任渣31'和'前任渣33'的时候，还有个'前任渣32'?"

陆惊宴到的时候，盛羡已经坐在里面了。

因为不是周末，酒吧里的人并不多，她一眼就找到了他。

盛羡应该和她一样，是从家里出来的，穿着比较休闲，上衣是件Gucci的白色卫衣，整个人看起来比穿衬衣的时候要年轻很多。

酒吧里光线有点暗，他坐的地方又正好背着光，但皮肤依旧很白。

陆惊宴挺白的，所以普通人落在她眼里，她都不会有什么感觉，这会儿能让她视觉深刻，只能说盛教授也够白的。

盛羡正在回人消息，察觉到有人靠近，他不经意地抬了下头，看到陆惊宴，问："到了？"

"嗯。"陆惊宴回神，把包放下，坐在盛羡的对面。

盛羡把酒水单推到她面前："看看喝点什么。"

陆惊宴翻着酒水单问："你呢？点了吗？"

"还没，"盛羡继续去回消息了，像是在忙什么很紧急的事，过了两秒，又回了句，"等会儿点。"

陆惊宴"哦"了声，识相地没再出声打扰他。

这家酒吧就是上回她惹陆鸿程生气、被陆鸿程轰下车那回，陈楷接她来的那家清酒吧。她来过挺多回的，酒水单差不多都能倒着背下来。

陆惊宴见没什么新品，就合上酒水单等盛羡忙完。

酒吧除了音量放的很低的背景音乐外，没什么多余的声音。

陆惊宴撑着下巴左看看右看看，然后目光就停在了盛羡的身上。

盛羡的手指修长，打字的手腕上戴着一块黑色皮带的手表，款式很普通，但搭在他身上就显得特别好看。他低垂着眼看着屏幕，密密长长的睫毛把他整个眼睛遮了个严严实实。

她还真没这么细看过他，直到现在才发现，盛教授居然还是个"睫毛精"。

真不愧是按照她审美长的男人，就连睫毛都能正中她的喜好。

陆惊宴向来对自己的颜值特别自信，化妆也是全凭心情，这会儿有点后悔自己没画个淡妆再过来了。

她什么时候变得这么注重外表了？第一次见盛羡，她可是顶着张刚睡醒的脸，胡乱套了身衣服就出门了。那会儿也没见她有这么多弯弯绕绕的心思。

当天好像还见了他两次呢，第二次是在大马路上，她还恬不知耻地对着盛教授吹了个口哨，问人家要不要上她的车。

想到这儿，陆惊宴忍不住“啊”了一声。

盛羡抬起头看了过来：“啊什么？”

陆惊宴从神游中清醒过来：“没什么。”

她在感叹，一晃眼的工夫，她居然已经和他认识两个多月了。

陆惊宴见盛羡摁灭了手机，问道：“忙完了？”

“嗯，忙完了。”盛羡发现她面前空荡荡的，连杯水都没有，“怎么没点东西喝？”

陆惊宴撑着下巴弯起了眼睛：“等哥哥一起点啊。”

盛羡没说话，按了桌上的呼叫铃，招呼服务员来。

这家酒吧调出来的酒，陆惊宴哪一种都喝过，她让盛羡随便点，然后跟着他叫了杯一样的酒。

等酒的过程中，酒吧的门被推开，几个人闹闹哄哄地走了进来。其中有一个人往他们这桌瞥了一眼，那人长得还不错，个子挺高的，在他那一伙人里属于比较引人注目的那种。

陆惊宴倒不是被吸引走的，她就是凑巧往门口看了一眼，没想到竟和那人对上了视线。

然后那人收回了视线，陆惊宴没太当回事，刚想收回视线，那人又往她这边瞥了一眼。

这种情况，陆惊宴早就见怪不怪。她跟陈楷、宋闲他们泡在酒吧，这种频繁看她的男人，一晚上没一百个也有五十个。

陆惊宴很淡定，漫不经心地把视线收了回来。结果下一秒，那人竟然冲着她这边走了过来。

她跟那个人就对视了一下，他就主动跑来跟她搭讪了？

陆惊宴正想着，那人就直接叫了她的名字：“陆惊宴？”

陆惊宴愣了下，抬起头。

这么一看，她才发现眼前这个人有那么一点点眼熟，不过她没太大印象，认不出他是谁。

那人喊完陆惊宴后，看了眼坐在陆惊宴对面的盛羡，一脸敌意地问：“这位是？”

盛羡不冷不热地扫了那人一眼，面对那人仇视的目光，他不紧不慢地看向陆惊宴：“认识？”

这让她怎么回答，说认识吧，她又想不起来他是谁；说不认识吧，她前男友那么多。

正在陆惊宴纠结着这话该怎么回才能不翻车，那人开了口：“当然认识，不但认识，我们以前还很熟，对吧小宴？”

对你个头。谁以前和你很熟？再说，问你话没有，你抢答什么？

那人抢答就算了，似乎觉得没答爽，又补了句：“哦，对了，自我介绍一下，我是她前男友。”

果然是怕什么来什么，还真是她众多前男友里的某一位。

正好在这个时候，服务员把两人点的酒送了上来。那人见状，对着服务员来了句：“给我也来杯和他们一模一样的。”

等服务员走后，那人看向陆惊宴：“小宴，我能不能在这儿待会儿？”

陆惊宴刚想说不能，坐在她对面的盛羡往里挪了挪，给这位她叫不出名字的前男友让出了个位置：“坐。”

那人一脸惊喜地对着盛羡说了句“谢谢”，生怕下一秒被陆惊宴轰走一样，一屁股坐在了盛羡身边。

那人直勾勾地看着陆惊宴，像是要说什么，突然扭头冲着盛羡问了一句：“你们俩谈着？”

“没有。”

“那我就放心了。”那人松了口气，重新看向陆惊宴，“小宴，虽然我们分开了有一段时间了，但我到现在都忘不掉你，我每天都会给你发一条信息，就盼着你什么时候能回。截至今天，我都发了八十九条了，你一次都没理过我。”

八十九条……

陆惊宴没说话，默默地拿出手机，翻了翻聊天记录。

果然在今天的未读信息里，看到了“前任渣31”发给她的消息：小宴，早安，分开的第八十九天，依旧想你。

陆惊宴飞速地翻了翻聊天记录，总算对上号了。

这位就一个“海王”，是在夜店里碰上的，当时有好几个姑娘同时来找他负责。

虽然她对那些前任渣没动过真情实感，虽然她是抱着虐渣的心态才去勾搭他们的，虽然她到现在为止跟那些渣没什么实质性的来往，但她不知怎么回事，面对盛羡竟然感觉心虚得不行。

陆惊宴慢慢地放下手机，看了眼对面的盛羡。

盛羡倒是挺平静的，慢条斯理地品着酒，看着他们聊天，看着她这位“前任渣31”单方面抒情。

“滔哥，你怎么跑这儿来了？”突然有道声音传了过来。

“前任渣31”收住嘴边的话，转头看去：“我跟我前女友叙个旧。”

随着“前任渣31”的话落定，喊他的人走了过来。

这人长得也还可以，就是个子对比“前任渣31”稍微矮了一点，他边走过来还边问了句：“哪个？”

“就我跟你说过的那个，长得贼漂亮，我真动心的那个。”

“前任渣31”的话音刚落定，过来找他的这位忽然看着陆惊宴喊了句：“宴宴？”

宴宴？！

“前任渣31”一脸问号。

陆惊宴也一脸问号。

盛羡看了他们一眼。

安静了大概五秒钟的样子，“前任渣31”看着自己的同伴问：“你们认识？”

“认识，当然认识，她就是我跟你说过的那个女神，就不知道怎么回事，莫名其妙跟我断了联系的女神！”

这又是哪位？她怎么还是没印象。

“所以我念念不忘的女人就是你女神？”

“我女神就是你前女友？你们是怎么认识的？”

“就在夜店认识的，差不多今年夏天 6 月份的时候。你呢？你又是怎么认识我前女友的？”

“我也是 6 月份认识的，就在一个商场里面。”

“啊？你女神是 7 月底跟你断了联系的，我也是 7 月底，我记的没错吧？”

“没错，就是那会儿，咱俩当时每天晚上蹲路边吃烧烤、喝啤酒，一个月长胖了好几斤。”

两个人默了会儿，不约而同地转头看向了陆惊宴。

陆惊宴端着酒杯，当两个人不存在一样慢吞吞地喝了一口。

看她做什么？

她能怎么办？

她怎么知道她会一晚上连续碰到两位前男友，而这两位前男友还是她同时谈的。

那两位前男友大概也没想到会是这种情况，有点受伤，也没心情在这儿叙旧，没一会儿就垂头丧气地离去了。

桌上一瞬间静得可怕，陆惊宴不知道该怎么跟盛羡解释刚刚的情况。

坐在她对面的盛羡，脸上没什么情绪，只是有一下没一下地按着手机的锁屏键，手机屏幕散发出忽明忽暗的光。

过了一会儿，他抬起头，对着她轻飘飘地来了句：“不错啊。”

“……”

“一晚上就遇见两个前男友。”

“……”

“还是同时谈的那种。”

“……”

这简直就是大型修罗场，尴尬得让她恨不得当场咬舌自尽。

她垂死挣扎，想把场面给圆回来，但她发现，今晚这车翻得彻彻底底，根本没法圆。

陆惊宴看着盛羡，张了张嘴，实在不知道该说什么，只能不吭声。

盛羡松开手机，懒洋洋地靠在沙发上，看着鲜少像现在这样会被噎得说不出话的小学生，玩味地抬了下眉：“没想到我们小鱼仔还挺会玩的啊。”

陆惊宴的手一抖，险些从沙发上滑跌到地上。

那种心虚感更强烈了，捎带着她整个人都变得莫名地紧张起来。

真是奇怪了，那都是过去的事了，怎么闹的好像是她背着他跟别的男人去开房，被他当场抓包一样。

陆惊宴觉得自己不能再这么沉默下去，她有必要为自己辩解两句。短暂地思考了几秒，陆惊宴抬起头，严肃地看向盛羡：“你有处女情结？”

盛羡差点被刚喝进嘴里的酒呛到，他反应了两秒，被她说出来的话震住了。

这小姑娘怎么什么话都敢往外说。

“我以为你就是古板了点，没想到你不是古板，你是古董。”陆惊宴面无表情地说，“这都什么年代了，你竟然还在意这些，亏你是大学教授，思想竟然这么迂腐封建。”

他发现这位小学生挺会倒打一耙的，他也没说什么，怎么就给他安了这么一个罪名？

“你知不知你这种行为像什么？就像那种新婚之夜，第二天醒来满床找落红，没找到，然后就怀疑自己老婆不纯洁，去网上匿名发帖，说我‘老婆可能不纯洁，我很难过，我是不是应该和她离婚？’”

盛羡缓缓地吐出一口气，没什么表情地看着她，沉着声说：“首先，我没你说的那种情结。”

“其次，”盛羡停顿了下来，目光幽深地盯着她看了一会儿，“我不会介意我老婆的以前，我只会介意我老婆的现在和以后。”

陆惊宴莫名地慌了一下，她其实就是被他说急眼了，想给自己挽个尊，但没想到他会回得这么认真。而且他说其次后面那些话的时候，看她的眼神怪怪的，让她总觉得哪里不对劲儿。

尤其他还一口一个“我老婆”，搞得她心跳莫名其妙地加快。陆惊宴慢慢地吞了口唾沫，双手撑着桌子缓缓地站起来：“我去趟洗手间。”

没等盛羡说话，她就直挺挺地冲着洗手间那边走去。

陆惊宴，你怎么回事？

人家说的是“我老婆”，又不是你，你在这儿瞎激动个什么劲儿。

什么时候你代入感这么强烈了？

陆惊宴在洗手间里待了会儿，直到情绪稳定下来，才打开门从隔间里出来，站在洗手池前不紧不慢地洗了个手，重新回到盛羡面前。

刚刚那种尴尬又诡异的气氛，在她离开这会儿消散得一干二净。

盛羡见她回来，看了眼她面前空掉的酒杯：“还喝吗？”

时间还早，陆惊宴不着急回去：“再来一杯吧。”

盛羡按照她的意思，喊来服务员。陆惊宴酒量挺好的，属于越喝越清醒型。

她以为刚刚那两个前男友翻车事件已经过去了，但是她心底总是有种说不出来的不安，而且随着大脑越来越清醒，那种不安就越来越强烈。

跟渣男周旋了那么多年，她从不在意别人对她的看法。

她也知道自己的风评不是那么好，很花心，仗着家里有钱，换男朋友跟换衣服一样。但她就是不想让盛羡也这么想她。

一开始他跟她手机里那些渣男一样，就是她的一个猎杀对象，不知道从什么时候开始慢慢地变了。她没遇到过这种情况，现在遇见了，她也不知道该怎么处理，有点烦地把酒杯重重地往桌上一放，发出“啪”的一声响。

盛羡抬头看了过来：“怎么了？”

陆惊宴迎着他的视线，张了张口。

她不是那种能藏得住事的人，这事要是不说清楚，她接下来的几天估计都得揣着这份惴惴不安过了。

陆惊宴索性直来直往道："我有件事想跟你说。"

盛羡抽了一张纸巾，把她刚刚用力放酒杯飞溅到桌上的液体擦干净："嗯。"

陆惊宴抿了下唇："但我不知道该怎么跟你说。"

盛羡看小学生不讲话，像是真的被难到了，沉默了两秒："要不，你直接说？"

"你确定？"

盛羡突然变得不是那么确定。这会儿接近午夜，酒吧里的人比刚刚多了很多，他四处看了一圈，更不确定了，想了想，为保险起见："要不，你发微信？"

陆惊宴觉得这个提议还不错，点了点头，拿起手机。过了不到半分钟，盛羡放在桌上的手机的屏幕亮了一下。

陆惊宴：你就算有处女情结也没关系的。

陆惊宴看盛羡没反应，眨了眨眼睛："我微信发过去了，你看了吗？"

盛羡摁灭手机屏幕："嗯。"

陆惊宴看他"嗯"了声，就没别的反应了，把脑袋往前探了探小声问："你懂我的意思吗？"

盛羡大概是懂的，他很轻地点了下头。

陆惊宴不是那么相信他，纠结了会儿，问："那你说说，我是什么意思？"

他不太清楚她为什么会在这件事上这么耿耿于怀。

怎么说，她交过那么多男朋友，他一直都是知道的，就跟一开始她找上他，抱的也是玩玩的心态。说他丝毫不介意，那肯定是假的，但比起心底的那点不爽，他更多时候想的是没能早点和她熟起来。

盛羡直勾勾地看着陆惊宴，看着小姑娘大有得不到答案不罢休的意思，眼神微闪了下，说：“在回答这个问题之前，我能先问你个问题吗？”

陆惊宴表现得相当大度：“说。”

盛羡的手指无意识蜷了下：“你有多少个前男友？”

看着小姑娘答不出来的样子，盛羡又说：“数不清了？”

被说中的陆惊宴张了张口，懊恼地往桌上一趴，跟霜打的茄子一样垂眸蔫巴巴地说：“是数不清了。”陆惊宴没多想，就情不自禁地解释了句，“但我那群前男友不是你想的那种前男友。”

那群前男友。

那群……

群……

形容还挺贴切的。

盛羡沉默了一下：“那你倒是说说看，你那群前男友怎么就不是我想的那种前男友了？”

“就，他们都是渣男，那种既欠虐又欠揍的渣男。例如，刚刚那个‘前任渣 31’，我是在夜店认识他的，他同时撩了五个妹子，撩了还不想负责，你说他渣不渣？还有，刚刚那个‘前任渣 33’，他有个女朋友，死心塌地喜欢了他挺多年的，他白吃人家的、白睡人家的，等自己升职了、有前途了，就把人给甩了，是不是很欠扁？”都过去挺长时间了，旧事重提，陆惊宴想想还有点生气，语气也跟着激动了起来，“这种男人就该尝尝被甩的滋味，尝尝被骗走感情是什么样的感受。我跟他们没感情，他们在我眼里，就一个欠虐的对象，我的目标就一个，那就是让他们哭。”

陆惊宴把该说的、不该说的全都没怎么经大脑一口气说出来了，她看了眼盛羡。

碰到她的眼神，盛羡说：“‘前任渣 31’是谁？”

“就刚刚坐你身边那位。”

“‘前任渣 33’又是谁？”

“就后来过来的那位。”

“所以，你在谈‘前任渣 31’和‘前任渣 33’的时候，还有个‘前任渣 32’？”

陆惊宴眨了眨眼睛，意识到自己掉套里了。

盛教授居然这么腹黑。

“你都是这么备注你那些前男友的？”

陆惊宴瞪着盛羡不说话。

盛羡静了几秒，问：“那我呢？”

“啊？”陆惊宴以为他问的是怎么备注他，刚想说“你和他们不一样，你是盛教授”。

她话都没说出口，盛羡不紧不慢地出了声：“也欠虐欠揍？”

三秒后，陆惊宴反应过来自己那会儿都说了点什么。

“也想让我哭？”

她是想让他哭来着，也是把他当成欠虐欠揍的对象来着，但那都是一开始的事了。

陆惊宴正飞速地转着大脑想补救政策，突然反应过来，一开始聊的明明不是这些。不知不觉中，话题竟然被盛羡带跑了。

陆惊宴抬起头：“盛教授，可以啊，转移话题的本事够厉害的。”

“……”

“你真要是弄不明白我微信那话是什么意思，你可以直接告诉我，我不会嘲笑你的。”

“……”

这小姑娘比他想象中的要敏锐许多。盛羡垂眸，遮掩住眼底漫出的一抹笑意。

过了片刻，他抬眼去看她，把近在咫尺的她吓了一跳。她不知何时站起了身，双手撑在桌上，上半身横过桌子，正把脸凑到他面前。

他愣了下，还没开口说话，她看着他舔了舔嘴唇：“哥哥，既然我微信那话的意思你不懂，那我就直白点。”

她偏了下头，慢慢地凑到他耳边，随着她身上淡淡的香气钻入鼻中，他感觉到耳边有她说话时的温热气息拂过："我还没开过张。"

盛羡愣了一会儿，才弄懂她这话的意思。他的眼皮猛地一跳，整个人就跟被点了穴一样僵在那儿。

小学生这是要上天吗？盛羡的喉结微滚了滚，静了下，侧头对上她的眼睛。

陆惊宴跟着咽了下口水，吸了口气，努力保持着脸上的平静，迎着他的视线，嘴角微勾，笑得跟个勾魂的小狐狸一样，声调又软又轻："哥哥，如果你愿意，今晚我倒可以为你开个张。"

盛羡有那么一瞬间的茫然，开个张？这张怎么开？随着这些问题的出现，盛羡脑子里迅速翻滚出很多想法。

那些想法五花八门、难以启齿，复杂到连他自己都不知道自己是什么时候懂这么多的。

受他那个矫情病的影响，他一直过得都挺清心寡欲。

上大学住校，同宿舍的男生半夜没少开黄腔、看黄片，他一直觉得那些事对他来说很遥远。他记得那会儿他没参与过那些话题，也没看过那些视频，怎么到了这会儿，那些该想的、不该想的就跟他亲眼看过、聊过一样，全都记得清清楚楚。

盛羡感觉自己就跟回到 18 岁一样，自制力什么的全都变得很薄弱，只剩下年少青春的躁动。就在盛羡觉得自己身体里的某根弦快要崩断的时候，陆惊宴突然"啊"了一声："对不起，哥哥，今晚上恐怕不行。"

盛羡看了她一眼，陆惊宴一脸遗憾："我生理期。"

盛羡脑子里那些乱七八糟的想法瞬间消散得一干二净。

他理智回笼，想到刚刚都胡思乱想了些什么，几乎从不说脏话的他，脏话险些脱口而出。陆惊宴叹了口气，慢慢地收回身子，坐回到对面的沙发上。

她隔着桌子跟他对视了几秒，身子往前懒洋洋地一趴，手肘撑着桌子，托着脸、眨巴着眼睛问：“哥哥，你知不知道我从你脸上看出了什么？”

盛羡抬起头看了眼陆惊宴。

陆惊宴保持着同样的姿势，笑眯眯地对他伸出四根手指：“看出来四个字。”

盛羡的眼皮一跳，没等他出声阻拦，陆惊宴已经掰着手指说：“欲求不满。”

“……”

“而且还是经年累月积攒下来的那种欲求不满。”

盛羡的腮帮子微微动了动，用力地咬着牙齿挤出来三个字：“陆惊宴。”

“哥哥，别那么大的火气。”陆惊宴把自己杯子里还剩的一点酒倒在盛羡已经空掉的杯子里，一副很理解他的样子，“我懂你，欲火发不出去，就只能发脾气了，换我，我也火大。来，喝点酒，消消火。”

盛羡磨了磨牙齿，头开始疼了。他闭了闭眼睛，什么话都不想说，拎起旁边的衣服，喊了声“服务员买单”，就直接往前台那边走去。

走出酒吧，盛羡拦了辆出租车，把陆惊宴送回家。

面对小学生下车后，笑容洋溢的“哥哥再见”，盛羡别开头什么话都没说。

等小学生转身推开门，盛羡才把视线重新落回她的身影。

直到二楼她的卧室的灯亮起，盛羡揉着眉心，叹了口气，一脸无奈地对着前面的司机师傅说：“走吧。”

回到家，盛羡换完鞋，随便把外套往餐桌椅背上一搭，进了厨房。打开冰箱，他从里面拿了一瓶水，拧开瓶盖喝了两口，突然想到她说的那句“生理期”，忍不住又叹了口气，把瓶盖拧了回去。他靠着冰箱上站了会儿，摸出手机，敲了几下屏幕。

他静静地看了好一会儿，直到屏幕长时间没人碰触自动黑屏，又重新解锁，正好在这时候，他手机振了一下。

陆惊宴：哥哥到家了吗?

盛羡把自己打完的那条消息删掉，回道：刚到。

过了片刻，盛羡又把删掉的那条消息重新打出来，发了出去。

盛羡：喝点蜂蜜水，注意保暖。

陆惊宴：嗯，哥哥。

盛羡没再回消息，拿着手机回了卧室，他脱掉卫衣，拿了身衣服进了浴室。

本来是觉得她不开心，才想着约她出来喝两杯的，哪知道她正在生理期。生理期不睡觉，大半夜打电话找什么陈楷。

盛羡站在花洒下，单手撑着墙壁，第三次长叹了口气。

小学生就没让人省心的时候，长这么大，一点儿也不会照顾自己。

当天晚上，陆惊宴做了个梦。

梦的一开始还是那个灯光幽暗的房间，原来放着的椅子变成了一张床，盛羡穿着一件白色的衬衣，双手双脚被铐在床上。

她穿着一条红色长裙，一脚站在床边，一脚踩在床榻上，居高临下地看着他，有些移不开眼。

梦里的画面很混乱，她手里不知道什么时候多了一支白色玫瑰，她捏在手里，用玫瑰花瓣划过他的唇，落在了他的锁骨上，然后慢慢地拨开他的衣服，停在了他的胸口："宝贝，嫁给我好吗？"

画面突转，从幽暗沉闷的房间变成了阳光灿烂的海边。

鲜花如海中，她穿着白色的婚纱，一步一步地走向了他。

证婚人激情洋溢地念着证婚词，直到她在他面前站定，证婚人问盛羡："你愿意娶陆惊宴小姐为妻吗？"

盛羡抬头："不愿意。"

在一片哗然中，他留了句"因为她前男友太多了"，然后头也不回地扬长而去。

陆惊宴猛地睁开眼睛，她在一片漆黑中躺了好一会儿，才反应过来自己做了一场乱七八糟、毫无逻辑、全是漏洞的梦。

她撑着床坐起来，去了一趟洗手间，回来从枕头下面摸出手机看了眼时间。

还不到三点钟，刚睡了不到两小时。放下手机，她躺回被子里，闭上眼睛打算继续睡。

不知道是不是受那个梦的影响，她怎么也睡不着了，在床上滚了好一会儿，暴躁地拿着手机坐起身。

她跟盛羡的聊天，停留在她睡前发给他的那句“晚安”上。

她盯着手机屏幕看了两秒，开始打字：你和他们不一样。打完这几个字，她想了想，又删掉了，过了会儿，她又打了一串字：你和他们不一样，我是想让他们哭，而你，我还是愿意为你哭的。

陆惊宴对着屏幕骂了自己脑子有病，然后又把这话给删了。

晚上喝酒那会儿，跟他已经说得挺明白了，她犯不着这会儿又跑过去跟他再说一遍。

况且这都什么年代了，谁还没个前任，一直说反而会越描越黑。

陆惊宴退出了微信，但总觉得心里不踏实，她想了会儿，点开微信开始删好友。

删完已经凌晨四点钟了，陆惊宴的困意上来，蹭回了被子里。

她经常会做梦，没遇到盛羡之前，做的全都是噩梦，醒来之后就会彻夜难眠，总是一个人发呆到天亮。遇到盛羡之后，她好像就做了两次梦，都跟他有关，虽然梦很混乱。

陆惊宴忽然想到，昨晚她心情挺糟糕的，按照以往，她一定会梦到以前的事，但被盛羡这么插了一脚，对她来说可能会很煎熬、很痛苦的夜晚，貌似过得还挺顺利的。

房间里门窗紧闭，只有床头柜下面的地灯散发着淡淡的光，屋顶的中央空调偶尔发出很轻的沙沙声。

陆惊宴把脑袋往被子里藏了藏，只露出半颗头。在黑暗中，她又想到去年圣诞节那天，她收到了乱码发给她的消息，提到了她这一辈子都不想被提及的简末。

那天也应该是个漫长、难过、崩溃又失眠的夜晚，是盛羡把她带回了家……

陆惊宴想着想着，在似睡非睡中勾了下唇，轻笑了一声。

然后，她的意识开始变得恍惚，沉沉睡去。

一夜无梦。

再醒来，已经是下午三点了。

陆惊宴这一觉睡得特别好，睡眠质量也是她这些年来最好的一次。

厚重的窗帘将光线挡得严严实实，和晚上没什么区别，陆惊宴蹬着腿在被子里伸了个懒腰，正寻思着要不要再睡会儿，被她藏在枕头下的手机响了。

电话是宋闲打来的，陆惊宴打着哈欠接听。

“陆大小姐，您可算接电话了，这通电话再打不通，我都打算杀你家里去了。”

陆惊宴抹走眼角溢出的泪：“有事？”

“有事？”宋闲瞬间炸了，“陆大小姐，你说呢？不知道是谁前两天疯狂约我周末陪她去逛街，不知道是谁前两天五分钟一条消息，缠着我选逛街的那天中午吃什么。”

陆惊宴沉默了三秒，不太愿意承认宋闲口中的人就是她：“我可以不说吗？”

宋闲毫不客气地在电话那头冷笑了一声。

陆惊宴抬起手蹭了蹭鼻子，声音带着点小讨好：“闲姐儿。”

宋闲不说话。

“闲姐儿，我昨晚失眠了。”

“你又做噩梦了？”

宋闲跟陆惊宴一块儿出去玩的时候，晚上有同住过，好几次宋闲早上醒来上厕所，撞见陆惊宴是醒着的。

她开始以为是陆惊宴睡眠时间短，直到后来，有一次半夜醒来撞见陆惊宴一个人坐在酒店落地窗前的地上，望着外面发呆，她才反应过来，之前早上看到的那几次醒着的陆惊宴，不是睡眠短，而是彻夜未眠。

那天晚上，宋闲喊了她好几声，她都没反应。宋闲掀开被子下床走到她跟前，才发现她双目放空，脸色苍白，手指微微抖着。

宋闲蹲在她面前，伸出手轻轻地碰了碰她的肩膀，她才迟缓地看向了她。

那时候她才知道，她认识的这位光鲜亮丽、人人羡慕的陆家大小姐，原来并不像是大家看到的那么幸福和快乐。

“你做噩梦怎么没给我打电话？我跟你说过的，晚上睡不着觉可以给我家里的座机打电话。”

见电话那边的宋闲急了起来，陆惊宴连忙开口：“这次不是噩梦。”

宋闲松了口气：“那是什么？”

宋闲不问还好，一问陆惊宴又开始糟心：“我觉得我搞不定陈楷他表哥了。”

“为什么？”

陆惊宴把昨晚上跟盛羡喝酒撞见两个前男友的事，用生无可恋的语气讲了一遍：“这还不是最惨的，最惨的是我后来跟他讲我那群前男友是什么情况的时候，不小心透露了我不是脚踏两只船，而是脚踏三只船。”

宋闲没忍住，“扑哧”一声笑了出来。

陆惊宴立刻闭嘴。

宋闲察觉到这位大小姐的不悦，连忙收住笑：“这是好事啊，让他知道咱家宴姐儿到底有多吃香，好让他有点压力。”

“你确定是压力，不是阻力？”

“你什么时候变得这么没信心了？别忘了，你可是大名鼎鼎的陆惊宴，任何男人都应该跪倒在你脚下的陆惊宴。”

换作从前，陆惊宴也是这么觉得的，可是碰到盛羡，她不知道怎么回事，就是少了那股底气：“可我就觉得，昨晚过后我没戏了。”

“是什么让你产生了这种错觉？难不成……”

宋闲突然顿了下来。

陆惊宴莫名其妙地变得有点紧张，她总觉得宋闲接下来说的话，会是她要找的答案。其实昨晚上她已经隐约想到原因了，只是不那么确定。她握着手机，心都提了起来。

她屏着呼吸等了几秒，终于等来了宋闲的声音。

“陈楷他表哥看上了你的前男友？”

“……”

“话说他看上了哪个？有没有照片？”

陆惊宴很想隔着手机敲开宋闲的脑壳，研究研究里面的构造。得亏自己还挺真情实感地跟她聊心事。

“该不会两个他都看上了吧？”

陆惊宴闭着眼睛，缓缓地吐了一口气，连争辩的心思都没了：“或许吧。”

“那你可要谨慎了，女人你还能争取下，男人你就没什么优势了，除非你去趟泰国。不过依照我对你的了解，我劝你慎重，也许等你从泰国回来了，你对他的热情也随之消失了。”

陆惊宴沉默了几秒：“宋闲。”

“嗯？”

陆惊宴一本正经地建议道：“你辞职吧。”

“为什么？”

“因为我觉得你这脑洞不去全职写小说实在是太可惜了。”

虽然没能吃成中午饭，但陆惊宴和宋闲还是相约一块儿吃了个晚饭。

吃完饭，时间还早，两个人在旁边的商业区随便逛着。

快过春节了，商场到处都在搞活动，陆惊宴跟宋闲在一家设计师品牌店买了几件衣服，结完款，两个人刚打算离开，陆惊宴的手机响了。

是陆鸿程的二儿子，也就是陆惊宴的二堂哥陆洲打来的。

陆惊宴接听：“有事？”

“没什么大事，你哥我喝醉了，你来接我一下。”他说着，陆惊宴感觉手机振动了一下。

紧接着她又听到陆洲说：“地址发你手机了，赶紧过来啊，别让我等。”说完，陆洲把电话挂了。

宋闲问：“谁？”

“陆洲。”陆惊宴打开微信，看了眼陆洲发来的地址，“喝多了，让我去接他。”

“啊？你一个人搞得定吗？要不我陪你去吧。”

陆洲那人喝多了爱发酒疯，陆惊宴不太想让宋闲过去：“没事，我搞得定他。”

撩十三下

玩笑话，真心话

她看着盛羡，也不知道自己到底是怎么了，鬼使神差地说了句："娶我吧。"

陆洲发来的地址，是陆惊宴跟陈楷、宋闲经常去的一家俱乐部，离她这会儿在的商业街并不远，陆惊宴跟宋闲一块儿去停车库取了车，然后把宋闲载到路边，看着她上了叫来的出租车，随后才往俱乐部那边开去。

这会儿刚过晚上十点钟，俱乐部里没什么人，舞台上的 DJ 正在调音。

在五颜六色交错的灯光中，陆惊宴沿着卡座一路往里走，然后找到了陆洲说的位置。

黑色的真皮沙发上，坐了好些人，有男有女，桌子上摆着一排的酒。

陆惊宴站在旁边，绕着那一圈人找了一圈，没看到陆洲。

她拿出手机刚打算给陆洲打电话，坐在最里面的一个人举了下手："在这儿。"

陆惊宴顺着声音看过去，是杨絮。

他靠在沙发上，拍了拍身边的空位："过来坐。"

陆惊宴站在原地没动："陆洲呢。"

"你先过来坐。"杨絮说。

陆惊宴没说话，翻出陆洲电话拨了过去，没人接听。她皱了皱眉，刚想继续拨电话，坐在里面的杨絮站起身，端着一杯酒走了出来。

他对着最外面的人往里指了指，让大家腾出来两个位置，然后坐下，顺带着抬起手抓着陆惊宴的手腕，把她一并拽坐在身边。

陆惊宴甩了下胳膊，没挣脱："放开。"

杨絮跟没听到她的话似的，倒了一杯酒，放在陆惊宴面前："来，喝点。"

"今天身体不适，不能喝酒。"陆惊宴拿着手机又给陆洲拨了个电话。

杨絮把那杯酒递给旁边一个穿得挺清凉的姑娘，示意她喝掉，然后给陆惊宴重新倒了一杯："那喝点度数低的。"

陆洲的电话依旧没人接听。陆惊宴没理杨絮，点进微信给陆洲发消息。

杨絮抬起手，按住陆惊宴的手机："别白费功夫了，他是不可能理你的。"

陆惊宴愣了下，转头看向杨絮："什么意思？"

没等杨絮说话，陆惊宴就懂了："你们串通好的？"

杨絮"扑哧"笑了："我可没跟他串通，是他跟我说，今晚让他妹过来陪我玩玩。"

陆惊宴的手指捏紧了手机。

"来都来了，就高兴点。"杨絮说着，把他刚倒的那杯酒往陆惊宴面前推了推，"毕竟你哥哥陆洲现在那项目可是正求着我呢。"

"那让陆洲来陪你喝。"陆惊宴把手机塞包里，想起身走人。

杨絮伸出手按住她的腿，凑到她耳边，在外人看起来很是亲昵，但嘴里说出来的话已经暗藏了威胁："别让我下不来台。"

陆惊宴垂眸盯着杨絮放在自己腿上的手："那我也再说一遍，让陆洲来陪你喝。"

杨絮笑了，眼底明显带了点怒意："陆惊宴，你什么情况我心知肚明。你在陆家人的眼里，就是一个交易品，少在这里跟我傲。"

陆惊宴看了眼杨絮，二话不说拿着手里的包，往他胳膊上重重一砸，然后起身，整理了下头发，转身就走。

"陆惊宴，给我站住！"

陆惊宴当没听见。

"陆惊宴，别给你脸不要脸。"

杨絮抬手把手机砸了过来："陆惊宴，我让你站住，听到没有？"

手机擦过陆惊宴的耳边，落在了她面前。陆惊宴停下脚步，慢慢地转头看向杨絮。

杨絮冲着陆惊宴脚边的手机抬了抬下巴："捡起来。"

陆惊宴垂眸盯着手机看了会儿，弯腰捡了起来。

杨絮冲着陆惊宴勾了勾手："拿过来。"

陆惊宴看了看杨絮，又看了看他身后那一圈看戏的人，低头打量着手里碎屏的手机看了几秒，然后转身折了回去。

看着回来的陆惊宴，杨絮不屑地笑了下："早点这么听话不就好了，非让我动气。"

陆惊宴没出声，把手机递到杨絮面前。

杨絮伸出手去接。

他指尖还没碰到手机，陆惊宴手往旁边一转，松开，由着手机"啪"的一声落在酒杯里："自己的东西自己捡。"

杨絮愣住，连带着他这一桌聚会的人都跟着安静了下来。

浸泡着手机的酒杯咕嘟咕嘟地往外冒着泡。

杨絮安静了足足五秒钟："陆惊宴，你——"他后面的话还没说完，陆惊宴突然俯身面向杨絮。

在光线昏暗的夜店里，她的皮肤白得仿佛在发光，她在吃完饭和宋闲一块儿逛街的时候，补过口红，是偏亚光的烂番茄色。

可她眼神很淡，脸上一点表情都没有，整个人看起来很冷漠，就像是冷冰冰的没有感情的机器，就连说出口的话，都是缓慢而冷淡的。

“求你的人是陆洲，不是我陆惊宴。

“你们之间搞什么交易，那是你们的事，别扯上我。

“别以为陆洲忽悠着他爹让我跟你吃过两次饭，就觉得我会嫁给你。你给我记住了，别说我陆惊宴不是交易品，就算我是交易品，卖给谁那也是我说了算。

“他陆洲还做不了我的主。”

周围一片死寂。陆惊宴直起身，看都没看一桌人的表情，转身走了。

从俱乐部里出来，陆惊宴按了下车钥匙，拉开车门，钻进车里，一脚油门踩到底，车子直直地飙了出去。

十分钟后，车子停在了一家法式风格的别墅门口。陆惊宴下车，走到门前，持续地按着门铃。没一会儿，别墅的屋门被推开，家里的帮佣跑了出来：“陆小姐，您怎么过来了？”

“陆洲在吗？”陆惊宴推开帮佣，冲着别墅里走去。

“二少爷在楼上。”

陆惊宴没说话，把手里的包放在屋门口的鞋柜上，四处转了一圈，在客厅的架子上抽了一根高尔夫球杆直奔二楼。

陆洲的屋门没锁，站在门口，陆惊宴听见陆洲讲电话的声音。

“絮哥，你消消气，我一定会带着她去给你登门道歉的。”

“你放心，絮哥，我等会儿就去找她，肯定会好好教训她的。”

“絮哥，她脑子有病，你别跟她一般见识……”

陆惊宴抬脚踹开了门。

“谁？！”正赔着不是的陆洲暴躁地转头，他看到陆惊宴，脸色立刻变得很难看，对着手机那边的杨絮说了句“对不起，絮哥，我等下给你打过去”，然后挂断电话，把手机往旁边一丢，看着陆惊宴恼怒道：“陆惊宴，你是不是神经病？你人都去了，陪着杨絮喝几杯怎么了？平时在外面浪得跟个妓女一样，你现在装什么纯情少女。”

陆惊宴抬起手，挥着高尔夫球杆砸在了陆洲卧室的电视机上。电视机摇晃了几下，摔在了地上。

陆洲从床上跳了下来，一副反了天的架势，叫嚷得更凶了。

陆惊宴什么话都不想说，拿着高尔夫球杆，冲着陆洲卧室壁柜里摆的那一排昂贵的珍藏品，毫不留情地挥了上去。

“你知不知道那些东西有多贵？！

“陆惊宴，你给我住手，你是不是疯了？

“人呢？给我来人！”

楼下听见了动静，两个帮佣跑了上来，看到屋里这架势，谁也不敢进来。

“陆小姐，请您住手。”

“陆小姐，您别伤到二少爷。”

陆惊宴理都没理他们，专门找陆洲房间里值钱的东西砸。没一会儿，布置奢华的卧室变得跟被打劫过一般，一片狼藉。

陆惊宴不解气，临走之前，想了想，拿着高尔夫球杆把陆洲更衣室里的镜子全砸了，然后这才心情稍微顺畅了一些，把高尔夫球杆往陆洲脚边狠狠地一摔，瞪了他一眼，转身往门外走去。

两个帮佣看到她，立刻让开了路。

陆惊宴刚想抬脚，电梯门打开，陆鸿程走了出来。

他看到陆惊宴愣了下：“你怎么在这里？”

陆惊宴没说话。

陆洲听到陆鸿程的声音，喊了声：“爸。”

陆鸿程走过来，看到陆洲卧室里的样子，皱了下眉：“怎么回事？”

“还能怎么回事，是陆惊宴，她跟个疯子一样，把我房间砸成这样，我就让她跟杨絮喝了个酒，她就这样了。她平时在外面花天酒地不着家，跟杨絮喝个酒怎么了？”

陆鸿程到底是经历过大风大浪的人，比陆洲沉得住气，他面对陆洲的叫嚷，看向了陆惊宴：“你做的？”

陆惊宴“嗯”了声。

陆鸿程说：“道歉。”

陆惊宴没说话。

陆鸿程加重了语气：“给你二哥道歉！”

陆惊宴抿了下唇，抬起头对上陆鸿程的视线：“我不会联姻的，你以后不要再给我介绍什么杨公子、张公子、宋公子。以前你让我去见那些奇怪的人，我之所以去，是觉得不管怎样我们终归是一家人，我不想闹得太难看。

“但我发现，我对你来说，不过就是为了让董事会认可陆洲的牺牲品。这些年来，很多事我不说，不代表我不懂。陆洲他就是个废物，什么事都不可能做成的废物。

“你愿意惯着他，那是你的事，他又不是我儿子，又不喊我妈，我没理由要一直让着他——”

陆鸿程往前跨了一步，抬手就是一巴掌，他这一巴掌是真的下了力气，陆惊宴的脸直接被打偏了过去。

父母离世后，陆鸿程抚养她，到现在已经差不多十年了。这十年里，陆鸿程脾气上来了打过他那两个儿子，却从来没有打过她。

开始，她以为陆鸿程是疼她的，也许是真有疼她的成分。但后来，她很清楚，陆鸿程那么对她是为了什么。

为了有一天，能卖个好价钱，能让陆家的股票翻一翻。

陆鸿程这一巴掌打得真的狠，清脆的巴掌声格外刺耳，就连怒气腾腾的陆洲都被吓到了。

除了脸上有点火辣辣的感觉，陆惊宴并没觉得有多疼。

她静静地看着陆鸿程，什么话都没再说，站了三四秒，从他身边绕过，往楼下走去。

陆鸿程转身看向她："陆惊宴，你别忘记，你今天的这一切都是陆家给你的，包括你现在的公司。我明天就可以派人去交接，从你手里要回来。"

陆惊宴下楼的脚步未停。

陆鸿程气坏了，还在警告着她。

她跟没听到似的，一步一步很稳地走到门口，拎着包，推开门走了出去。

随着门被关上，陆鸿程的声音彻底被隔绝在身后。

她仰着头，看着黑漆漆的天，说不出自己此时此刻到底是什么样的感受。

像是难过，却又不像是难过。

她只是在想，她什么时候可以从这个家里出去。

没人知道，这些年她一直都在等。

等一个人。

可以把她从这种牢笼里带出去。

盛羡是个很克制的人，平时除了迫不得已的工作应酬，晚上很少出门，大多数都是一个人待在家里或者学校里，看卷宗、分析案件，或者备课。

今天是个例外，好些年没跟他联系的杨絮，约他出来喝酒。

选的地点是他最讨厌的场合，他已经有很长时间没见过陈女士了，最后还是选择了出门。

他到地方后，一眼就看到了陆惊宴的车，略感意外地多看了两眼，才踩着台阶踏进了俱乐部。

他跟着陈楷来过这里一次，但不是那么熟悉里面的构造，找位置的时候，走错了通道，绕到了另一侧。

盛羡正准备绕回去，忽然在一片嘈杂的音乐声和说话声中，听到了“陆惊宴”的名字，他顿了下，顺着声音找过去。

另一边通道上，陆惊宴站在最里面的卡座旁边，忽然弯腰逼近了正在说话的人。

那位叫陆惊宴名字的人瞬间没了声音。

“求你的人是陆洲，不是我陆惊宴。”

她的声音一如既往地好听，只是多了几分冷意。

从他站的角度看过去，正好可以看到她的侧脸，在昏暗的酒吧里，皮肤白得反光，乌黑的长卷发自然地垂在脸的另一侧，面向他这边的头发披在身后，毛衣领口露出一小段白皙的脖颈，线条纤细精致。

她眉眼间流露出来的神态很不耐烦，给人的感觉像是下一秒会把旁边那一桌子的酒给掀了。

她语气很冲，嘴里说的话也很不客气，带着毫不遮掩的轻蔑和不屑。

她的气场真的挺强，举手投足间透着“我是女王”的那股傲劲儿，非常嚣张和傲慢。

陆惊宴撂完话，头也不回地走了。

那一桌人大概是被震住了，足足安静了有半分钟。

等盛羡绕过去，那一桌人才陆续回过神来，其中一个骂了句脏话，对着旁边的人伸出手：“把你手机借我用一下。”

那人背对着盛羡坐着，但他还是能分辨出来是刚刚被陆惊宴警告过的人。

他接过借来的手机拨了个电话，一接通就“炸”了。

“陆洲，你玩我是不是？

“消气？你让我怎么消气？我现在恨不得把陆惊宴那个疯子拽回来弄死她。

“她陆惊宴是怎么回事，没爹又没妈，还真把自己当陆家大小姐了？

“别忘了，是你们陆家硬要把她塞给我，要不是看她那张脸还不错，你以为我稀罕她？

“我就坦白告诉你，让我娶她，不可能！我就是纯粹想玩玩她……”

不知道电话那边发生了点什么，突然被挂断了。

杨絮暴躁地骂了句脏话，把手机往旁边一扔，对着一桌子人又骂了起来：“真不知道陆惊宴哪里来的底气，整天那么傲。陆家不知道多少生意都是靠着她卖换来的，她一个被那么多男人搞过的女人，还想着嫁给我？呵……”

他话还没说完，肩膀被人很轻地拍了下。

杨絮抬头，看到站在自己身后的盛羡，愣了下：“哥……”

他的话音还没落定，盛羡俯身，拎起桌子上的一瓶洋酒，冲着杨絮的脑袋敲了下来。酒瓶碎裂，酒夹杂着玻璃碴儿四溅。

有几个女生被吓得发出刺耳的尖叫声。杨絮被砸得蒙了好一阵儿才清醒过来，他抬起手抹了一把脸，一手鲜血，血被酒稀释了，滴滴答答流淌了一身，看起来触目惊心。

杨絮不可思议地动了动眼珠：“盛羡，你发什么疯！”

盛羡的眼神冷得可怕，他盯着杨絮脑袋上还在往外冒的血珠，脸上的神情没有丝毫变化。

杨絮刚想再开口，盛羡突然扬手把剩下的半截酒瓶砸在了桌上。酒杯倒了一串，液体洒满了整张桌子，沿着桌沿一串一串地落在地上。

杨絮不知是被吓得还是被这样的盛羡震到，瞬间失了声。

其他人看到这场面，更是大气都不敢喘。

盛羡冷冷地扫了眼杨絮，俯身从桌上抽了两张纸巾，慢慢地擦了擦手上的血迹，然后把纸巾往杨絮脸上一丢：“管好你的嘴。”

……

从俱乐部出来，盛羡站在路边，吹了一会儿冷风，心头依旧躁郁得厉害。

他从不吸烟，但看着对面营业的商店，竟有种进去买包烟的冲动。

一辆救护车驶来，停在了俱乐部门口。没一会儿，捂着额头的杨絮在几个同伴的陪伴下从俱乐部出来，进了救护车。

望着开走的救护车，盛羡耳边响起杨絮说的那些话。

“没爹又没妈，还真把自己当陆家大小姐了？是你们陆家硬要把她塞给我的……让我娶她，不可能……陆家不知道多少生意，都是靠着她卖换来的……”

盛羡感觉更窒息了，他抬起手，扯开领带，解开了两颗纽扣，呼吸总算稍稍顺畅了一些。

他说不清自己此时此刻到底是怎样的感受，有愤怒，也有心疼。杨絮那些话，就跟一把一把的刀子一样戳在他心上。他忽然想起陈楷生日那一晚，他坐在车里看到她一个人站在路边仰着头吸烟的一幕。

那时的他，透过她的华丽，看到的是落寞。直到今日，他才知道，他那天没看错。

盛羡一直以为很多不值一提的小细节他都忘记了，可他发现自己记得很清楚。

他想起和她第一次吃夜宵的那一晚，他半夜从学校出来看到了她。她笑眯眯地送他回家，在路上还没脸没皮的，跟他说了很多骚话。最后看他快发火了，她抬手锁了车子，跟他说，陪她待五分钟。

他忽然很庆幸，那一晚他在下车之后心软地问了她一句“饿不饿”。现在想一想，她那句看似很轻描淡写的话，实际上是在求他。

街上的车子来来往往，盛羡仰着头靠在树上，闭了闭眼睛。过了一小会儿，他掏出手机，拨了个电话出去。

电话响了好几声才被接听。

“喂？”她的声音很自然。

盛羡的喉咙却像是被人扼住一样，难受得有点儿无法喘息，他顿了三秒，嗓音有点哑：“你在哪儿？”

“啊？”陆惊宴没想到盛羡会大半夜突然给自己打电话，更没想到他一开口会问她在哪儿。

她眨了眨眼睛，确定自己没听错，又“啊”了声：“你问我在哪儿干吗？想来找我吗？”

盛羡“嗯”了声。

陆惊宴愣住。

“想来找你。”

她就那么随口一说，没想到他竟然真的承认了。

陆惊宴看向车子落下的镜子，看着自己肿起来的半张脸，指尖用力地捏了下手机：“哥哥，我大姨妈还没走。”

换作平时，盛羡听到这句话只会觉得头疼和发愁，可此时他却觉得莫名地压抑。

“再说，哥哥我都躺床上准备睡觉了，你知不知道大冬天把人从被窝里揪出来是一件很不道德的事……”

随着陆惊宴的话语，她身边经过的一辆车子按了下车笛。刺耳尖锐的鸣笛声，顺着她的声音，完整地传到了盛羡那边。

陆惊宴收住嘴里正胡诌的话，在她泛起的尴尬中，电话那边的盛羡很缓慢地“啧”了声。

反正谎言被当场拆穿了，让她用这副模样见盛羡，那是绝不可能的事。

陆惊宴清了清嗓子：“好吧，我承认我在骗你，我没在家。我之所以骗你，是因为我不想见你。原因很简单，大半夜的，孤男寡女，我怕我把持不住。”

“阿宴。”

陆惊宴动了动唇，不再胡说八道。

“别躲着我。”

“……”

“最起码今晚别躲着我。”

“……”

陆鸿程给她那一巴掌的时候，她没想着哭。

她一个人从陆洲他们真正的家里出来，开着车在大马路上漫无目地流浪的时候，也没想着哭。

可这会儿，她不知道为什么，听到盛羡这两句话，眼睛竟有点发酸。

盛羡等了会儿，见她这边迟迟没动静，又开口："阿宴？"

陆惊宴咬了下唇，"啊"了一声。

盛羡没再说话，很有耐心地等着。

陆惊宴不知道自己是被他感化了，还是一个人扛太久了，真的很想找个人陪，她犹豫了一阵儿，说："先说好啊，等下你见了我，别被我吓到。"

"嗯。"

"也别问我怎么了。"

"嗯。"

陆惊宴抿了下唇，说："我在你家小区门口。"

盛羡愣住，他的心像是被什么东西击中了，震荡不已。

陆惊宴看他没反应："盛羡？"

盛羡没说话，直接把电话挂了。

陆惊宴盯着手机，皱了皱眉，正想着盛教授抽什么风，突然手机振了一下。

微信里，盛羡给她发来了一条消息：等着。

陆惊宴不知道盛羡人在哪儿，反正她收到这消息等了不到十分钟，她的车旁边停了一辆出租车。出租车的车门被推开，她看到了从里面下来的盛羡。

等出租车开走，盛羡转身走到她车的旁边，伸出手敲了敲车窗。陆惊宴直接开了车锁，盛羡拉开车门，坐了进来。

陆惊宴有一下没一下地拨动着空调的摇摆扇："你刚没在家？"

"嗯。"车里暖风开得很足，盛羡脱掉风衣，扭头看了眼陆惊宴。

陆惊宴像闲聊一样问他："去哪儿了？"

盛羡没说话。

她扭头看了他一眼，发现他的眼神有点怪。

她刚想问他怎么了，他突然抬起手，钩开了她故意散下来挡着脸的头发：“怎么回事？”

陆惊宴张了张嘴，不知道怎么回答。

盛羡表情冷得像是结了冰：“谁动的手？”

陆惊宴抬起手，把头发抓下来，重新挡住脸：“哥哥，你答应我不问的。”

盛羡面无表情地盯着陆惊宴看了会儿：“行，我不问。”

他虽这么说着，但陆惊宴明显地感觉到他浑身透出的气息更冷了，像是在极力地压着某种火气。

陆惊宴舔了舔唇：“哥哥，你不高兴了？”

“没有。”盛羡压着火回完这话，抬起手，推开车门，拎着衣服下了车。紧接着车门“砰”的一声在她面前甩上。

陆惊宴撇了下嘴，撒谎，这还叫没有不高兴？就差把她车子给砸了。陆惊宴正准备下车，盛羡突然抬脚走了。

她眨眨眼，刚想摸手机给他打个电话，看到他拐进了不远处的一家药店。她像是懂了什么，收住动作。

果不其然，几分钟之后，盛羡拎着个小纸袋子从药店里出来，往她这边走来。

他依旧是那副很不爽的样子，脸冷的比窗外零下二十摄氏度的气温还要低。

陆惊宴真不知道该怎么跟盛羡讲自己家里那些破事。她因为自己那群前男友，在他面前已经很惴惴不安了，现在再扯出来陆鸿程、陆洲为了生意总是让她去见不同的男人，想想她都觉得抬不起头来。

可她也不想看他这副冷冰冰的样子，本来今天晚上已经很糟心了……

看着走到车前的盛羡，陆惊宴抢先落下车窗：“哥哥，你回家吧。”

不等盛羡说话，她又接着说：“你明天还要上班，早点回去休息吧，我也要回家了。”

陆惊宴越说越觉得委屈，虽然她也不知道自己到底在委屈什么。她抿了下唇，加快了语速：“哥哥，祝你晚上做个好梦，再见……”最后一个“啊”字还没说出来，陆惊宴的眼眶就不受控制地红了。

她低下头，努力地扯了下唇角，想潇洒地补句“走了”，话卡在喉咙里，怎么都说不出来。盛羡看着她，手伸进车窗，落在她头顶，很轻地摸了两下：“走什么走。

“都没把你哄开心呢，你想往哪儿走？”

陆惊宴的呼吸停了下来，她的心脏跳得很厉害，扑通、扑通……像是要从胸膛里蹦出来。

夜里的冷空气从车窗蜂拥着灌进来，一眨眼的工夫吹散了车内的暖风。

陆惊宴只穿了一件线衣，但丝毫不觉得冷，手心里反而还冒了一层薄薄的汗。两个人谁都没再说话。

画面就跟被人按了暂停键一样静止不动。

过了不知道多久，路边有辆车驶过，响起一道很短促的鸣笛声，打破了平静。

盛羡不动声色地将落在陆惊宴脑袋上的手收回来，塞进风衣口袋里。

陆惊宴眨了眨眼睛，看了眼盛羡，正好盛羡垂眸往她这边看来。

陆惊宴跟受惊似的，猝不及防地跳开目光，看着不远处一棵光秃秃的树，强装镇定地清了清嗓子，没多想顺着他刚刚的话问：“你想怎么哄我？”

盛羡似乎没想到她会这么问，愣了下，盯着她的眼睛问：“你想让我怎么哄？”

陆惊宴张了张嘴，心跳又开始不受控制地加快。仔细想想盛教授这话回的没什么毛病，是她先问人家想怎么哄她的。

这种聊天，对她来说简直就是小儿科，基本上不用过脑子她都可以做到应对自如。可她这会儿是怎么了，一时间想不出来怎么接话就算了，还变得这么紧张。

陆惊宴不太想让自己在盛羡面前表现得跟个没经验的傻白甜一样，她迎着盛羡的视线，努力地想了会儿，说："我想让你去帮我买包卫生巾。"

陆惊宴有种一口把自己舌头咬下来的冲动，她想了半天，就想出来个这？

这么好的机会，求抱抱、求亲亲不好吗？

陆惊宴在要不要一头磕晕在方向盘上纠结了几秒，觉得自己不能拆自己的台，只能硬着头皮直视着盛羡的眼睛，一脸平静地说："我带出门的卫生巾都用完了。"

"……"

"我已经两个多小时没换了。"

"……"

"我今天有点血崩，现在必须得换了，叫外卖怎么也得半小时才能送到，我顶不住了……"

盛羡无声地轻叹了口气，把手里拎着的纸袋，从车窗递进来，放她怀里。在他收回手的那一刻，他抬起头看了眼一本正经的小学生："内裤要不要？"

"啊？"陆惊宴眨了眨眼睛，反应过来盛羡话里的意思。

他这是在问她内裤有没有弄脏吗？她耳朵变得有点烧，转着眼珠子，视线四处飘着。

"本来没想这么多，不过被你这么一提醒，好像有点道理，所以麻烦你了。"顿了下，陆惊宴又说，"给我买两条。"

盛羡什么话都没说，转身走了。走出来几步之后，他懊恼地停了下脚步。

他这是被她影响了吗，居然说话也开始不经大脑。

内裤要不要？内裤要不要？内裤要不要……

盛羡捏了捏眉心，忍着内心的崩溃，重新迈出脚步。

从超市回来，坐在驾驶座上的小学生，不知道什么时候已经爬到副驾驶座上了。她见他过来，立刻落下车窗，冲着他伸出手："把东西给我，你开车。"

盛羡把超市袋子递给陆惊宴，绕过车头，坐在了驾驶座上。

陆惊宴打开袋子，把里面的卫生巾一包一包地拿出来看了一遍："哇哦，盛教授，你还挺会的，日用的跟夜用的居然都买了。"

盛羡没说话，转着方向盘，驶进前面不远处的停车库。陆惊宴把卫生巾塞回袋子里，翻出最下面压着的纸盒，她当着盛羡的面，暴力地撕开纸盒，把里面装的三条内裤掏了出来。

盛羡瞥了一眼就匆匆地收回目光，直视着正前方，没再敢乱飘。

内裤被卷成一团一团的，陆惊宴挨个扯开，抖了抖拎着看了一遍："你喜欢这种风格的？"

盛羡木着一张脸找停车位。

内裤是那种棉质的，最简单的款式，上面连个图案都没有。

陆惊宴撇了撇嘴："盛教授，你好古板。"

"……"

"我以为你会喜欢蕾丝的。"

盛羡无动于衷地把车子倒进停车位。

陆惊宴对着那三条黑白灰的内裤叹了口气："算了，你喜欢就好。"说着，陆惊宴转头问，"你最喜欢哪一条？"

盛羡将车熄掉火，冷着一张脸夺走她腿上的袋子，把她撕开的纸盒捡起来塞进袋子里，顿了下，扯走她手上钩着的内裤，跟烫手的山芋一样，快速地往袋子里一丢，就推开车门，拿着袋子下了车。

回到家，盛羡拎着袋子进了洗衣间。

出来之后，看到陆惊宴凑到柜子前，正跟水景缸里那条小鱼大眼瞪小眼。他把从药店里买来的药找出来，说："过来。"

陆惊宴"哦"了声，对着小鱼吹了声口哨，往盛羡这边走来。

盛羡拉开椅子，让她坐下，从纸袋里翻出药膏和棉签，俯身给她脸上红肿的地方上了一层药。

打她的人，下手挺狠的，嘴角都破了一层皮。盛羡又开始有些烦躁，他压着那股火气强忍着想问她的冲动，抿着唇给她上完药。

拧好药膏的盖子，盛羡垂眸盯着坐在椅子上的她看了两秒："还疼吗？"

"啊？"陆惊宴摇了下头，趴在餐桌上，跟没事人一样，"早就不疼了。"

盛羡没再说话，站在旁边也没离开。陆惊宴被他搞得有点不自然，动了下脑袋，这才发现，盛羡里面穿的衬衣上都是血。

刚在外面，车里光线暗，后来又到停车场，她都没注意到。

陆惊宴"嗖"的一下坐直了身子："你衣服怎么回事？你跟人打架了？"她眼尖地看到盛羡手背上有血迹，想都没想就抓起他的手，"手上是怎么回事？"

陆惊宴还没看清楚他手背上到底是不是受了伤，盛羡猛地抽走了手。

他反应很强烈，像是她手上有什么脏东西一样。

陆惊宴望着空荡荡的指尖愣了一小会儿，抬起头看向盛羡。

盛羡脸上没什么太大的表情，看起来跟平时也没什么差别，就连说出来的话都是很平淡的语调："不是要去洗手间吗？洗衣间在那边，衣服已经给你洗好烘干了，快去吧。"

陆惊宴看了盛羡一会儿，感觉刚刚是自己想多了。

她"哦"了声，目光又落在盛羡的衣服上，没等她说话，盛羡像是知道她要问什么一样，说："我没事，是别人的。"

陆惊宴收住了到嘴边的话。

盛羡又说："一点小矛盾。"

陆惊宴迟了两秒，又"哦"了一声。

盛羡没再说话。

陆惊宴也觉得好像没什么可问的了，撑着桌子站起身往洗衣间那边走去。

等她拿着烘干的三条内裤出来，盛羡已经不在客厅了。她四处张望了一圈，没见到他人，就推开了客厅洗手间的门进去了。

陆惊宴从洗手间一出来，就看到刚才不知道去哪儿了的盛羡，这会儿正坐在沙发上看电视。他换了身干净的衣服，电视的声音调得很低，几乎听不见。陆惊宴看了眼他的音响，觉得他这样看电视实属浪费。

盛羡听见动静，往她这边看了一眼：“饿不饿？”

陆惊宴摇了下头：“不饿。”

盛羡盯着电视看了片刻，又问：“那要喝点什么吗？”

陆惊宴想了会儿，问：“有酒吗？”

盛羡看了她一眼没说话，起身往厨房走去。

陆惊宴挑了个抱枕搂在怀里，找了个舒服的姿势靠在沙发上。她以为盛羡看的是夜间新闻之类的，没想到竟然是电影，她看了会儿，还没弄明白是个什么剧情。盛羡端着两个杯子，从厨房那边走了出来。

等他把杯子放在茶几上，陆惊宴满怀期待地伸着脑袋往前看去。

两杯白水，冒着热气的那种。

要不要这么老土，盛教授到底懂不懂什么叫情调？

孤男寡女共处一室，就应该葡萄美酒夜光杯。

陆惊宴皱了下眉：“我不要喝热水。”

盛羡在她身边坐下，扭头看了她一眼：“那给你叫个外卖？”

陆惊宴转着脑袋找了一圈：“你家没酒吗？就算你不爱喝酒，也应该存几瓶吧？”

盛羡按着手机没讲话。

陆惊宴以为自己说对了，撇了下嘴：“真没有啊，那你可真是土得掉渣了。”

说着，陆惊宴转头问：“你点了什么酒？啤酒吗？哪个牌子的？”

盛羡抬了下眼：“姜茶。”

陆惊宴“啊”了声，下意识地看向他亮着的手机屏幕，见他在购物车里添加了三盒姜茶，她神色不太好，把抱枕放在一边，抱起水杯："我觉得热水挺好喝的。"

"真不要？"

陆惊宴脸上透着对姜茶毫不掩饰的厌恶："不要。"

盛羡没为难她，放下手机。

陆惊宴喝了两口水，盯着电视机问："这是什么电影？"

"不知道，随便找的。"

陆惊宴"哦"了声，看起了电影。

电影刚开始没多久，不影响观看。陆惊宴看了会儿，发现电影台词还挺搞笑的，以为是喜剧片，顿时来了兴致。

结果过了没几分钟，电影里的一个角色突然变成了极其可怕的丧尸，张口咬死了一个人。电影特效做得很逼真，而且为了增加恐怖效果，镜头特别突然，虽然声音被调得很低，但陆惊宴还是吓得狠狠地一哆嗦，险些当场飙出一句脏话。

搞了半天，这不是喜剧片，是惊悚片。她最看不得这种电影了，主要是害怕。

陆惊宴下意识地把视线落在别处。大概是受刚刚那个画面的影响，她有点后怕，禁不住开始找话题，企图转移思绪："你什么时候养的那鱼呀？"

"养了一阵儿了。"

"有取名字吗？"

"没。"

"那我帮你给小鱼儿取个名字吧。"

盛羡看了眼陆惊宴："不喜欢这电影？"

陆惊宴心想，您总算察觉到了关键："这电影会有人喜欢？"

"网上评分 9.8，拿过奖的大片。"

陆惊宴眨了下眼睛，就这种片也能称为大片？还能被评 9.8 分？她不太想承认自己对这种电影有心理阴影，也不太想显得自己没品位。

她想了会儿，慢吞吞地说：“也许我认真看的话，会喜欢上这电影。主要是现在哥哥在我旁边，我静不下心来。”

盛羡的太阳穴泛起了一丝很细微的疼。

“比起看电影，”陆惊宴看着盛羡继续说，“哥哥，我更想跟你玩。”

他发现这位小学生说不定什么时候就会来撩他一下。没什么规律，全凭心情，让他完全没机会提前做好心理准备。

他太了解眼前这个姑娘了，要是跟以前一样略过她的话，下一秒她能把车给当成火箭开。盛羡看了她两秒，头突然往她这边倾斜了一下，低声问：“你想怎么跟我玩？”

关掉电视的客厅里显得更静了，他不太大的声音落在陆惊宴的耳中，显得有些轻缓。

陆惊宴吞了口唾沫，被他这话搞得有点脸红心跳。

她撩男人的技能呢？怎么一下子全都失效了。

再说，这算什么难题！

陆惊宴，稳住，转头，凑近他耳边，吹口气来一句：哥哥想怎么玩，我就陪哥哥怎么玩。

陆惊宴脑子里想得很美好，可实际上她看都不太敢去看盛羡，直视着正前方黑屏的电视机，勉勉强强道：“真心话大冒险？”

十分钟后。

陆惊宴跟盛羡面对面地坐在餐桌前，两人中间放着一副扑克牌。陆惊宴玩牌挺厉害的，运气一向很好，碰到盛羡，不知道是哪里出了问题，她居然一路输。

还好她每次选择的真心话，盛羡问的问题都没太为难她。

连输七八局之后，陆惊宴总算赢了一次：“真心话还是大冒险？”

盛羡本来是想选真心话的，但是看到面前一脸兴致勃勃等着报仇的小学生，他顿了下，改口道：“大冒险。”

陆惊宴张了张口，把自己早就想好的问题硬生生地给憋了回去。

盛教授怎么不按常理出牌?

大冒险。

大冒险什么?

陆惊宴转着扑克牌，想了又想，突然不知怎么想到那会儿她砸完陆洲的房间，顶着被陆鸿程打的那一耳光离开之后心里浮现的想法。

其实她不清楚自己现在对盛羡是什么态度，但她清楚一点，她对他已经不再是当初只想着把他撩到手骗走他的感情那么简单的想法了。

她看着盛羡，也不知道自己到底是怎么了，鬼使神差地说了句："娶我吧。"

这三个字，陆惊宴是真的没怎么经过大脑就脱口而出。但在开口说出第一个字的时候，她就反应过来了。她当时完全可以收回那句话，甚至她心里都想到了别的说法，可她还是把这句话完完整整地说出来了。

直到不久后，陆惊宴无意间回想起这一刻，才明白自己当时为什么要这样做。

是试探。

是利用"真心话和大冒险"这个游戏在试探盛羡。

只是那个时候的她，并不知道自己这是在试探，也不知道自己为什么想试探。

撩十四下

逗你笑，被你罩

他伸手轻轻地拨了拨她的刘海，跟在超市里对着那个小女孩说话的语气一模一样：“这位3岁的宝宝，吃完糖记得刷牙。”

盛羡大概没想到她会说出这样的一句话，明显地愣住了。

陆惊宴看着盛羡，眼睛一眨不眨地，像是生怕错过他脸上的任何一个神情。

房子里一片安静，盛羡一动不动地坐在椅子上，始终没什么反应。

他这样过于平静的态度，让陆惊宴心里渐渐有点儿不安。

她本想着再坚持一会儿，最起码坚持到盛羡做出点反应，可她没扛住，半路刹车了。这种情况下，她总觉得自己好像泄露了什么秘密，虽然她也不知道自己到底有什么秘密可泄露。

陆惊宴慢吞吞地眨了眨眼睛，笑眯眯地拿着扑克牌在盛羡的眼前晃了晃：“哥哥，你是被我吓傻了吗？”

盛羡睫毛闪了下，看了她两秒，说：“没。”

“我还以为你这么半天没反应，是被我吓到了，我就开个玩笑，别当真。”陆惊宴说着把手里的牌丢在桌上，一手托着下巴，一手敲着桌面，“让我想想，大冒险点什么好。”

陆惊宴思考了会儿，抬起头来：“哥哥，给我煮碗拉面吧，就上回我来你家吃的那种拉面。”

盛羡没任何动静。

陆惊宴眨了下眼睛：“怎么？这个大冒险很有难度？”

“没有。”

盛羡回得倒挺快，但回完话后，靠在椅背上坐了好一会儿，才起身进了厨房。

他先煮了一锅水，快开的时候，从冰箱里拿出拉面，等水沸腾了，他掀开锅盖，把面放进去，用筷子搅了搅。

没一会儿，腾腾的热气从锅里翻滚出来，他调小了火，加了一些冷水，看着一点一点又煮开的水，恍了下神。

“娶我吧。”

他听见这三个字，第一反应是心跳骤然停了半拍，甚至在那一瞬间，他完全忘记了他们是在玩游戏。

等她再出声问他是不是被吓到了，他的大脑才一点一点变清醒。

这姑娘一直什么话都敢说，比“娶我吧”更过火的话也不是没说过，他怎么就偏偏对这句话认真了。认真就算了，发现人家姑娘是在闹着玩，他居然还有点不爽。

他有什么不爽的？那会儿人家姑娘看到他手上有伤，抓了下他的手，他就跟避什么脏东西一样反应强烈地躲开了。

他又没办法光明正大地接受人家姑娘的喜欢，人家姑娘对他没什么想法不是挺好的吗？

他有什么资格要求那么多？

盛羡叹了口气，关掉火，把煮好的面盛到碗里，端出来放在陆惊宴面前。

陆惊宴面倒是没吃多少，反而把汤汁喝了个干干净净。

盛羡见她放下筷子：“不吃了？”

“嗯。”

盛羡没说话，伸出手端着碗往厨房走去。

盛教授煮的面，这会儿还要帮她洗碗，陆惊宴有点不太好意思，起身跟了过去：“那个，我来洗吧？”

盛羡瞥了一眼她白嫩得像婴儿肌肤一样的双手：“你会吗？”

陆大小姐是没洗过碗，但她在电视里看过女主角洗碗，她觉得这不是什么难事：“我……可以学啊。”

盛羡拿了盒牛奶递给陆惊宴：“那我还不如直接把这碗给砸了。”

三秒后，陆惊宴抱着那盒牛奶默默地走出厨房。

盛羡把洗好的碗放在橱柜里，顺便洗了一把手，抽了两张纸巾擦干，丢垃圾桶里，才从厨房里走了出来。

小学生抱着那盒牛奶，趴在餐桌上，咬着吸管喝得认真，那样子看起来十分乖巧。

盛羡停在厨房门口，盯着看了会儿，才走过来：“还玩吗？”

陆惊宴仰起头，“啊”了一声，反应过来他问的是真心话和大冒险。

陆惊宴摇了摇脑袋，松开吸管：“不玩了。”她说这话的时候，脸蹭到了吸管，沾了一点牛奶。

盛羡没说话，站在旁边，低着头把散了一桌的扑克牌整理整齐塞进盒子里。他扣好盒子，陆惊宴正好喝完了牛奶，自然地把空盒子推到他手边。

他拿起来丢进垃圾桶里，看了她一眼，发现她那会儿蹭在脸上的牛奶还在。

盛羡冲着自己脸上的那个位置点了下：“这儿。”

陆惊宴眨了眨眼睛：“什么？”

盛羡又点了一下。

陆惊宴歪着头思考了两秒，懂了他的意思：“这不太好吧？”

盛羡看了眼陆惊宴，表情有点奇怪。

陆惊宴一脸为难地说：“虽然你今晚帮了我挺多的，又是给我上药，又是给我煮拉面，但这么直接地让我去吻你，我一时间有点做不到……”

陆惊宴想了想，觉得盛教授对她是真的挺好的，她还是应该给他点甜头。她转了转眼珠，拿着手机，对着盛羡拍了张照片，然后把盛羡的照片放大，对着他刚刚冲着自己脸上点的地方毫不犹豫地亲了下：“这样可不可以？”

陆惊宴观察了下盛羡的表情。

这是不满意?

“要不……我再亲一下你的照片？”

盛羡看着又要去亲手机的小学生，略感头疼，他闭了下眼睛，抢在她的唇落下去之前，抬手抽走了她的手机。

陆惊宴仰起头：“你喜欢直接的呀？”

“……”

“那你给我一分钟，让我酝酿一下……”

“……”

盛羡缓缓地叹了口气，在小学生继续开口之前，俯身，抬手，在他手指快挨上她脸的时候，他顿了一下，然后指腹轻轻地落了上去，蹭走了那一点牛奶。

陆惊宴只觉得脸像是触了电，传来酥酥麻麻的感觉。直到盛羡不动声色地把手收回去，站直了身子，她才愣愣地回过神来。

她动了动唇，下意识地抬起手碰了碰刚刚被他蹭过的地方，上面依稀还残留着他指尖的微凉，她的心猛地跳了一下，手又匆忙地缩了回来。

捕捉到她这个小举动的盛羡，别开头看向了窗外。

室内的气氛有些凝滞。

过了不知道多久，盛羡清了清嗓子，仿佛刚刚什么事都没发生过一样，语气略淡地问：“还回家吗？”

虽然她不让他问到底发生了什么事，但他大概也能猜出来和杨絮有关，和她家里有关。

“啊？”陆惊宴还停留在盛羡刚刚碰触的那一下，漫不经心地应了一声。

所以刚刚盛教授压根儿不是让她亲他，而是她脸上沾了东西？韩剧看多了吧，竟然会以为盛教授那举动是让她亲他，简直是大型社死现场。

陆惊宴崩溃地冲着桌子一头栽去，在她脑门快要磕到大理石桌面之前，盛羡抬起手揪住了她的衣领，把她脑袋拎了起来。

陆惊宴回神，看了眼盛羡，反应过来自己刚刚又做了什么，更窘迫了。

她低着头，目不斜视地看着大理石桌面倒映出来的自己，闷不吭声。

盛羡倒是没让她太为难，垂着眼盯着恨不得把脸埋进桌子里的小学生看了会儿，又问了一遍：“今晚还走吗？”

说真的，陆惊宴发现盛羡这个人总是可以在不经意间触动到她。

就比方说现在，她也在想，等会儿从他家里走了，可以去哪儿。

虽然大多数时间，陆鸿程和陆洲不会回她现在住的那个别墅，但对她来说，那和他们家没什么区别。

最起码今晚，她是不想回去住的。

宋闲的房子是租的，还有别的室友，她不方便去打扰。

她单调到近于枯燥的朋友圈里，唯一能找的就是陈楷，但陈楷还是个男的。

所以她从这儿出去，能去的地方就只有酒店。一个人，开一间最好的房间，对着夜景，发呆一晚上。和从前一样，这么过一晚，或者过几晚，再当成什么事都没发生一样，回家。

周而复始，永无止境。

她其实想过逃离陆家，她以前也在很难过的时候离家出走过，在外面漂了大概半个月，又回来了。

不管陆鸿程把她当成什么人，不管陆洲怎么利用她，有他们在，她看起来还有个家。

至少还能安慰自己，她陆惊宴在这个世界上不是一个人。

盛羡见小学生呆呆地望着自己半天没反应，垂着眼看着她：“还走吗？”

陆惊宴收回视线，掩盖住那抹说不清道不明的感动，慢吞吞地说：“可以不走吗？”

盛羡今天出奇地好说话：“嗯，可以。”

说完，他看了眼时间，不早了，但也不算晚：“去洗个澡，睡觉吧。”

陆惊宴“哦”了声，站起身，跟着盛羡进了主卧。跟上次一样，他拿了件棉质的白色 T 恤给她。

陆惊宴没接：“你能给我换个黑色的吗？”

盛羡愣了下，反应过来她是什么意思。

他发现有时候小学生认真起来说的话，比她不正经的时候撩人多了。

“没事，弄脏就弄脏了。”

“哦。”

盛教授都这么说了，陆惊宴没再纠结，抱着白色 T 恤进了浴室。

洗完澡出来，盛羡已经给她换好了新的床单和被罩，出去了。

一晚上经历了这么多事情，陆惊宴也挺累的，她掀开被子钻进去，刚想关灯，主卧的门被推开。

盛羡走进来，把手里拿着的东西丢床上。

陆惊宴坐起身，找到那东西，发现竟然是个暖水袋。

粉色的。

陆惊宴抬起头看向盛羡。

盛羡帮她关了灯，拉了窗帘，见她的视线一直跟着自己转，在离开房间之前停了下脚步：“心情不好就早点睡，越是这个时候，越要对自己好一点。”

门被关上了，卧室里只剩下陆惊宴一个人。

她发了好一会儿呆才抱着暖水袋缩进被子里。

她其实很不想去面对此时此刻的感受，可她不得不承认自己就是被暖到了。

被一个看起来冷冰冰的、不怎么好接触的、还特别不解风情的男人给暖到了。

陆惊宴把脑袋藏进被子里，心想，但凡有人对她好过，哪怕就算是好过一点点，她也不会因为这样一点点小细节乱了情绪。

一夜无梦。

陆惊宴睁眼已经是第二天中午了。

她带着起床气，烦躁地翻了个身，感觉有东西掉在了床上。那东西带着点余温，摸起来毛茸茸的。

陆惊宴愣了会儿，伸手把东西从被子里揪了出来。

她瞪着粉色的暖水袋缓了好一会儿，才反应过来是怎么回事。

起床气奇迹般地散了，就连心情都变好了很多，她扯着暖水袋玩了会儿，听见外面传来了门铃声，这才翻身下床进了浴室。

洗漱完出来，盛羡正好把刚到的外卖摆在桌上，听见动静，他抬头往这边看了过来："过来吃饭。"

两个人面对面坐下，陆惊宴拿着筷子，刚想问盛羡昨晚上睡得好不好，门铃响了。

盛羡放下筷子去开门，看到监视器里的人，他抬手的动作停了下来。

陆惊宴见他站在门前半天不动："谁呀？"

盛羡回过神来："你先吃，我出去一趟。"

说完，盛羡往卧室那边走去。

陆惊宴想了会儿，好奇地放下筷子凑到监视器前。楼下站了个女人，看着不是很年轻，脸上的表情也不是很友好。

盛羡套了件外套，很快从卧室里走了出来，见她杵在门口，一脸探究地盯着监视器，只差没把脸贴上去了，忍不住伸出手敲了下她的脑袋：“看什么看，去吃你的饭。”

陆惊宴撇了下嘴，磨磨蹭蹭地回到餐桌前。

她总觉得有点不放心，拿起筷子后，忍不住喊了盛羡一声：“哥哥。”

盛羡换好鞋，抬头看了眼陆惊宴，见小学生的眼里写满了担忧，他关门的动作停了下，过了两秒，他说：“我很快就会回来。”

陆惊宴真不是故意要窥探盛羡的隐私，她就是好奇来找盛羡的人究竟是谁。

门铃断了又响，她按捺不住地又凑到监视器前。

那女人明显不耐烦了，一直不断地按着呼叫铃。没一会儿，盛羡的身影出现在监视器前，那女人一见他，就跟吵架一样立刻开了口。

因为没接通呼叫铃，陆惊宴听不到那女人说什么。

盛羡脸上的表情很平静，面对那个女人的激动，他微动了两下唇，然后那女人就跟着他进了电梯。

他们离开监视器可以看到的范围，陆惊宴就不清楚后续了。

盛羡嘴里说着很快就会回来，结果半小时过去了，盛羡还没到家。

她本来还想等着盛羡回来了一块儿吃饭，现在不但没了胃口，心里还泛起了嘀咕。

那女人来势汹汹，一看就是来找碴儿的。

盛羡这个小区的私密性特别好，除了公用的地下车库，户主搭乘电梯只能到自己住的那一层。两个人进了电梯之后没回家，那肯定是去了地下车库。

她要不要过去看看？陆惊宴纠结了会儿，还是回到房间换了衣服，拿着手机下了楼。

地下车库安安静静的，没人，也没有一点声音。

陆惊宴探着头，四处看了一圈，在车库最里面看到了盛羡。只有他一个人，那个杀上门来的女人不在了。

他靠在墙壁上，微垂着头，不知道在想什么。

虽然隔了挺远的一段距离，她看不清他的表情，但她能感觉到他浑身透出的那股劲儿，不再是平时的那种冷漠和疏离，而是颓和丧。

在陆惊宴的印象里，盛羡是一个能把情绪掩盖到滴水不漏的人，人冷是冷了点，但最直接的表现还是话少。这还是陆惊宴头一回看到盛羡这种样子，整个人气场偏压抑，看起来非常没耐心，甚至还带了点厌世的感觉。

陆惊宴一时间有点不敢靠过去。她站了一会儿，掏出手机，给盛羡发了个消息。

陆惊宴：你在哪儿？

过了好一会儿，盛羡才从兜里摸出手机。

他像是被问住了一样，过了半天，才回复消息。

陆惊宴的手机连振了两下。

盛羡：在超市。

盛羡：买点水果。

陆惊宴没拆穿盛羡的谎言，接着问道：附近那家超市？

盛羡：嗯。

陆惊宴：那我去找你，正好我也想出去走走。

盛羡没阻拦她：到了给我打电话。

陆惊宴：嗯嗯。

盛羡没回她消息，把手机塞回兜里，站在原地没动。其实他看到陈女士就知道她来的目的，只是没想到她那么直接。

“盛羡，你为什么打絮絮？

“他是你弟弟，有你这么做哥哥的吗？

“我告诉你，絮絮没事还好，要是有个三长两短，盛羡，我一定不会放过你的。你就跟你爸一样招人烦，当初我就不该生下你，我就不该听你外公的话，我就应该去医院里把你打掉。”

他跟陈女士有很久没见了，久到他自己都记不太清楚是三年还是四年了。这段时间里，陈女士偶尔会想起来还有他这么个儿子，给他发个消息，说改天吃个饭。然后那个改天，一直都没确定下来是哪天。

他那天之所以会去俱乐部，其实就想知道陈女士这些年来过得好不好。他以为陈女士看到他，好歹会先跟他问个好再兴师问罪。

到底还是他想多了。

盛羡觉得自己的喉咙像被一只无形的手扼住，让他喘不过气来。

兜里的手机又振了一下，他摸出来看了眼，是陆惊宴发来的消息：**我出门了。**

盛羡回了个“嗯”，站直身子，往车停的地方走去。

陆惊宴等盛羡的车子开走了，才回了一楼。她为了给盛羡留出充足的准备时间，选择走路去超市。

大中午的，超市里人并不多。陆惊宴进去走了没多远，就看到了盛羡。

身高腿长的男人，推着一辆手推车，站在生鲜区正在挑苹果。

生鲜挑生鲜……

陆惊宴收住到嘴边的话，站在他后面静静地观赏了起来。

别说，敛去了刚刚那一身负面情绪的盛教授，站在五花八门的瓜果蔬菜前，画面看起来还挺美好的。特居家、特有烟火气，让人莫名地觉得温暖。

这是她第一次这么有耐心地看人逛超市，甚至还看得挺上头。

陆惊宴保持着一段距离跟在盛羡的后面。

在盛羡经过零食区的时候，一个小朋友揪住了他的裤腿：“叔叔。”

盛羡停下来，低头看向自己的腿边。

一个胖嘟嘟的小女孩，仰着头指着一排巧克力：“叔叔，我想要那个。”

盛羡顺着看过去：“这个？”

小女孩点了点头。

盛羡抽了一盒巧克力递给小女孩。

小女孩把巧克力抱在怀里，对着盛羡灿烂地笑了笑，还举着两根胖胖的手指比了个四不像的心：“谢谢叔叔。”

盛羡俯身，很轻地摸了摸小女孩的脑袋：“去找妈妈吧。”

小女孩“嗯嗯”了声，抱着比自己脸大两倍的巧克力往前面跑了。

盛羡目送着小女孩跑到妈妈跟前，才推着车往前走，结果他走了还没两步，衣服上又传来一道很轻的拉扯力。

这回被扯住的不是裤腿，是风衣口袋。

盛羡低头，看了眼敞着的风衣口袋。

一根白白细细的手指插进他的口袋里，往后钩拽着。

那手指很眼熟。他顿了两秒，顺着细细的手腕，上移视线落在了陆惊宴的脸上。

“哥哥。”陆惊宴学着刚刚那个小女孩，指了指货架上面的奶糖，“我想要那个。”

盛羡瞟了一眼她指的地方就在她手边，近到她指尖都快碰上那个奶糖袋子了。

盛羡收回视线：“自己拿。”

“你帮我拿。”陆惊宴钩着盛羡的风衣口袋，轻轻地晃了两下，“我够不到。”

盛羡无语地看了眼抬手就能摸到货架顶的陆惊宴：“那就别拿了。”

陆惊宴睁大了眼睛，不可思议地瞪了盛羡两秒，抬腿踹了一脚他推的小车：“你给那小女孩拿，为什么不能给我拿？”

“你也知道，那是小女孩。”盛羡抓住险些被她踹跑的小车，一副要走的样子。

“谁还不是个小女孩了？”陆惊宴揪住盛羡的衣服不让他走，“我也是个小女孩，不信你看……”

说着，陆惊宴蹲在地上，仰着头眨巴着眼睛看着盛羡：“人家才3岁。

人家还是宝宝呢，宝宝……”

盛羡盯着耍赖卖萌的小学生，看了两秒，没忍住，“扑哧”一声笑了出来。

这是陆惊宴第一次看到盛羡笑。

她在超市里看到他那会儿，他在地下车库外露的那些负能量已经全被他压下去了，看起来就跟什么事都没发生过一样，但她总觉得他没有表面表现得那么平静。

很想哄哄他，她没那么多弯弯绕绕的想法，这么想着也就这么做了，可她怎么也没想到会把盛羡给逗笑。

盛羡笑起来很好看，陆惊宴看愣了。

她以为他笑一下就完事了，哪知道他隔了两秒，又笑了一声。

连续笑两声是几个意思。

在笑话她吗？

陆惊宴面无表情地看着盛羡：“你笑什么？”

她素颜出的门，睡觉被压到没形的头发被她随意盘成了个丸子扎在脑后，有一缕头发没梳进去，顺着脖颈滑进毛衣领子里。

没了精致妆容的她，少了很多盛气凌人的攻击性，虽然她仰着头看着他的表情有点儿严肃，但实际上一点威慑力都没有，更像是一个跟家长闹脾气求安抚的小朋友。

柔软又可爱，让人心里痒痒的。

盛羡没忍住又笑出声来。

她都问他笑什么了，他竟然还在笑，陆惊宴感觉自己被嘲讽。她努力撒娇卖萌逗他开心，他竟然反过来笑话她。

陆惊宴绷着一张小脸，撒开拽着盛羡衣服的手，抓着小车站起来，当他不存在一样，自顾自地转身，往收银台那边走了。

盛羡拿了几袋她刚指的糖丢进车筐里，跟了上去。

他平时不怎么爱笑，倒不是他故作高冷，就是没什么事值得他笑。今天他也不知道怎么回事，笑点低得跟个智障一样。他看着气势汹汹走在前头的小学生，心情挺好地喊了她一声：“小鱼仔。”

陆惊宴头都没回一下：“干吗？”

“走慢点，跟不上。”

陆惊宴下意识地往后看了一眼，某位跟不上的人，手里推着的小车，已经有一半车身超过她了。

盛教授可真能睁着眼睛说瞎话。

陆惊宴撇撇嘴，转身绕到无购物通道走了出去。

盛羡被迫留在购物通道排队，他前面就两个人，不到五分钟就结完款拎着两个袋子走出超市。

陆惊宴就站在超市出口正对面，见他过来，立刻转身往电梯那边走去。

盛羡看她这模样又想笑了，他回想了下当初在四季酒店，她跟薄暮打架那画面，把差点扬起来的唇角压了回去。

小学生已经被他笑奓毛了，他这会儿要是再来一次，依照她的性格，八成要在人来人往的超市里跟他撕起来。

超市离家很近，开车也就五分钟的路程。

陆惊宴本来就没真生气，她就是被盛羡笑得有点不好意思，到盛羡家楼下，那点不好意思早就消散得一干二净。

回到家里，盛羡放下买来的东西，看了眼餐桌，发现他中午叫的那些菜都没怎么碰过。

他皱了下眉心，问：“不合胃口？”

“啊？”陆惊宴顺着他的视线看向餐桌，反应过来他问的是那些饭菜，“不是，你不是说马上回来吗？我就想等你一块儿吃。”

陆惊宴觉得自己这话说得没毛病，但不知为什么，盛羡竟然多看了她好几眼。

就在她被他看的心里开始犯嘀咕，他把脱下的外套重新拎起来，语气淡淡的：“走吧，出去吃饭。”

两个人没往远处走，吃完饭再回到家都差不多五点钟了。

明天是周一，要早起上班，昨天纯属突发情况，陆惊宴出门什么东西都没带，现下只能选择回家。

走之前，她想到盛羡在地下车库的那副模样，忍不住回头看了他一眼，他看上去和平时的状态差不多，可她就是有点不放心。

说起来她跟盛羡也挺怪的，两个人都看出对方身上藏着事。

她不让他问，他也就真的不问了。

而他中午之所以选择和那个人出去谈，就是不想让她知道他们之间的事，她也很识相没去问。

人和人之间，不管再熟，都有条线是不能逾越的。

陆惊宴明白这个道理，但她发现，在盛羡这儿，她很想跨过那条线。

她想知道中午那个女人是谁，想知道他们究竟发生过什么事情，想知道盛羡为什么见过她之后就变成了那副样子。

盛羡见陆惊宴停在门口，半天没反应："想什么呢？"

陆惊宴眨了下眼睛，把飘远的思绪拉回来："在想……怎么哄你开心。"

盛羡看着她没说话。

陆惊宴犹豫了会儿，最终还是选择不跨过那条线，没告诉他她中午去过车库的事："就中午，那个人，看她那架势，就知道不是什么好事，所以我觉得你可能见到她之后不是特别高兴。"

陆惊宴说完，有点后悔了，说不定盛羡已经没事了，现在被她提起来，会不会又揭了伤疤。

她观察了会儿，发现盛羡的表情还挺平静的，这才继续往下说："昨晚我不高兴的时候，你不是哄我了吗？我觉得礼尚往来，我在走之前，也应该哄哄你。"

盛羡的睫毛微颤了下："你想怎么哄我？"

陆惊宴还真不知道怎么哄，她望着盛羡思考了会儿："要不抱抱你？"

盛羡杵在那里跟一幅画一样，看着她张开的胳膊，一动不动。过了好一会儿，他喉结微滚了下，抬眼说道：“不用。”

陆惊宴眨了眨眼睛，想到自己经常什么话都敢说，以为他想歪了：“没关系的，我说的抱抱，就是单纯的拥抱，就像看到朋友、同事难过的时候，给的那种拥抱。”

陆惊宴怕盛羡还是没明白，刚想问句“懂了吗”。就看到盛羡直勾勾地看着她，忽然说道：“不用礼尚往来。”

陆惊宴收住到嘴边的话。她愣了两秒，反应过来他刚刚的“不用”，不是不用抱抱，是不用礼尚往来。

盛羡说：“就算是要礼尚往来，那也应该是我。”

陆惊宴直接蒙了，怎么就变成了他。

在她愣神的这一会儿工夫里，盛羡不知道从哪儿拎来个袋子，里面装了好几袋奶糖，是她在超市里随手指的那个牌子的。

他什么时候买的，她怎么不知道?

陆惊宴抬起头，目光刚碰到盛羡的领口，盛羡忽然俯身，对上她的眼睛。

他伸手轻轻地拨了拨她的刘海，跟在超市里对着那个小女孩说话的语气一模一样：“这位3岁的宝宝，吃完糖记得刷牙。”

陆惊宴直视着正前方的道路，握着方向盘稳稳地驾驶着车子。

周末的傍晚，路况还算是顺畅，陆惊宴穿过两三个红绿灯，终于忍无可忍，猛地打着方向盘，来了个急刹车，停在了路边。

从盛羡家离开已经有一会儿了，她还是没办法从他那句“这位3岁的宝宝，吃完糖记得刷牙”中走出来。

明明是她开口说要哄他，结果哄着哄着，到最后反成了她被哄。

盛羡的声线本来就好听，特意放柔放缓之后就显得特别勾人，再配上他那会儿跟哄孩子一样的声调。

谁能顶得住。

陆惊宴想到自己那会儿就跟丢了魂一样，站在他面前半天不动，最后还是他弹了下她的脑门儿，才愣愣地回过神来。

他问她："发什么呆？"

她回他："再见。"

然后她跟个提线木偶一样，机械地转身。

这是什么前言不搭后语的对话。

那还不是最尴尬的，最尴尬的是她推开门，连鞋都没换，就直愣愣地冲着电梯走了过去。

盛羡好像喊了好几声，她都没听到，最后还是抓住她的胳膊，把她拽回来，按着肩膀把她摁坐在鞋柜旁边的小椅子上，她才抬头看向他。

不回想这些还好，一回想到自己那会儿被人随便哄了一句，就跟丢了魂的傻子一样，陆惊宴尴尬得脚趾都蜷缩了起来。

目送陆惊宴进电梯，盛羡刚准备关门，就接到了庄臣的电话。他滑动着屏幕接听，顺便按了免提。

不等他说话，电话里先传出一声："接了？"

然后就是庄臣一长串的牢骚："兄弟，麻烦您看看几点了，您约的是上午十点来就诊，现在都快晚上六点了，您人呢？

"你知不知道，我为了你，在这个破诊所里吃了两顿外卖，一个人无聊到快发霉了。

"我中午给你打电话，你也不接，你玩人间蒸发啊？"

盛羡见庄臣停下来，没再说话，隔了两秒说："我现在过去。"

"不用了！"庄臣气得把电话挂了。

盛羡听着手机那头"嘟嘟嘟"的忙音，正准备把电话打回去，身后的门被"咚咚咚"砸了好几下。

盛羡转身，开门。庄臣把拎着的包往旁边鞋柜上一放："给老子拿拖鞋！"

陆惊宴刚刚换掉的拖鞋就在鞋柜旁边放着，庄臣拿起来就穿，盛羡下意识地出声：“放下！”庄臣吓得手一抖，把手里拿着的拖鞋扔在了地上。

三秒后，他忍不住骂了一句脏话，而后说道：“盛羡，你什么意思？我看你没来找我，怕你出事，跑来找你，你连个拖鞋都不给我穿？”

盛羡没说话，也觉得自己阻拦有毛病。

“你不给老子穿，老子偏要穿。”庄臣把拖鞋又捡了回来。

盛羡想都没想，弯腰把庄臣手里拎着的那双拖鞋夺走了。

庄臣缓缓地抬起头：“我……”

盛羡盯着夺来的拖鞋，顿了两秒，然后把自己脚上的拖鞋脱下来，踢到庄臣面前：“你穿这双。”

庄臣盯着脚边的拖鞋：“这两双拖鞋有什么区别吗？怎么？你脚上脱下来的比较香？”

盛羡没搭理他，踩着陆惊宴换下来的那双拖鞋进了家。

盛羡泡了两杯红茶，端出来的时候，庄臣已经四仰八叉地坐在客厅沙发上，很大爷地打量着他房间。见他过来，庄臣说：“恕我直言，阿盛，你有点不对劲儿。”

庄臣坐的是长沙发，盛羡弯腰把茶杯放在他面前，端着自己那一杯，远远地坐在了单人沙发里。

“阿盛，我真的觉得你很不对劲儿。”庄臣喝了口红茶，绕着他的房间又开始研究，“总觉得跟我之前来那会儿，变得不太一样了。”

盛羡耷拉着眼皮，没搭理他。

庄臣从天花板扫到阳台，又从阳台扫到茶几上，最后视线落在了自己屁股下面坐着的沙发上。

他眼尖地在沙发上发现了一根头发：“你家里来了个女人？”

盛羡刚想否决，庄臣伸出两根手指，从沙发上捏起那根头发，比画了一下：“长发，微卷，没染过，发质挺好的，看得出来是个精致的人。”

他忽然觉得庄臣不该去学什么心理学，刑侦这块更适合他。

“难怪你一天不理我，原来是带了个女人回家。”庄臣瞬间捕捉到了重点，“过夜了吗？”

盛羡喝了口红茶：“你是来干什么的？”

庄臣打量着那根头发：“给你看病啊。”

“那就别扯别的。”

“好的。”庄臣拎着那根头发，递到盛羡面前，轻轻地晃了晃，“这位病人，请问您带这根头发的主人回家的整个过程中，有没有什么不适感？”

庄臣沾沾自喜：“我这可是在工作，你不能不配合我啊。”

盛羡扶了下略微有点疼的头：“没有。”

“那你们有没有什么亲密接触？”

看着庄臣眼里闪着八卦的光，盛羡强忍着说：“没有。”

“一点亲密接触都没有？碰都没碰一下？”

盛羡刚想说没有，庄臣像是猜透他心思一样：“实话实说啊，对我隐瞒，会影响治疗效果的。”

“……”

“看来是有了，怎么碰的？在哪儿碰的？床上？”

盛羡看着庄臣没说话。

“好吧，我承认我这个问题问过线了，那你说说，你碰人家姑娘的时候，有没有不舒服的感觉？”

除了昨晚她碰他手指，他条件反射地躲了一下，其他时候，他还都挺正常的。

“没有。”盛羡停顿了下，还是把昨晚他躲开的事说了出来。

“你躲开之后，有以前那种很厌恶、很嫌弃、很恶心的感觉吗？”

“没有。”

“那稍微厌恶、稍微嫌弃、稍微恶心呢？”

“没有。”

“那轻微的不舒服感呢？”

盛羡具体也说不清楚当时的感觉，他沉默了会儿：“还好吧。”

“我去，我怎么觉得那姑娘比我更适合给你看病。”

盛羡抬起头看了眼庄臣。

“认真的，你可以试着跟那姑娘多接触接触，别操之太急，免得起反作用，你跟她慢慢来，在医学上这叫脱敏治疗。”

庄臣是真对那姑娘来了兴趣：“那姑娘是你跟我提过的那姑娘吗？就是让你来找我看病的那个姑娘？”

盛羡懒得跟庄臣掰扯这些，抬起眼皮看了他一眼：“今天陈女士来找过我。”

庄臣一下子紧张了起来：“她过来做什么？有没有刺激到你？我可不希望我这段时间的努力前功尽弃啊！”

据他对盛羡的了解，他觉得盛羡之所以会出现性单恋人格这种心理疾病，跟他的原生家庭是脱不开干系的。

比起庄臣的紧张，盛羡显得很淡定：“也还好。”

其实一开始是不好的，很糟糕、很差劲，后来看到她，就觉得好像也没什么可烦躁的。

“也还好？”庄臣有点不敢相信，“你确定？天啊，当时谁在你旁边，头发的主人在？”

盛羡“嗯”了声，见庄臣一直捏着那根头发，抬起手拽走了。

庄臣冲着空掉的指尖愣了会儿，然后视线落在了自己脚下踩着的拖鞋：“所以，刚刚你之所以不让我穿你脚下那双拖鞋，是因为她穿过？我现在对她充满了好奇，你什么时候把她带出来给我瞅瞅吧，我就想知道，是谁这么牛，竟然能把你改变成这样！”

庄臣不等盛羡说话，就自作主张道：“过两天，过两天咱们不是同学聚会吗？你把她带出来，行不行？”

“不带。”盛羡拒绝得干干脆脆，“怕好看死你。”

撩十五下

小鱼仔陪你

陆惊宴抬起手，轻轻地摸了摸他的头发：“这位3岁的宝宝，别怕，小鱼仔陪你。”

1月下旬是各高校考试期，盛羡那段时间很忙。每天不是备课、上课，就是筹备考试题目，他跟另外两个朋友合伙开的律所一步都没踏进去过。

相较他，陆惊宴最近这段时间就比较闲。

盛羡那边抽不开身，陆惊宴只能和他在微信里聊聊天。大多数时候是她发好几条消息过去，隔很久收到他回过来的一条消息，有时候那条消息还是一串简练的省略号。

也不怪盛羡敷衍，主要还是陆惊宴发过去的消息有时候他实在没法接。

不是“哥哥，我大姨妈走了，约不约”，就是“哥哥，我留在你家的内衣，你保管好了吗”，偶尔有那么一回发来的消息看着还挺正常的，但聊了两句，发现结果没差。

有时候陆惊宴不正经得过火了，盛羡能一整天不怎么搭理她。

就比方说那回，盛羡一大早醒来，看到她发来的“哥哥，早安”，愣了会儿，然后就笑了声，给她回了个“早安”。

陆惊宴：哥哥醒了？

盛羡不是那么着急起床，问了她一句：吃早饭了吗？

陆惊宴：正在吃，哥哥，你呢？

盛羡：等会儿。

陆惊宴：哥哥，你不是等会儿，是缓会儿吧。

盛羡：嗯？

陆惊宴：你们男人早上醒来，不都得在床上先缓会儿吗？

那姑娘脑子正常不过三秒，盛羡“啪”的一声丢下手机。也不知道是不是被她说的，那天他在床上缓了比平时多一倍的时间才起床。

姑娘看他迟迟不回消息，估计也知道闹过火了，一整天又是卖萌又是撒娇。

一直到晚上，回到家，洗完澡，盛羡躺在床上，才纡尊降贵地回了她一串省略号。

陆惊宴消息回得飞快：哥哥，这么晚了，你洗完澡了吗？

盛羡一边心想她每天就没什么事做吗？他每次发消息她总能秒回，一边回道：嗯。

陆惊宴：洗了多久？

盛羡：不到十分钟吧。

陆惊宴：那还挺快的，我洗澡最少也要半小时。

陆惊宴：哥哥，我有个问题。

盛羡：你说。

陆惊宴：你洗澡用十分钟，我洗澡用半小时，要是我们一起洗，那得多久？

一点也不意外，陆惊宴这条消息过后，她再可着劲儿地嘴甜卖乖，都没能再换来盛教授一个吝啬的省略号。

日子一天一天地过，转眼就到了月底。

27 日这一天，基本上所有高校都放假了，距离除夕之夜正好剩下半个月。

不忙归不忙，上班的时候，秘书隔一会儿还是会跑到办公室找陆惊宴批个文件。

今天也不知道怎么回事，秘书除了早上汇报了一次工作之后，就再也没进过她办公室。

陈楷没睡醒，宋闲在忙年终报告，盛羡还在矜持着不回她省略号，陆惊宴想找个人说话都找不到。

平时一眨眼就过去的一天，今天过得出奇地慢。

陆惊宴开小差看了会儿电影，实在觉得无聊，就出去转了一圈。

公司里的人都坐在自己的岗位上忙自己的事，大家看到她，喊声“陆总”，也就没了后续，最后她绕到了茶水间。

那位经常来她公司茶水间蹭吃蹭喝的杨先生今天居然在。

陆惊宴今天大概是太闲了，她竟然好心地跟这位被自己删除好友的前男友聊了会儿天：“你放弃我吧，天涯何处无芳草，何必单恋我这枝花。真的，你看我对你一点也不好，你每天来我公司找我，每回来还给我带礼物，我一次都没理你就算了，还嫌弃你来我公司蹭吃蹭喝跟你要钱。”

再回到办公室，陆惊宴竟觉得世界静得慌。她蔫蔫地趴在办公桌上，心不在焉地抠键盘玩儿。

以前也不是没闲过，她也没这么无聊啊。陆惊宴心想，不然就去逛个街吧，可真这么决定了，她又提不起来兴致。

陆惊宴的脸贴在桌子上，望着窗外快要落山的太阳，眨了眨眼睛，然后不知怎么，就盯着天边的一团红彤彤的云想到了盛羡。

她愣了下。过了会儿，她意识到自己不是闲得发慌，也不是无聊透顶，而是想他了。

她刚认识他那会儿，每回见他都跟他说想他，可那种口头上随便说说的想，和她今天的想不一样。

她很想他，是从心底发出来的那种想。

这是陆惊宴活到 26 岁，第一次知道想一个人是什么样的心情。

陆惊宴是在晚上八点钟，拨通了盛羡的电话。

电话响了好几声都没人接听，就在她准备摁断的时候，电话被接听了。

“喂？”

是个陌生的男声，声音听着还挺阳光的。

陆惊宴愣了下，以为自己打错电话了，把手机拿到面前看了眼，确定是盛羡的号码，这才重新把手机举到耳边。

那男声又开了口：“找阿盛吗？”

阿盛，叫得这么亲切，还不是陈楷。

陆惊宴忽然有种离盛羡生活圈很远的感觉。

电话那边见这边始终没人说话，不耐烦地提高了嗓音：“喂！喂喂！喂喂喂！小鱼仔！”

小鱼仔？盛羡给她备注的是小鱼仔？

陆惊宴木着一张脸，在电话那边的人因为没人说话快受不了崩溃之前，开口问：“你是谁？”

“是个女的？”

“……”

“头发？”

“……”

电话那边怕不是个神经病吧。

陆惊宴肆无忌惮地翻了个大白眼，冷冷地问：“你怎么拿了盛羡的手机？你跟盛羡是什么关系？”

“这说来就话长了……”

“那你别说了。”陆惊宴打断了电话那边的人，然后在对方被噎得一愣时，又说，“把手机给盛羡，让他接电话。”

“他现在接不了。”电话那边的庄臣像是突然想到什么一样，把“你等会儿再打”这几个字给咽了回去，“你现在方便吗？方便的话，能不能麻烦你送盒解酒药过来？”

“盛羡喝酒了？”

那边答非所问：“北京大饭店，2001 包厢。”然后电话被挂断了。

陆惊宴瞪着手机，听着里面“嘟嘟嘟”的声音，站了会儿，喊了声：“孙阿姨。”

“怎么了，陆小姐？”孙阿姨穿着围裙，从厨房里跑了出来。

“家里有解酒药吗？”

“有，我给你找。”

陆惊宴“嗯”了声，上了楼。她随便套了身衣服，正准备往楼下走，想到替盛羡接电话的陌生人，想了想，又折回去，对着镜子补了个淡妆。

半小时后，陆惊宴下了车。她给盛羡拨了个电话，没人接，只好踩着楼梯上了二楼。

走到 2001 包厢门口，陆惊宴礼貌地敲了敲门。

不知道是不是因为里面太吵，没听见她的敲门声，她耐着性子又敲了几下，见还是没人给她开门，只好推开了门：“不好意……”

陆惊宴话还没说完，看着一屋子有男有女的陌生面孔，傻眼了。

“来来来，喝一杯。”

“住一个宿舍那会儿，你天天偷我洗干净的袜子穿，所以这杯你必须得给我干了！”

“今晚谁都不能给我提前走！我们好久没见了，不醉不休。”

陆惊宴看着吵到不能再吵的包厢，静了几秒，回过神来。

人很多，粗略地数一下，得有二十多个。都是二十七八岁的样子，来的人穿着很讲究，在场的女士都打扮得很精致，看着像是把压箱底的宝贝都穿在身上了。

盛羡坐的位置并不显眼，在靠角落的地方。但很好找，她一眼就看到了。

对比其他人，他穿着很简单，黑色的衬衣，黑色的裤子，浑身上下除了一块手表之外，没有任何多余的装饰品。

他骨相漂亮，即使他很努力地降低存在感，可在一群人里依旧是最显眼的那一个。

他偏头在听旁边的一个男人讲话，那男人不知道说了点什么，自己先哈哈大笑了起来。

他扫了那男人一眼，眼神跟看智障一样。

从他们的交谈里，陆惊宴大概推断出这是同学聚会，她也大概猜到自己这是被人忽悠了，盛羡根本没喝醉。

这种场合，她的出现貌似有点不伦不类，陆惊宴趁着没人发现自己，打算关上门走人。

好巧不巧的，这个时候有人从外面进来了，他盯着她看了一圈，问："你是谁？"

陆惊宴被问得愣了下，她刚打算说我走错包厢了，结果话还没说出口，那人确定自己大学同学里没这副长相的，就抬头冲着包厢里扯着嗓门儿喊了声："哎，你们快瞅瞅这位是谁？"

包厢里的人陆陆续续地扭头看了过来，其中包括正跟盛羡聊天正笑得人仰马翻的那位。

反倒是盛羡，不太关心地低着头吃了口菜。

站在陆惊宴身边那位，又嚷了句："我们班以前有哪个女生长这样吗？我怎么一点印象也没有？"

"我也没印象啊。"

"你确定这是我们班女生吗？"

"走错包厢了吧。"

在大家的七嘴八舌中，盛羡往门口这边漫不经心地扫了一眼，然后愣住了。两秒后，他抬起头冲着她看了过来。

陆惊宴迎着他的视线，犹豫着要不要喊他一声。

她跟盛羡认识有一段时间了，对他的很多事都不是那么了解，这还是她头一回，除了陈楷和助理，见到他身边有这么多人。

这是他真正的生活圈。

而她不确定他是否愿意让她暴露在他的生活圈里。

"这不是我们班女生吧。"

"或者是哪位女生整容了？"

"我……"陆惊宴刚蹦出一个字，那边传来了盛羡的声音："没整容。"

大家的视线顺着陆惊宴，落在了盛羡身上。

"找我的。"

盛羡放下筷子，站起身，椅子在地上摩擦出一道刺耳的声响。他绕过餐桌，在大家的注视中，冲着她走了过来："你怎么会来这儿？"

盛羡没装不认识她，也没排斥她出现在他的生活圈里。

陆惊宴一下子有了底气，她从包里翻出醒酒药："我那会儿给你打电话，别人接的，说让我给你送药。"

盛羡顿了下，翻出手机，手机不知道什么时候被人静音了，有两个未接来电，是陆惊宴打来的。

他往后看了一眼，坐在他旁边的庄臣抬了下手："是我，是我接的电话让她来送药的，药也是我想吃的。"

"你吃个屁。"盛羡接走药，连带着手机一块儿塞回兜里。

原来她是被那会儿笑得人仰马翻的那位男士忽悠过来的。

陆惊宴看了眼庄臣，庄臣靠着椅子，笑眯眯地冲着她摇了摇手："嘿，头发。"

头发？

什么鬼？

陆惊宴皱了皱眉，不太想搭理那个脑子有病的人。

盛羡这边有正事，陆惊宴也不太好意思一直打扰他："那个，你忙你的，我先走了。"

庄臣说："来都来了，坐会儿呗。"

"就是啊，盛羡，别让人走啊。"

"又不是没人带家属过来，你看班长，他连孩子都带过来了。"

陆惊宴这才发现，那一桌人里，还有个大着肚子的孕妇。

不，重点好像不是孕妇，是家属。

陆惊宴知道大家误会了，她看了一眼盛羡，不知道盛羡是不是没听出大家话里的意思，没有要解释的意思。陆惊宴看他不解释，也没解释。她不确定盛羡是不是想让自己留下来，寻思着要不要说还有别的事。

盛羡倒先垂着头，低声问了她一句："坐会儿？"

陆惊宴"啊"了声："好啊。"

庄臣立刻招呼着让大家挤一挤，在自己和盛羡之间腾出了个空位。然后他搬了把椅子，往空位处一放："来，坐这儿。"

盛羡坐了上去，然后把自己外衣搭着的那把椅子扶正，示意陆惊宴坐。

盛羡的同学都还蛮热情的，七嘴八舌地问了陆惊宴一堆问题。

"要不要吃点东西？"

"喊服务员再上套餐具。"

"菜单在这里，给你先看看。"

陆惊宴摆了摆手："我吃过了，不用这么麻烦。"

"那喝不喝酒？"

陆惊宴摇了摇头："我开车来的。"

大家没再说什么，气氛也没有因为她的到来而尴尬，包厢里重新热闹了起来。

偶尔有那么几个人好奇她跟盛羡关系的，问一两句挺八卦的话，但并不会让人觉得很不舒服。

一桌人都很正常，只有盛羡那边的庄臣，说了两句陆惊宴听不太懂的话。

“这就是头发？”

“果然好看死我了。”

同学聚会少不了讲一些上学那会儿的事，听着还挺有意思的，陆惊宴并不会觉得枯燥。

盛羡话不多，大多数都是在听大家讲话，有时候有人跟他说话，他也会听得很认真。

同学聚会在小说里是个很有故事感的词，陆惊宴一直在想，这一桌子人里，是不是也有盛羡的故事。有没有她不知道，但她可以确定一点，盛羡是别人的故事。

那个别人坐在她对面的位置，过耳边的短发，五官很清丽，看起来干练骄傲。

从其他人跟她说的话中，陆惊宴知道她叫高银，是他们大学时候的艺术委员。

高银挺高傲的，笑起来也很收敛，总是时不时地往她身上瞟，目光很刻薄，带着点审视。

陆惊宴太懂这种眼神了，看情敌的眼神。说真的，她还不至于把一个素未谋面的高银放在眼里。

大学四年的时间你都没搞定的男人，到这个时候，更不可能搞得定了。

陆惊宴压根儿没往心里去，在她待了差不多半小时的时候，拉了拉盛羡的袖子。

盛羡偏过头来：“嗯？”

陆惊宴小声说：“我想去下洗手间。”

“那走吧。”盛羡放下杯子，打算起身。

陆惊宴扯了下他的袖子：“不用，我知道路，我就是告诉你一声。”

盛羡“嗯”了声，没再说话。

陆惊宴起身，拿着手机走出包厢。

从洗手间的小隔间里出来，陆惊宴在洗手台前看到了高银。

这是在等她？

陆惊宴见高银没话说，就也沉默着。

她打开水龙头，认认真真地搓了搓手，正准备抽纸巾的时候，高银递过来了两张：“你跟盛羡不是男女朋友关系吧？”

陆惊宴盯着面前的纸巾看了片刻，把手绕过去，从盒子里抽了张纸，擦干净手指。

高银看着手上被无视的两张纸巾，目光冷了下来。

陆惊宴把纸巾丢进垃圾桶里，转身往外走。路过高银身边时，高银忽然往旁边挪了两步挡住门：“盛羡是不会交女朋友的。”

陆惊宴被迫停了下来。

“盛羡很讨厌女生，讨厌到不会喜欢任何一个女生，我劝你放弃吧，趁着自己现在还能留点体面。”

陆惊宴有点想笑，争风吃醋就争风吃醋，为什么要表现出来一副为她好的样子。

她本来不想搭理高银的，现在反而来了点兴致，挑眉说道：“你以前追过盛羡？”

“……”

“盛羡拒绝你了？”

“……”

“拒绝的时候，一点体面都没给你留？”

“……”

高银被陆惊宴连续抛来的三个问题问得脸色很难看。

陆惊宴垂眸轻笑了一声，带着点儿不屑：“你当我是你啊。”

高银抿了下唇，面子明显有些挂不住了。

陆惊宴懒得跟她纠缠，把她推到一边，伸出手去拉门。

高银突然问："那你喜欢他吗？"

陆惊宴搭在门把上的手顿住。

高银又问了一遍："你喜欢盛羡吗？"

陆惊宴盯着自己的手，有点茫然。要是有人问她喜欢盛羡什么，她能答得出来，并且答得非常流畅。她喜欢盛羡的皮囊，喜欢盛羡那双手，喜欢盛羡装一本正经的样子。但把"你喜欢盛羡什么"里的"什么"换成"吗"，她竟有点被这个问题给问住了。

陆惊宴这边还没找到答案，那边的高银又出了声："你喜欢盛羡吧，他那样的男人，没有人会不喜欢，就单单论最浅薄的理由，他长得帅，也足够让很多女人发疯了。"

陆惊宴想反驳，居然反驳不出口。

盛羡是挺帅的。

她一开始注意到他，也是因为他那张脸。但她注意到他，就是她喜欢他吗？陆惊宴被这些乱七八糟的思绪搞得有些头疼，她不太想去想这些事，拉开门正准备往外走，旁边的高银低笑了一声，靠在墙壁上："你不是觉得你不是我吗？"

潜在意思就是，"我比不过你呗，我追盛羡是追得很狼狈，那你去追追呗，看看自己狼狈不狼狈。"

陆惊宴回头看了眼高银。

高银耸了耸肩，笑得有点瘆人："祝你好运。"

陆惊宴回包厢没待多大一会儿就散场了。

有一多半的人都喝多了，被另外一小半清醒着的人送上车。

陆惊宴去取车了，盛羡送完喝多的庄臣，一边往洗手间那边走，一边给陆惊宴发消息，告诉她自己在哪儿。

一楼的洗手间，男女共用洗手池。

盛羡从里面出来，打开水龙头，洗完手抽纸巾的时候，发现身后多了个人。

高银居然还没走，双手抱在胸前上下打量着他："比上大学那会儿还帅。"

盛羡把纸团丢进垃圾桶里，站直了身子，跟没听到她的话一样，淡淡道："不早了，早点回去吧。"

高银拦在他面前："我并不想参加什么同学聚会，我是为了你，特意从上海飞到北京来的。"

盛羡绕过她，往外走。

高银抓住盛羡的胳膊："这么多年过去了，我还是忘不掉你。盛羡，上大学那会儿，班里的人都说咱俩配，到今天，我还是这么觉得。"

"高银。"他动了动胳膊，想从高银手中抽出来。

高银抱得更紧了，几乎不给盛羡说话的机会，又急急地开了口："我明天下午的飞机，盛羡，今晚跟我在一起吧。"

大家都是成年人，这句话里藏着什么意思，都懂。

盛羡真的挺希望自己是不懂的。

他闭了闭眼睛，极力想要压住从胃部深处往上反的那股恶心。他不想伤害任何人，虽然他不喜欢她，但他也不想践踏对方的喜欢。

"盛羡，我是真的很喜欢你，跟我在一起吧，哪怕就算是今晚……"

盛羡像是被电击了一样，猛地甩开高银。

他力道很大，高银连退了好几步，背后撞在了墙壁上。

高银不敢置信地愣了两秒，眼圈一下子就红了："我就让你那么讨厌吗？我到底做了什么让你这么讨厌我？我是真心喜欢你，我喜欢你有错吗？我……"

盛羡转身对着洗手池吐了出来。

高银收住到嘴边的话，终究还是没忍住，眼泪"啪啪"地往下落："这个世界上怎么会有你这种人？"

高银抹了一把眼泪，越想越觉得不甘心，在走之前，回头咬牙切齿地又扔了句："践踏别人的心意，就让你这么爽吗？盛羡，你可真够恶心的。"

陆惊宴把车开到饭店门口，等了会儿，见盛羡还没从里面出来，就拿着手机给他拨了个电话。

没人接。总不能掉厕所里了吧？陆惊宴蹙了蹙眉，下车，把车钥匙给餐厅门口的保安，往一楼洗手间走去。

还没到洗手间门口，陆惊宴就透过哗啦啦的水声听见了呕吐声。

她看过去，见是盛羡，急忙跑到他跟前："怎么吐成这样？"

盛羡没说话。

"是喝多了吗？我拿来的药呢，你吃两粒。"

陆惊宴想到药被盛羡装他兜里了，伸手想去摸，被盛羡握住了胳膊："没事。"

他的声音很虚，每个字音都是颤的。

陆惊宴这才发现，盛羡脸色煞白，浑身在发抖，吐到胃里已经没东西了还在干呕，另一只抓着洗手台的手用力到指尖泛白。

陆惊宴动了动唇，刚想说话，盛羡垂着头又出声了："别说话。"

他抓着她胳膊的力气很大，捏得她骨头都开始泛疼。

可他的声音却很可怜。

"等会儿就好了。"

陆惊宴张了张口，不知怎么就忍着胳膊的疼沉默了下来。

等了没多大一会儿，盛羡真的一点一点地恢复平静。

他转头看了眼身边的陆惊宴，过了几秒，慢慢地松开了握着她胳膊的手，然后捧了一把冷水洗了一把脸："走吧。"

陆惊宴看着恢复了平时样子的盛羡，微点了下头，跟着他走出了餐厅。

盛羡喝了酒，陆惊宴开车。车里很安静，盛羡靠在椅背上，望着窗外，一动不动。不知怎么回事，陆惊宴看着他这副样子，竟有些心疼。

到小区门口，盛羡解开了安全带："我进去了，你到家发个消息。"

陆惊宴"嗯"了声，看着盛羡还有点发白的面色，忍不住问了句："你还好吧？"

盛羡愣了下，看着挺正常："我能有什么事。"

陆惊宴点了点头："没事就好，那你快进去吧。"

"嗯。"盛羡关上车门。

他站在路边没走，陆惊宴知道他这是在等她走，过了两秒，她踩了油门。透过后视镜，她看到他望着她的车子看了一小会儿，才拉了拉风衣领子，往小区里走去。

车子开到前方的路口，陆惊宴突然急刹车，掉了个头。

盛羡告诉过她他家电梯的密码，陆惊宴开到地下停车场，直接上了楼。来到盛羡门口，陆惊宴抬起手按了两下门铃。

盛羡大概也是刚到家，还在客厅，门很快被打开了。他看到陆惊宴，明显愣了下："你怎么过来了？"

陆惊宴答非所问："虽然不知道你发生了什么事，但总觉得你刚刚比我还像个 3 岁的宝宝。"

她不知道他为什么会那样。但她有过类似的经历，例如她收到乱码消息的时候，也会那样发抖和害怕。

可怜、无助、挣扎，迫切地需要一个人可以把自己从那种黑暗和绝望中拽出来。

盛羡被她彻底说愣了。

陆惊宴个子不矮，但她没穿高跟鞋，和盛羡的身高相比还是有不小差距，她抬了下手，发现有点费劲儿，又说："你低一下头。"

盛羡沉默了几秒，把头低了下来。

陆惊宴抬起手，轻轻地摸了摸他的头发："这位 3 岁的宝宝，别怕，小鱼仔陪你。"

盛昙和陈禾相遇的那一年，是他们最好的年华。

盛昙 20 岁，陈禾 19 岁。

盛昙作为交流生到陈禾的学校，在那一批学生里，他仗着天生的好皮囊，成了最受瞩目的焦点。

在那个时代，结婚都偏早，盛昙因为读书，家里虽然给定了亲，但一直没办婚礼。

陈禾家属于书香门第，家风严谨，但也保留着一些旧习惯，例如婚姻大事就应该听从父母之命、媒妁之言。

陈禾当时有个男朋友，家里很认可，两家世交，关系亲厚，陈禾和她当时的男朋友也算得上青梅竹马。

盛昙觉得陈禾大小姐脾气，陈禾觉得盛昙目中无人。

两个人一开始彼此看不上，陈禾没少在她男朋友面前骂盛昙。

撇开初印象，盛昙是真才子，陈禾是真才女，时间久了，两个人虽然嘴上对对方各种不满，可心底却也多了几分钦佩。

正当好年华，心动总是来得不经意，钦佩慢慢就变成了倾心。

盛昙和陈禾心照不宣地开始为对方说话，陈禾的大小姐脾气落在盛昙的眼里变成了可爱、有性格，盛昙的目中无人落在陈禾的眼中成了男子气概。

陈禾对着自己男朋友再提起盛昙时，已经不是吐槽，而是夸赞。

盛昙和陈禾是在夏天的一个午后在一块儿的。

一道闷雷过去，一场大暴雨，两个人被浇成了落汤鸡。

盛昙当时住的地方离得比较近，雨越下越大，还没停的迹象，他只能把陈禾带去家里避雨。

陈禾的衣服湿透了，冷得瑟瑟发抖，盛昙拿了自己的衣服给她换上。

乌云密布，宛如黑夜。盛昙看书，陈禾凑了过去，那一凑，就凑出了火花。

彼此早就有好感的两个人，只要一方主动，另一方就不可能收得住。

是谁主动的，盛昙和陈禾也不清楚，反正那天他们在一起了。

这种爱情使人疯狂，盛昙要退婚，陈禾要分手，两家家里不同意，两个人就跟演话本一样又是闹殉情又是闹私奔。

陈家怎么可能接受女儿这样，一怒之下和陈禾断了关系，陈禾义无反顾头也不回地拎着东西跟着盛昙走了。

盛昙家里也不同意盛昙退婚，直到陈禾怀了盛羡，盛昙家里才被迫低声下气地跟女方退了婚。

盛昙娶陈禾轰轰烈烈，恨不得昭告天下举世同庆。

放在小说里，这故事虽然有点三观不正，但也算是美事一桩。

盛昙和陈禾兜兜转转大半生，发现对方才是自己要找的那个人，跨过万般阻拦走在了一起，算是一部挺美好的爱情小说。

只可惜那是小说，小说里的结局，并不是现实中的结局。

盛昙和陈禾从在一起到结婚，用了三个多月的时间，他们那个时候只看到对方身上的闪光点，不知道对方身上的缺点。

婚后两个人住在一起，在柴米油盐的折磨下，他们所谓的爱情一点一点地被耗干，留下的是一地的鸡毛。

他们一开始还会因为一些大事产生争吵，到了后来，只会因为早餐做得不好吃，吃完饭碗又没洗这种鸡毛蒜皮的事吵。

吵啊吵，吵到最后，她觉得他和那些世俗的男人没什么区别，他觉得她和普通的家庭妇女一模一样。

当初爱得有多义无反顾，如今恨得就有多咬牙切齿。

盛羡出生的那一天，盛昙因为和陈禾吵架跟朋友喝醉了酒没陪在陈禾身边。

陈禾无法释怀，把这件事翻来覆去地说，盛昙起先觉得理亏，还会好声好气地哄和赔不是，次数多了，盛昙开始有点不耐烦。陈禾觉得委屈，谁家生孩子老公不是陪在身边，于是吵得更凶了。

从盛羡 1 岁吵到了 3 岁，吵到两个人彻底对彼此没了情分，只剩下厌恶。

陈禾一怒之下，丢下 3 岁的盛羡，离家出走了。盛昙看着神似陈禾的盛羡就觉得烦，见陈禾迟迟不归，就把盛羡丢到他老母亲那边去了。陈禾再回来，已经是两个月之后了。

她跟盛昙提出了离婚，盛昙早就想和她一刀两断。两个人连家里都没说一声，就去民政局办了离婚手续。

直到两年后，盛昙的母亲去世，没人带盛羡了，盛羡才重新见到了盛昙和陈禾。

那个时候的两个人，都有了新的生活，都不想带盛羡，都想把这个拖油瓶塞给对方。

时隔两年，5 岁的盛羡跪在奶奶的灵堂前，再遇见父母，得到的不是关心和呵护，而是一场难堪的争吵。

“这孩子是你的种，你养。”

“就好像不是从你肚子里出来的一样，我妈养了两年，算是替我养的，现在你带，带两年再说。”

“我不要。”

“我也不要。”

“早知道你是这种东西，当初我就不要生下他。”

“早知道你是这种女人，我还不会让你生下他呢。”

后来两个人就把盛羡单独养在外面，找了个保姆照顾他。保姆对他并不好，一日三餐没个准头，有时候给他吃的是剩饭。

盛昙和陈禾为了图省事，开始每个月来一次，后来见盛羡还活着，就三个月来一次，再后来半年……直到盛昙和陈禾一口气给了保姆一年的钱之后，保姆拿着钱跑了。

当时盛羡上小学了，饿晕在学校之后，盛昙和陈禾才知道保姆卷钱跑了。

盛昙和陈禾一见面又是争吵。

“好烦啊，当初我为什么要生下他。”

“我真的很忙，你能不能想想办法带他一段时间。”

“为什么是我想办法带，不是你想办法带？我儿子刚3岁离不开我。”

盛羡的胳膊瘦到比女孩的还要细，手背上扎着针头，闭着眼睛躺在床上装睡，那个时候他快7岁了。从在奶奶身边，从被人说他爸妈不要他，再到他爸妈真的不要他，差不多有四年的时间。

那四年他是怎么过来的，他真的记不清楚，但他却记得很多话。

“我当初为什么要生下他。”

“我不管，你的种你想办法处理。”

“你能不能管管你孩子。”

“难道这不是你的孩子？”

……

他无法理解，他父亲和母亲都再婚了，有了新的孩子，他们对那些孩子可以那么好，为什么到他这里就是这样子。

他班里的同学，放学都有爸爸妈妈接，为什么到了他这里，就是累赘和麻烦。

慢慢地他开始质疑自己，是他不够好，是他招人嫌弃，是他不值得被人喜欢。

再慢慢地，他会觉得，你居然会喜欢我这样的人，太恶心了。

不知道是不是受高银的影响，那天晚上盛羡做了一个很长的梦。

梦到最后，是北京大饭店的洗手间。

“这世界上怎么会有你这种人？”

“盛羡，你可真够恶心的。”

起初是高银的面孔，后来就变成了另外一个人的，再然后是很多人。

他们看他的眼睛，有的流着眼泪、有的含着恨意、有的带着不满，还有的带着嫌弃和厌恶。

他们每个人都在讲话，那些话大同小异。

“践踏别人的喜欢，让你很有成就感是不是？”

“她是真心喜欢你，你就算不喜欢，也应该给她尊重，你这样的态度是什么意思？真真正正让人觉得恶心的是你。”

“看到了吗，就他，别看他长得帅，实际上很奇葩的。”

“就算不喜欢人家姑娘，也不应该是这种反应啊，这人怎么这样啊。”

“就是，他怎么这样啊，好意思恶心别人，什么玩意儿。”

……

盛羡睡在床上，眉头紧拧，额头上布满了汗。

那些声音在他耳边久久不散，他很想逃，可怎么都逃不掉。他呼吸越来越沉重，胸膛起伏得厉害，他努力想要让自己从梦中醒来，可怎么都睁不开眼睛。

他渐渐地开始有点喘不上气，就在他以为自己会在这种深不见底的梦魇里窒息时，有人抓住了他的胳膊：“别怕。”

他感觉自己像是在做梦中梦。

那道声音很轻很软，但却轻而易举地穿破了那些混乱的声音。

“别怕，小鱼仔陪你。”

“小鱼仔陪你，别怕。”

那些梦中他怎么都挥之不去的声音，被击得粉碎。

他的梦里慢慢变得安静，他沉沉地睡去。

撩十六下

贼喊捉贼

盛羡垂着眼皮盯着屏幕看了会儿，忍不住又敲了四个字：贼喊捉贼。

贼喊捉贼。

明明下毒的那个人是她。

盛羡第二天清晨是被电话吵醒的，电话是庄臣打过来的。他一边接听电话，一边用胳膊撑着床坐了起来。

庄臣话接得飞快：“阿盛，你怎么样？我昨晚喝多了，回家就睡了，没看到你的消息。”

庄臣应该是刚醒来，那边叮叮咚咚的：“我洗个脸就过去，你等我啊。”

刚睡醒的缘故，盛羡大脑反应有点迟钝，过了两秒，才想起来，他昨晚最难受的时候，给庄臣发过一条消息，他清了下嗓子：“我没事。”

“啊？”

“你不用过来。”怕庄臣不相信，盛羡又说了一遍，“我没事。”

庄臣那头稍微安静了一些：“你确定没事？”

“嗯。”

盛羡抓了一把头发，彻底清醒过来，感觉到手机在耳边振动，把手机调成免提。

陆惊宴也睡醒了，给他发了一条消息：哥哥，早安。

手机里传出庄臣的声音：“不行，我还是过去看看你吧，我不怎么放心。”

盛羡一边给陆惊宴回了一句“早安”，一边心不在焉地说：“不用。”

“你真没事啊？你怎么没事的？吃了我开给你的镇静剂？”

庄臣一连问了好几句话，在这过程中，陆惊宴的消息又过来了：哥哥，你昨晚睡得好吗？

盛羡听着庄臣讲话，哥哥睡得挺好的这样一句没怎么过脑子的话就打出来了。

他看着自己打出来的“哥哥”两个字，犹豫了下，没删除按了发送。

“阿盛，你听到我说话没有？阿盛？”

盛羡略带敷衍地回道：“听到了。”

过了两秒，他见陆惊宴没回消息，又问：“你刚说什么？”

“……”

盛羡“哦”了声，想起来了：“我没吃镇静剂。”

庄臣大吃一惊：“你没吃镇静剂，你怎么好的？”

盛羡有一下没一下地刷新着微信，迟迟没收到陆惊宴的回复。

“还是说，我最近对你的心理治疗起效果了？”

盛羡动了下眼皮：“不是。”

陆惊宴还没回消息，屏幕上方连个“对方正在输入”都没有。

“不是什么？”庄臣见盛羡半天蹦出句话，急得不得了，“你能不能把话一口气说完，大早上噎得人尿都尿不出来。”

盛羡心想，有病啊，上厕所给他打电话。不等庄臣说话，他直接挂了。

过了两秒，他拨了个电话，响了好几声，才被接听。

“喂？”

听到陆惊宴的声音，盛羡一下子卡壳了。看她半天没回消息，他没多想就打了个电话，可实际上他并没什么事……

“盛羡？”

盛羡回神：“干吗呢？”

“刚洗完脸。”

原来刚才不回消息，是去洗脸了。

盛羡正想着，陆惊宴又说话了：“你打电话过来是有事吗？”

盛羡迟疑了片刻：“嗯……就突然间想起来有句话忘跟你说了。”

“什么啊？”

“谢谢。”盛羡顿了下，“昨晚哥哥太混乱了，忘跟小鱼仔说谢谢了。”

陆惊宴大概是没想到盛羡要说的是谢谢，也许是不习惯，也许是不自然，她硬邦邦地“哦”了声，说：“不客气。”

盛羡很轻地笑了一声。

陆惊宴被他笑得耳朵有点发麻，她想挂电话，但想到昨晚的情况，还是忍不住小声问道：“哥哥，你昨晚怎么了？”

陆惊宴回家后想了想，觉得盛羡应该不是想到了什么可怕的事，在北京大饭店更像是碰到了什么人，顿了下，问道：“是遇到什么可怕的人了吗？”

盛羡顺着陆惊宴的话往下说：“嗯，是遇到可怕的人了。”盛羡很少跟人提起自己的事，会告诉庄臣那些事，也是决定接受治疗以后。

可他这会儿不知怎的，却想跟她说：“不过，哥哥怕的人有点多。”

陆惊宴有点迷惑，脑海里浮现出来的第一个想法是小时候看的那种黑道电影：“你以前混黑帮？”

盛羡一愣，很快反应过来她的意思，没忍住又笑了一声。他想了想，那些事顺着她的话一时半会儿也解释不清，直接略过了：“去吃饭吧。”

挂断电话，盛羡靠在床头看了眼打电话过程中振个不停的手机。

庄臣：你跟谁打电话呢？

庄臣：你把话给我说清楚啊。

庄臣：你有没有礼貌，话都没说完，就把电话给挂了。

盛羡：没兴趣。

庄臣：什么没兴趣？

盛羡：对听你直播上厕所没兴趣。

庄臣：……

庄臣：上学那会儿一起上厕所的时候，你咋不说没兴趣？

庄臣：我又不是没看过。

盛羡：……

盛羡忍着拉黑庄臣的冲动，说了句正事：帮我去给她道个歉吧。

庄臣：给谁道歉？

庄臣：高银？

庄臣：我觉得大可不必吧，她昨晚跟你说的话，不是说得也不好听吗？

庄臣：唉，算了，我去吧。我不去，你也得自己去，你这人啊，让我说你什么好，就是人太好了。

盛羡看着庄臣发来的消息，默了会儿，没回复，退出了对话框。

总觉得是自己的错，如果可以，真的很想对那些说喜欢他的人，礼貌、客气又尊重地说一句：谢谢你，以及对不起。

盛羡叹了口气，正准备放下手机去洗漱，手机振了一下，他以为是庄臣，没想到是陆惊宴。

陆惊宴：哥哥，我其实挺能打的。

盛羡愣了下，随后就感觉自己的心像是被什么温暖的东西包裹住一样，异常柔软。

良久，他才按灭屏幕。

“不会让你打的。”

“因为会变好的。”

为了我们家小鱼仔，我也会努力变好的。

陆惊宴吃早餐的时候，总觉得盛羡哪里怪怪的，可她一时半会儿又反应不过来。

她一个人吃饭的习惯不太好，经常边玩手机边吃，她收到盛羡的微信，就顺手点了进去。

她没先看盛羡回的那两条消息，一眼瞄到的是屏幕正中间那句：**哥哥睡得挺好的**。

哥哥睡得挺好的……

哥哥……

陆惊宴的手一抖，手机“啪”一声掉在了桌上。

在外面的孙阿姨听到动静，赶了过来：“怎么了？”

陆惊宴清了清嗓子，啃着面包摇了摇头，刚想说“手抖，没拿稳手机”，耳边突然飘过一句话。

“昨晚哥哥太混乱了，忘跟小鱼仔说谢谢了。”

陆惊宴张了下嘴，嘴里刚叼断的面包掉进牛奶里。三秒后，她眨了眨眼睛，又咬了一口面包，她慢慢地嚼着，故作镇定，低头喝了口牛奶。

“不过，哥哥怕的人有点多。”

陆惊宴猛地呛到了自己，剧烈地咳嗽了起来。

盛教授一大早发什么骚。

总共也就没跟她说几句话，结果一半都是哥哥长哥哥短。

孙阿姨手忙脚乱地抽了几张纸巾递给陆惊宴，一边拍着她的后背帮她顺气，一边说：“吃慢点。”

陆惊宴冲着孙阿姨摆了摆手：“我没事。”

她接着又缓了会儿，才慢慢地擦干净嘴，坐直了身子：“你去忙你的吧，我就不小心呛了一下。”

孙阿姨站在旁边没走，陆惊宴纳闷地抬了下头，刚想问她还有没有事，孙阿姨看着她一脸关心地问：“你是不是身体不舒服？”

陆惊宴一脸的疑惑。

“脸红得厉害，是不是发烧了。”

“你等我会儿，我去给你找个体温计。”

陆惊宴拽住孙阿姨的衣角：“不用。”说着，她放下手里捏着的面包，“我吃饱了，去上班了，你收拾吧。”

从小区出来，陆惊宴落下车窗，由着寒冬腊月的冷风呼呼地往脸上拍，好一会儿温度才降下来。

到公司的时候，正好是早会的点，陆惊宴坐在会议室，闲着无聊玩了会儿手机，误打误撞点进了盛羡的微信。

三分钟后，坐在她旁边的秘书，贴心又温柔地问了句：“陆总，会议室的暖风是不是吹到你了，脸都红了。”

好不容易挨到会议结束，陆惊宴越想越气、越想越气，忍不住拿着手机按着语音给盛羡来了句：“你有毒。”

正在律师事务所做年终总结的盛羡，听见手机“叮”的一声，拿起来看了一眼，没多想当着律师事务所一群人的面点了外放。

“你有毒！”

声音蛮好听的，就是有点凶。

律师事务所的其他人愣住了，安静了大概十秒钟，坐在盛羡旁边的一个姓蒋的合伙人笑了：“谁呀？居然敢用这种语气跟我们大名鼎鼎的盛律师讲话。”

盛羡很少跟人聊私事。

蒋律师也就这么一问，没指着盛羡真接话，他笑得眼睛弯弯，看着大家，刚想言归正传——

“一个小孩。”

一群人又愣住了。

气氛僵硬了会儿，大家纷纷转头看向盛羡。

盛羡淡定地放下手机，语气也很淡定：“小学生脾气有点大。”

等陆惊宴冷静下来，她一脸苦恼地瞪着手机，看着盛羡回过来的那句“怎么了”开始发愁。

盛羡回了两句“怎么了”。

第一句是文字，大概是见她没回他，也不知道他是不是存心的，过了大概半小时之后，又发来了一条语音。

陆惊宴想来想去，想不出来这话该怎么接，她总不能跟他说，我想你早上说的那些话想得脸红了一上午。

今天盛羡貌似还挺闲的，掐着点，隔了半小时又给她发了一条消息，是一个问号。

盛教授这是没完没了了？

陆惊宴眨了眨眼睛，忽然捧着手机飞速地打起了字。

陆惊宴：还能怎么了，当然是夸哥哥了。

陆惊宴：哥哥长得这么帅，堪比罂粟，天生的剧毒，谁沾了都会上瘾。

不知道是不是被她这强行解释给雷到了，微信那边的盛羡半天没动静。陆惊宴以为这事过了，捧着自己的大水杯沾沾自喜地喝起了水。

手机突然响了一声，她瞄了眼屏幕，差点又把自己给呛到。

盛羡：那你呢？也中了哥哥的毒？

陆惊宴：……

陆惊宴你怎么回事，平时不是挺能撩的吗？这会儿你在这里装什么害羞。

“害羞”这两字放你身上，你也不看看合不合适。

陆惊宴一边默默地鄙视着自己，一边木着一张小脸，跟执行任务一样打下自己最擅长的话。

陆惊宴：哥哥现在才看出来啊，我中了哥哥的毒，已经深入骨髓了。

这回盛羡的消息回得倒挺快，是一条语音，陆惊宴点开，听到了很低的一声笑，像是从嗓子眼儿里发出来的。

她张了张口，只觉得温度瞬间爬上了耳郭。

……

正发动车子的助理，听见后面传来一道很低的轻笑声，险些一脚油门撞上前面的柱子。

他透过后视镜，屏着呼吸观察了盛羡一会儿，确定他没载错人，这才问："盛教授，你刚刚是在笑吗？"

盛羡抬起头看了眼助理："开你的车。"

助理"哦"了声，凝神开车。

盛羡垂着眼皮盯着屏幕看了会儿，忍不住又敲了四个字：贼喊捉贼。

贼喊捉贼。

明明下毒的那个人是她。

……

陆惊宴开始没明白盛羡莫名其妙发来的那四个字是什么意思，嘀咕了好一会儿，然后整个人像被人点了穴道僵住了。

贼喊捉贼，贼喊捉贼，贼喊捉贼……

言下之意，他和她之间，她才是下毒的那一位。

他以前就认识她，直到现在她也没弄明白他到底是怎么认识她的。

他还把她生日设置成手机 Wi-Fi 热点密码。

他这该不是在间接和她表白吧。

也许是认识他之后，出去玩得少了，接触的异性也少了，有一段时间没人给她表白过，她心脏跳得很厉害，就连手指都是麻的。

她不是一直都想着把他撩到手吗？明里暗里地撩他那么久，他都没什么回应，现在总算有反应了，她该高兴才对啊。

怎么现在这么紧张。

陆惊宴用力地吞了两下口水，努力地让自己冷静点。骚话一大堆的她，被盛羡这四个字秒杀了足足十分钟都没想出来该怎么回复。

她“呜”了一声，抓着手机去找宋闲和陈楷诉苦了：“呜呜，我感觉我退化了。”

这会儿正好是午休的点，陈楷和宋闲都不忙，消息回得飞快。

宋闲：发生了什么事？

陈楷：怎么了？退化成猴了？

宋闲 @ 陈楷：滚。

陆惊宴 @ 陈楷：滚。

陈楷：……

陆惊宴：就我觉得，我那一身撩人的本领全废了，你们懂吗？就跟武侠小说里，绝世武功被人给废掉一样，废了！

宋闲：怎么可能，我家宴姐儿这么美，站在那里就能撩死人不偿命。

陈楷发了一串吐的表情。

宋闲 @ 陈楷：滚。

陆惊宴 @ 陈楷：滚。

一秒钟后，陈楷被群主请出群。

陆惊宴摁着语音键把跟盛羡发生的情况简单地描述了一遍：“闲姐儿，我居然接不下去话了，我以前不是这样的，我很能接的。”

宋闲沉默了三秒：正常，我也被撩到了。

陆惊宴发了一串问号。

宋闲：啊啊啊啊啊！盛教授太会了吧，贼喊捉贼，嗷呜，我可以！

陆惊宴：……

宋闲：我感觉我也要中毒了，这男人太绝了！

陆惊宴木着一张脸按了两下，把宋闲也从群里请出去了。

陆惊宴看着只剩下自己一个人的群消化了会儿，直接装作不懂盛羡那四个字究竟是什么意思的样子，点开了盛羡的名字，转移了话题。

陆惊宴：你在干吗？

盛羡：去法院的路上。

陆惊宴：法院？

盛羡：嗯，下午开庭。

陆惊宴：开庭？

盛羡：嗯。

陆惊宴打字：哦，那你加油。还没发出去，屏幕里跳出一条新的消息。

盛羡可能是不方便，发来了一条语音："想看吗？"

陆惊宴怔了怔，反应过来盛羡这是问她想不想去法院看他开庭。

她把刚刚打的消息删掉，重新输入：可以吗？

依旧是语音，陆惊宴不确定是不是自己听错了，她总觉得盛羡话里带了点笑意："真想看哥哥开庭啊？"

陆惊宴的心脏突突突地跳，跳得比刚刚那会儿还要猛。

就在她寻思着要不要喊秘书请个家庭医生过来看一下的时候，她手机又进了一条消息。

还是语音，盛羡的声音很轻，听得她的心跟着微微颤了两下："去接你？"

陆惊宴握着手机好半天，打出一个字，点了发送：嗯。

今天的盛羡太反常了，是昨晚被吓得精神错乱了吗？好像盛羡的反常不是从今天开始的，昨晚她被那位叫庄臣的智障骗过去，盛羡把她留下的举动就挺反常的。

陆惊宴趴在桌子上，仔仔细细地回忆了一遍她和盛羡最近的情况。

貌似真要追溯起来，盛教授在她被陆鸿程甩了一巴掌那晚就已经开始反常了。

手机突然发出"嗡"的一声，陆惊宴抬起头，是盛羡发来的消息，他已经到楼下了。

她急忙起身，跑到洗手间对着镜子照了照，确定自己还好，这才拿着包和外套下了楼。

在去法院的路上，陆惊宴从盛羡助理的口中大概了解了下他们今天开庭的案子。

被告方张某，男，73岁。

原告方李某，男，43岁。

张某和李某同村，一场大水，冲走了李某的父母，他自此跟年迈的奶奶相依为命。张某的妻子身体不好，一直未能生下孩子，在李某奶奶去世的那一年，张某和妻子因为邻里关系，抚养了李某。

当时的李某年仅13岁，张某并未去法院做公证收养李某，而且他也觉得李家就这么一个儿子，不应该跟着他姓张。从李某13岁那一年起，之后长达二十年的时间，他上学、毕业、找工作、娶妻等一切开支几乎都是张某提供的。

张某的妻子在五年前因病去世，张某卖掉了老家的房子，李某也拿了一些钱。

妻子去世四年后，张某被检查出来也患了病，开始李某还给张某看病，但时间久了，发现病情不可控，花钱如流水，李某有些不情愿了。他咨询了律师，律师说因为张某和他在法律上并不算是父子关系，所以李某没有赡养义务，然后李某将张某赶出家门。张某带病在身，加上年迈，也没退休金，没有经济来源，走投无路去求李某，总是被李某的妻子驱赶。张某实在没辙，在一次去李某家时，偷走了一台电脑，李某借此把张某告到了法院。

……

盛羡要开庭，陆惊宴跟着他的助理坐在了听审区。

助理性格蛮开朗的，话也很多："这种家庭纠纷案，是律师最不爱接的。"

陆惊宴好奇地看了他一眼："为什么？"

"毕竟是家庭案件，他们在一起待了那么多年都是有感情的，这会儿看着撕破脸闹到了法院，但很有可能下一秒就突然和好了。然后你身为律师冲锋陷阵忙前忙后不说，到最后说不定还要被他们联起手来要求你退钱。"

"那盛羡，他……"

助理看出来陆惊宴要问什么："哦，盛教授这个没要钱。"

"没要钱？"

"对啊，你不知道吗？"助理见陆惊宴一脸茫然，又说，"盛教授经常干这种事的，之前有个盲人，被车撞了，对方仗着她眼盲，说她碰瓷，当时还在网上带了节奏。那会儿很多人说'不是老人变坏了，是坏人变老了'，还说什么眼盲就可以这么碰瓷的吗？"

"为了接那个案子，盛教授推了个大公司的经济案，你知道的，那种大公司经济纠纷案对我们来说才是最赚钱的，经常都是拿百分比的那种，当时可把律师事务所的另外两个合伙人给气得半死，但没办法，盛教授就这样啊。用他的话来说，他之所以当律师，是为了让这个世界尽可能地多一点公平。"

这种话，听起来很假大空。

盛教授这是给学生上课上的，连带着自己的助理都开始动不动给人上思想教育课了吗？

陆惊宴忍不住多瞅了一会儿旁边坐着的助理："你在教育我？"

助理笑了："没有没有，不敢不敢。"

过了两秒，助理又说："那原因听着是挺远的，但那是对别人来说，对盛教授来说，他真的一直都是这么做的。我问过他原因，当时他喝了点酒，可能人比较放松，有跟我聊过几句。他说，他并不是想让自己看起来多么伟大，也不是想让大家觉得他是个好人，他就是想要尽可能地让那些身处最绝望、最黑暗，觉得整个世界都抛弃自己的无辜弱势群体看到一点希望。”

助理说到这儿，不知道想到了什么，忽然问了句：“陆小姐，你是怎么看待律师的？”

陆惊宴被问的愣了下：“啊？”

“在你眼里，我们律师是不是都是那种只认钱，只要钱给到位，黑的都能给你辩成白的那种存在？”

“呃……”陆惊宴心想，这让她怎么接，毕竟那种律师蛮多的，就像她公司的法务，也是看钱的。

不过她也并不觉得看重钱是什么坏事，律师对于很多人来说是一份工作，工作就得看收入。

助理笑笑，没为难陆惊宴，又接着说：“其实我们律师这行业，这几年风评不太好，就我们律师事务所的小张，他相亲，对方听到他是律师就直接拒绝见面了。现实中很多人找另一半，也都不爱找律师，就觉得律师太懂法了，精于算计，跟律师结婚就跟和定时炸弹结婚一样，不知道什么时候自己就被对方玩死了。实际上这种事真的存在。去年吧，我们事务所接了个离婚案，丈夫就是律师，把钱全都给母亲买保险了，分割财产的时候，母亲保险那一块的钱一分拿不到。

“律师这行业，收入不差，入行的人也多，多了就会变得很杂，也的确存在很多不良律师，他们会借助媒体和舆论给公检法施压，扭曲事实，改变结果。

“这种舆论案这几年真的挺多的，一个人犯了罪，都还没追溯缘由，网上就先开始给他定罪了，但实际上很多事情不是大家想象的那么简单。就比如说前两年的一个杀人案，被杀的是个小女孩，手段极其残忍，网上一致觉得嫌疑人应该判处死刑，但是你知道调查下来的背景是什么样的吗？十年前，嫌疑人的父亲在小女孩父亲的工地上打工摔死了，小女孩的父亲逃避了责任，没给赔偿。很多时候大家太容易被带节奏了，你以为罪大恶极的人，其实未必是真的恶到了极致。你以为很无辜的人，可能也没你想象中的那么无辜，大家都是人，哪有那么多坏到骨子里的人。

“所以，盛教授最讨厌的就是那种打舆论仗的律师，他之前跟我们开会就说过，真真正正的律师，是要堂堂正正地站在法院上，用依据和事实来辩护的，而不是借助舆论。

“你知道我们律师事务所的信条是什么吗？盛教授订的，‘誓死捍卫法律的尊严，为无罪者辩白冤屈，让有罪者心服口服’。”

……

开庭了，助理终于停止了他的喋喋不休。

原告方主张的是被告方偷窃，但盛羡主张的却是原告方对被告方有赡养义务。

“原告 13 岁之后，都是由我方当事人抚养，他们虽然没有血缘关系，但有抚养关系，所以原告有赡养义务……”

案情进展得很顺利，盛羡成功地帮老人拿到了赡养费。

用助理的话来说，这本来就不是多复杂的案子，不过是原告方欺负贫困无助的孤寡老人而已。

庭审结束之后，盛羡跟法官聊了几句，就被老人缠住了。

老人颤颤巍巍地从口袋里摸出来一个塑料袋，一边拆一边对着盛羡不断地低头道谢。

塑料袋里装的是钱，很碎的那种零钱。五毛、一块、五块、十块……老人一直往盛羡手里塞。

盛羡没要，反而从自己口袋里掏出钱包，拿了一些钱递给老人。

73 岁的老人，背驼得很厉害，他努力地往下弯着腰，悄悄地用手擦了一下眼角。

对于活到他这个岁数，身患重病，已经没剩下多少日子的人来说，金钱什么的在这个时候已经不重要了，反而是盛羡为他争取到的这一点点公平才是他最想要的。

盛羡很轻地拍了两下老人的后背，扶着他走到路边，给他拦了一辆车。

上车之前，腿脚不利索的老人想要给盛羡跪下，却被盛羡拦住了。

陆惊宴站在后面不远处，看着跟老人讲话的盛羡。他的脸上依旧没什么太大的表情，可陆惊宴却觉得这个时候的盛羡，比任何时候看起来都要温柔，像是散发着光，熠熠生辉。

盛羡目送老人搭乘的那辆车子驶走，才转身往陆惊宴这边走来。他逆着西下的太阳，阳光在他身上勾勒出一圈金色。

陆惊宴看着靠近的盛羡，突然笑了。她一直觉得盛羡很帅，是她见过最帅的人，直到今天，她才发现，原来他还有更帅的一面。

盛羡走近了，轻声问道："笑什么？"

"啊。"陆惊宴又笑了一下，然后慢吞吞地开口。

笑你真的很帅啊。

这几个字还没到嘴边，一道刺耳的鸣笛声传来，掺杂着助理的喊声："小心！"

陆惊宴转头，看见一个枯瘦的男人，满脸狰狞地持刀冲着她跟盛羡这边刺了过来。

事情发生得猝不及防，等陆惊宴反应过来的时候，她已经被盛羡拉到身后了。

盛羡把她挡得严严实实，她根本看不到现在的情况。

助理已经从车上跑过来，抓住了那个人，法院门口的保安也奔了过来。

盛羡见那人被制住了，转身问："没事吧？"

陆惊宴摇了摇头，刚想说话，看到了盛羡左手上的血，瞬间炸了："哪儿来的疯狗，当着老娘的面也敢拿刀子伤人，还伤我的人，我看你是活得不耐烦了吧？"

助理手里拿着正准备报警的手机"啪"的一声掉在了地上。

今天是他第一次见到陆惊宴，当时他脑子里浮现过的标签：冷艳、高贵、女神。

而此时，这位冷艳又高贵的女神，彪悍得跟母夜叉一样。

陆惊宴一边骂，一边冲了过来。那架势，气势汹汹的，像是要把被保安控制住的人给活撕了一样。只是她人还没走两步，就被盛羡搂着腰给逮了回去。

“盛羡，你拦我干什么，我不是告诉过你，打架要拦对方。”

陆惊宴扑腾着，想从盛羡的胳膊里挣扎出来：“盛羡，你放开我，这种人渣活着浪费空气，死了浪费土地，就一个社会包袱，趁着警察没过来，你放我下来让我先揍他，看我不揍死他——”

小学生暴躁起来，力气真的大，好几次差点被她给挣脱了。

盛羡怕弄伤了她，不敢太使劲儿，眼看着她又一次差点逃掉，盛羡猛地把胳膊一收，直接把她给搂入怀里。

他没发觉现在的姿势过于亲密和暧昧，只想着先把她给安抚下来，他一低头，就凑到了她耳边：“阿宴，我疼。”

陆惊宴浑身一僵。

“阿宴，我得去医院。”

陆惊宴低头看向盛羡的手。

刚刚在情急之下，他握住了刀。刀挺锋利的，在他掌心割了一道很深的口子，血正滴滴答答地往下流。

陆惊宴反应过来当务之急是带盛羡去医院：“对，是得去医院。走，我们去医院。”

她一想到就这么放过那个持刀的人，整个人更憋火了。

她跟助理要了车钥匙，见他站着半天没报警，那团火顿时就找到了突破口：“你愣着干什么？报警！报警！有没有常识？！你们家盛教授都被人打了，你还在这里发呆，呆瓜！”

莫名其妙被骂的助理缓了两秒，才一脸蒙地看向盛羡和陆惊宴。

两个人已经往路边去了，陆惊宴还没平静下来，对着盛羡不满道：“你这助理是怎么回事，一点也不机灵，换了吧！”

……

陆惊宴心底那股火没撒掉，上了车，忍不住又骂了一串话，骂着骂着，她突然想到刚刚盛羡跟自己说话的时候，是从背后搂着自己的，嘴里不带停顿往外迸的话戛然而止。

陆惊宴怔了两秒，转头往旁边副驾驶座上看了一眼。

盛羡微低着头，就跟感觉不到疼一样，面无表情地抬起右手扯下领带，在伤口处绕了两圈。他刚刚就是用右手搂的她的腰。

陆惊宴低头看了眼自己绑着安全带的腰，耳边微微有些烧。

她从上车后嘴里就没停过，她声音很好听，虽然气得声调偏高，但也不会让他觉得聒噪。

盛羡绑好手，简单地止了个血，见身边有点安静，转头看了过来。

小学生背挺得笔直，双手握着方向盘，直视着正前方在开车。

盛羡盯着她的侧脸看了两秒："别气了。"

陆惊宴满脑子想的都是盛羡刚刚搂了她腰，她一时半会儿没反应过来他的话，转头看了他一眼："啊？"

盛羡的视线停在她红扑扑的耳朵上："耳朵都气红了。"

陆惊宴怔了两秒，回过味来。

她今天脸红了好几次，不是被孙阿姨问是不是发烧了，就是被秘书问是不是被暖风吹到了，现在还多了一样生气气得。

是她平时太没脸没皮了，不配脸红还是咋样？

陆惊宴木着一张脸，沉默了会儿，小声问："是不是很疼？"

她声音很轻，扭扭捏捏的，盛羡起先还以为自己幻听了。

陆惊宴抿了下唇，声音依旧很小："你再忍忍，快到了。"

"嗯。"盛羡看着窗外，大概估测了下，小学生八成已经超速了，他的心突然软了下，语气也跟着软了下来，"已经不怎么疼了，你慢慢开。"

陆惊宴嘴里"哦"了一声，车速倒是没怎么降下来。

这条路上没什么车，哪怕被拍，也是拍他的车，盛羡收住到嘴边的"别超速"，随她了。

陆惊宴带盛羡去的是一家私人医院，接诊盛羡的是她的家庭医生。

流了那么多血，看着挺吓人的，但实际上伤得并不怎么严重，不过在伤口的最深处那块还是被缝了两针。为了预防感染和发炎，家庭医生提醒盛羡别沾水、勤换药。

陆惊宴看着盛羡被包扎起来的手，皱了皱眉，对着家庭医生说："那你从明天开始去给他换药。"

"好，等会儿把地址告诉……"

家庭医生的话还没说完，盛羡就出声打断了他："不用。"

陆惊宴看向盛羡："为什么不用？"

"没那么严重，我能搞得定。"他从来不是什么金贵的人，这也不是什么严重的伤，犯不着这么兴师动众。

陆惊宴没说话。

盛羡知道小学生执拗得很，语气放软了一些："真的能搞得定。"

陆惊宴还是没松口的迹象。

家庭医生站在一旁，摸不清用不用自己给换药，就在他正准备再跟陆惊宴确定一遍时，陆惊宴对着盛羡点了下头："好吧，听你的。"

说着，她转头看向家庭医生："你教我怎么换药和包扎。"

刚才盛羡拒绝得挺干脆，家庭医生以为他还会拒绝，没想到盛羡只是看了陆惊宴一眼，竟然没说话。

家庭医生对着陆惊宴的手做了一遍示范。

其实这并没有多难，上学的时候大家出去郊游，学校教过一些简单的包扎，受了伤可以简单自救，以防万一。但陆惊宴就是怕自己忘了哪个步骤，拿着手机录了个视频。

盛羡静静地站在一旁。

病房很大，除了家庭医生清晰的话语声，没了别的动静。女孩垂着头听得认真，偶尔会问句重点。他离他们有点远，他们说话的声音不大，他听得断断续续的。

他要是认真听，完全可以听清楚，只是他这会儿思绪有点飘，飘到最后，他脑子里只剩下一个念头。

把她娶回家。

撩十七下

喜欢，很喜欢

冬天的风在耳边呼啸而过，她隐约听见有人问她："你喜欢盛美吗？"

然后她听见自己心底回答："喜欢。"

——你喜欢盛美吗?

——喜欢。

——很喜欢。

家庭医生认识陆惊宴好些年了，熟知这位大小姐的脾性，不是会照顾人的人。

现在这位大小姐为了那个男人又是拍视频，又是抱着手机记注意事项，态度严肃认真，好像那个男人被划的那一刀不在手上，而是在胸口。

家庭医生想到那会儿自己正接待着病人，突然接到了陆惊宴的电话，她着急忙慌地嘱咐自己把时间腾出来，害得他以为出了什么人命关天的大事。结果他紧张兮兮地站在医院门口等了十分钟，等来的是随便街边一个小诊所都能处理的皮外伤。

陆惊宴确定自己把该记的都记下了，这才对着家庭医生说了句：“再见。”

家庭医生回了陆惊宴一句“再见”，朝盛羡打量了一番，一时没忍住笑了：“惊宴学会照顾人了啊。”

陆惊宴“啊”了一声，莫名地变得有点心虚，就好像是，她的什么心事被家庭医生给戳破了一样。她下意识地看了眼旁边的盛羡。

盛羡的脸上没什么表情，好像没太把家庭医生这话放在心上。

跟医生道完别，两个人往停车场走去。

路上，盛羡接了个电话，是助理打过来的，喊他去派出所做笔录。上了车，陆惊宴问：“去派出所那边？”

盛羡靠在副驾驶车座上，歪着头看着窗外不轻不重地“嗯”了声。

一切看着很正常，陆惊宴的那抹心虚渐渐散掉。

盛羡一直都盯着窗外，陆惊宴以为他在发呆，直到有一次并线，她往他那边的后视镜看去，在镜子里和他的视线碰在一起。

陆惊宴愣了下，看向正前方。过了会儿，她又往他那边看了一眼，再次与他的目光在镜子里碰上。

他表情很散漫，整个人看起来很放松，但他看她的眼神却很明目张胆。

陆惊宴这才发现他压根儿不是在发呆，而是一直都在盯着她若有所思。

他跟她视线都碰上了，他也没半点要躲闪的意思，反而更放肆了，直勾勾地锁定她的眼睛，一动不动。

陆惊宴被看得有些不自在，握紧了方向盘，慢慢地把视线移到车子的正前方，但她眼角的余光禁不住时不时地往他那边瞟一下。

他还在盯着她看，丝毫没有罢休的意思。该不会是因为刚刚家庭医生说的那句话？

陆惊宴想了想，清了清嗓子：“你别多想，我之所以照顾你，是因为你照顾过我。”这话说出口，陆惊宴又觉得有点儿不太符合自己的人设。

她在盛羡面前，一直都是很直白地撩他，什么时候变得这么含蓄了？想着，陆惊宴又生生地挤了句：“再说，哥哥受伤了，正需要人照顾，这么好的机会，我怎么能错过。”

对嘛，这才是她陆惊宴应该说的话。

盛羡“嗯”了声，漫不经心的，也不知道有没有听到她说的话。

他的目光并没有从后视镜上离开，看着她的眼神变得有些深邃，不知道在想些什么。

陆惊宴心想，还让不让人好好开车了，她努力地平视着正前方，尽可能忽略掉旁边的盛羡。

两分钟后，陆惊宴忍无可忍，踩了刹车，停在马路正中间，用力地按了一下喇叭：“你能不能换个地方盯着？”

刺耳的鸣笛声，吵得盛羡眼睛缓慢地动了下，茫然地往她这边看来：“嗯？”

“就你能不能别总盯着后视镜，影响我看路。”

盛羡点了下头，没说话。

陆惊宴见他总算不看后视镜了，重新踩了油门。

过了会儿，盛羡像是刚反应过来她说的话，转头问：“为什么影响你看路？”

陆惊宴张了又张口，答不出来。

对啊，为什么影响你看路？

三秒后，陆惊宴眨了眨眼睛：“哥哥那么帅，我每次看后视镜就能看到你的脸，哪儿还有什么心情开车。”

陆惊宴心想，她可真是太机智了。想着，她又说：“不信？哥哥，你想象下，现在是你在开车，副驾驶座上坐着个绝世美女，她把脸贴在后视镜上，你每次扭头都能看到她，你会不会分神？”

盛羡顺着陆惊宴的假设，想象了下副驾驶座上的人是她，他开车的时候，每次转头都能从后视镜里看到她。

三秒后，盛羡“嗯”了声：“是挺分神的。”

陆惊宴压根儿不知道盛羡脑子里想了些什么，以为是靠自己的聪明机智圆过去的，心满意足地继续开车。

被这么一打断，盛羡看起来正常了很多，也没再盯着后视镜里的她看。他耷拉着眼皮，有一下没一下地滑着锁屏的手机。他想到自己那会儿竟然盯着后视镜里的她愣了半天神，带着点不可思议轻笑了一声，就仿佛像遇到了什么荒唐事，声音很低地自言自语了句：“我是真栽了。”

陆惊宴没听清他说什么，但知道他在说话，往他这边看了过来：“什么？”

盛羡没动静。

就在陆惊宴以为他这是准备无视掉自己的时候，他抬了下眼皮：“没什么。”顿了下，盛羡又说，“就想到了点事情。”

“什么事情？”

盛羡又不说话了。

陆惊宴撇了撇嘴，心想什么毛病。

车子开到派出所门口，陆惊宴停好车，刚想推开车门，盛羡突然出声：“在想……”

他似乎在犹豫要不要说，停顿了大概十秒钟的样子，他看了她一眼，抬起手揉着脖子，懒散地说：“我大概是真的到青春期了。”

盛教授过完春节就要 29 岁了，一个快要步入 30 岁的人，跟她说青春期到了。

陆惊宴被噎得瞪了盛羡足足三十秒：“你确定不是更年期？”

助理在派出所门口等着，见盛羡的车子开过来，立刻奔到跟前，打开了车门：“蒋律师来了。”

盛羡抬了下眼皮：“他怎么过来了？”

助理抓了抓脑袋，不太好意思地说：“我那会儿太生气了，在律师事务所的群里吐槽了这件事，蒋律师正好在法院这边办事，看到消息问了地址就过来了。”

盛羡没说话，等陆惊宴下了车，跟着助理往派出所走去。

蒋律师就坐在门口的一张椅子上，看到他们，立刻站起身：“没事吧？”

“没事。”

盛羡刚说完，警察就喊了他：“来了，走吧，去做笔录。”

盛羡“嗯”了声，跟着警察往里面走去，走了两步，他像是想到什么一样，停下来，扭头看向陆惊宴：“过来。”

蒋律师这才发现还有个人，他撞了下旁边站着的助理，压低声音问：“这是谁？”

“陆惊宴陆小姐。”助理看蒋律师一脸茫然，小声说，“就那个‘你有毒’。”

“盛羡嘴里的那个小孩？”

“对，就是那个小孩。”

“这是小孩？这小孩他妈吧。”

在两人很小声的嘀咕中，陆惊宴走到了盛羡跟前，她刚想问盛羡喊她干吗，眼角的余光扫到了旁边，她猛地转头看了过去。

那位持刀行凶者缩在派出所的一角，双手铐着手铐，蹲在地上。

陆惊宴的脸瞬间冷了下来，眼神跟藏了刀子似的，嗖嗖嗖地冲着对方射了过去：“你怎么还有脸活着？”

持刀行凶者、蒋律师、值班的警察都一愣。

盛羡清了清嗓子。

陆惊宴不服气地瞪着那位持刀行凶者，用眼神狠狠地骂了他一通，才百般不情愿地看向盛羡。

“走吧，别让警察等。”盛羡说。

陆惊宴眨了下眼睛，反应过来他这是让她跟他一块儿去录笔录：“不是，你自己不能录吗？”

盛羡说：“能。”

能还喊她。

陆惊宴斜了一眼盛羡，还没说话，盛羡又说：“留你一个人在这儿我不放心。”

陆惊宴仰着头观察了一圈，看着神圣又正义的派出所，不可思议地说：“不放心？”

盛羡点点头：“嗯，对，怕你打人。”

陆惊宴一脸问号。

“我是挺厉害的，蒋律师也不差，但在派出所里动手打人，我再大的本事，也保不住你。”

……

录完口供，从派出所离开没多久，盛羡的助理就接到了电话。

电话打了不过几分钟就挂断了，助理一边开车一边说：“派出所那边打来的电话，说是大概情况已经了解得差不多了。那位持刀行凶者名叫章亮，之前打官司输掉了，被法院要求赔偿给你的当事人几十万，他一直没赔偿。现在被法院冻结了财产，还被列入老赖名单，他越想越不服气，然后今天喝了点酒，就跑到法院门口闹了这茬事。”

听完事情的来龙去脉，陆惊宴更无语了：“就因为官司输掉了不服气就持刀伤人？这人脑子有坑吧，官司为什么会输，不会去反省一下自己吗？我刚刚就不应该跟你一块儿去录什么口供，就应该蹲在派出所，趁着警察去上厕所或者喝水，踹那人两脚。”

蒋律师来派出所没开车，现在正好搭了顺风车回去，就坐在副驾驶座上。

他跟盛羡的助理本来听完派出所那边的调查结果，气得想骂那个持刀行凶者几句，结果一句话都还没说，就被坐在后车座上的陆惊宴给逗乐了。

蒋律师挺养生的，端着自己的保温杯，喝了两口枸杞泡的水，笑眯眯的，意有所指地说："果然很小孩。"

助理没绷住，"扑哧"一声笑了："果然很小学生脾气。"

陆惊宴听不懂，转头看了车上的三个人一圈："什么很小孩？什么很小学生脾气？"

跟蒋律师和助理分开后，陆惊宴跟盛羡一块儿去吃了个晚饭。

地点是陆惊宴选的，她捧着手机看了半天，找了一家很清淡的粤菜馆。

菜也是陆惊宴点的，点完之后对着服务员掰着手指说了一串要求："不要葱，不要姜，不要蒜，不要辣椒……"陆惊宴想到吃酱油会让伤疤色素沉淀，又补了句，"不要酱油，还有汤，记得帮我放两根人参进去。"

盛羡看着被陆惊宴盯着拿笔把她的诉求记下来的服务员，真心觉得她有点小题大做。

他和她不一样，她是被精细着养大的，而他 5 岁之后就经常饿肚子，有时候保姆偷懒，他只能被迫吃头一天留下来的剩饭。

他踩着板凳热过饭，那会儿太小，只是有样学样，然后烫伤了手，起了一个很大的水泡，疼了一个月才好，药膏都没涂一下。不是他不涂，是那个时候他压根儿就不知道还有药膏这种东西。

他很小的时候，就开始学着去做很多事情，没少受伤，也从没用过药，更别提受伤之后的滋补。倒不是他活得糙，是习惯了，没人觉得你有多金贵，久而久之，就连自己也觉得不是多金贵的人。

现在他看着她仔细较真的样子，虽然觉得她反应过度，但并没阻拦她。因为这是他第一次知道，原来他也可以这样被很认真地对待。

吃完饭，回到家，陆惊宴盯着盛羡吃了药。其实今天不用换药的，但盛羡的伤口一直有少量的血渗出，陆惊宴看他手上裹着的纱布红了，想了想，还是决定给他换次药。

陆惊宴把那会儿在医院录的视频看了一遍，然后招呼盛羡坐过来。

盛羡站在一旁，垂着眼皮看了她两秒，拉开椅子坐在了她身边。

陆惊宴把药膏和纱布拿出来，对着盛羡伸出了手："把手给我。"

盛羡没动静，指尖却蜷缩了一下。

陆惊宴敲了敲桌子："手。"

盛羡喉结微滚了下，过了几秒，把手抬起来放在了桌上。

陆惊宴伸手抓住他的手。

盛羡的指尖一颤，下意识地就要抽走。

"怎么，抓疼你了？"陆惊宴察觉到他的异样，放轻了力道，低头冲着他的掌心隔着纱布吹了两下，抬头问，"现在呢，现在好点了吗？"

她吹得掌心痒痒的，连带着他的心底都跟着很轻地骚动了一下。

他看着她小心又关心的表情，抿了抿唇，很轻地"嗯"了声。

过了两秒钟，他缓缓地放松了指尖，由着她把自己的手拽到她面前。

她捧着他的手，小心翼翼地拆开纱布，生怕弄疼他，动作放得很轻，指尖不经意蹭过他的掌心，触感柔软，带着点儿酥酥麻麻的痒。

盛羡僵了僵，连呼吸都跟着停了下来。

陆惊宴没察觉到他的异样，把拆下来的纱布丢在旁边，拔出装着碘酒的玻璃瓶塞，拿着棉签浸透："你忍忍啊，可能会有点疼。"

盛羡"嗯"了声，恢复了屏着的呼吸。

别看她平时一副冷艳逼人的样子，手指倒是软得跟没骨头似的。

看着她晃来晃去给自己上药的手指，他气息变得有点儿乱。过了几秒钟，他别开头，看向了窗外。

"好了，"陆惊宴裹好新纱布，用胶带粘好，松开了他的手，把碘酒塞摁回玻璃瓶，拧着药膏的盖子，对着他说道，"你记得吃药，白色的那个是早晚各一次，一次一片，剩下的那个是一天三次，一次四片，你可千万别吃错了。"

盛羡把手收回来，垂着头盯着空荡荡的掌心，过了两秒，很淡地"嗯"了声。

“记得忌口，千万别吃辣椒和海鲜，尤其别喝酒，最重要的是别沾水……”

这话她那会儿已经说过一遍了，现在再听依旧觉得很暖。

盛羡微曲了下左手的手指，抬起眼皮朝她看过去。

陆惊宴把拆下来带血的纱布丢进垃圾桶里，没发现他投来的目光：“尤其是洗澡、洗脸的时候，千万要注意……”

她正说在兴头上，突然停了下来，过了两秒，她转头看向盛羡：“你解得开皮带吗？”

盛羡是真的搞不懂她脑子的结构，她是怎么做到话题跳跃度如此之大的，而且关注点还这么清奇。

哪有一个姑娘家家的去关注一个男人解不解得开皮带。

盛羡面无表情地看着陆惊宴，偏偏这位姑娘并不觉得自己这话哪里有问题，大大方方地回视着他的眼睛等答案。要不是她现在的样子看起来很认真，他真有点怀疑她跟之前一样，又变着法地来调戏他了。

陆惊宴看他半天不说话：“该不会真解不开吧？”

盛羡险些当场被她气笑。他看了她两秒，连话都不想说，抬起右手放在自己的皮带上。

陆惊宴往后退了一步：“你干吗？”

“做示范。”

陆惊宴眨了下眼睛：“啊？什么示范？”

盛羡表情淡漠，抬了下眼皮：“单手解皮带，了解下？”

陆惊宴在脑海里想象了下画面，看着盛羡修长的手指，突然感觉有点渴。她就是忽然想到了这里，关心他一下，仅此而已。

怎么画风一下子变得这么少儿不宜。

陆惊宴移开视线，干巴巴地“哦”了声：“那倒不用，我就是想着，你要是真解不开，我就喊陈楷过来。”

盛羡没说话。

陆惊宴也没再说话。

房间里的气氛变得越来越诡异。

也不知道是不是受盛羡手指搭在皮带上那个动作的影响，陆惊宴的视线控制不住地往盛羡那边瞟，一会儿落在盛羡的右手上，一会儿定在盛羡的皮带上。看的次数多了，盛羡慢慢地察觉了，在她视线又一次瞟过来的时候，盛羡忍不住轻笑一声："还在想？"

盛教授什么时候变得这么骚了。

陆惊宴张了下嘴，有点不太想承认自己还没从皮带风波里走出来，她定了两秒，发现自己是在盯着盛羡的右手看，顿时灵光一闪："我在想事情，但我想的是别的事情。"

盛羡挑了下眉："嗯？"

"你搂我腰了。"

"……"

她站在餐桌的另一侧，和他至少隔了一米远。

盛羡的视线绕着两个人之间的距离转了一圈，缓缓地"啧"了一下。

小学生还挺会污蔑人的。

啧？他这声"啧"是什么意思？不准备认账，还是不相信她说的话？

她承认她是在撒谎，但打死她，她都不可能对着盛羡承认她在撒谎。

他的手就随便搭了下皮带，她就开始想入非非，这要是传出去，她陆惊宴怕是要被人笑掉大牙。

陆惊宴面无表情地看着盛羡，指了指他放在桌上的右手："就是用这只手搂的我的腰。"

盛羡垂着眼皮看了两秒自己的右手："我怎么搂的你？"

"你站我后面搂的。"陆惊宴顿了下，又补充了句，"还把我抱你怀里了。"

盛羡差点没忍住，"扑哧"笑出声。

别说，小学生还挺能耐，污蔑得有鼻子有眼儿的。

盛羡抬起眼皮，嗓音里带了点不易察觉的笑：“小鱼仔，给哥哥泼脏水就让你这么开心？”

谁给他泼脏水了，陆惊宴毫不客气地翻了个大白眼：“你少在这儿装失忆，在法院门口，搂我腰的是狗。”

盛羡顿住，过了几秒，他想起来那会儿的细节，慢慢地点了下头：“嗯，好像是有这么一回事。”

什么叫好像是有这么一回事。

陆惊宴只觉得此时的他跟小说里描写的那种提起裤子不认账的渣男没什么区别。

她冷冷地看了他一眼，一声“呵”想都没想就到了嘴边——

“原来小鱼仔没给哥哥泼脏水，是哥哥误会了我们家小鱼仔。”

那声“呵”硬生生地停在了齿间。

陆惊宴把盛羡说的话在脑子里转了两遍，然后心跳怦怦地加快了。

一句话两个哥哥就算了，还有两个小鱼仔，其中一个是“我们家小鱼仔”。

我们家……

陆惊宴感觉自己的心跳速度快得要撞出胸口了。

她故作镇定地移开视线，悄悄地吸了一口气，想让自己冷静下来。结果那口气刚吸到一半，旁边又传来了盛羡的声音。

淡淡的，听起来很是漫不经心。

就四个字。

“腰还挺细。”

腰还挺细，腰还挺细，腰还挺细……

足足过了一分钟，陆惊宴才消化完这四个字。

她的心脏后知后觉地停跳了一拍，然后她才彻底反应过来：她，陆惊宴，什么骚话都敢说的陆惊宴！一直都只有她调戏别人的份儿，没人能调戏她的份儿的陆惊宴！就在一分三十七秒之前，被一个叫盛羡的男人给调戏了！

许久，真的是过了许久，至少有三分钟那么久，陆惊宴用力地做了个吞咽的动作，慢慢地转过头，像是个毫无感情的杀手，语气硬邦邦的：“我要回家了。”

夜里两点钟。

陆惊宴抱着被子，烦躁地翻了个身。

十秒后，她用力地蹬了两脚床垫。

三十秒后，她挥着拳头砸了两下床板，然后猛一个翻身趴在床上，把脸埋进枕头里。

这都四个多小时了，“腰还挺细”这四个字，怎么还在她耳边打转，到底要不要让人睡觉了，呜呜呜……

陆惊宴足足趴了十分钟，趴到快要窒息的时候，总算冷静下来，翻身平躺在床上。

她实在没什么困意，拿起手机，点进微信，一眼看到了置顶位置的盛羡。

他和她的聊天内容还停留在昨晚十点半那会儿。

她怀疑他在她身上安装了定位器，她一到家就收到了他问她“到家没”的消息。她回了句“刚到”，顺手又问了他一句“在干吗”，半分钟后，他的消息来了——“解皮带”。

当时孙阿姨给她倒了杯燕窝，她正端着喝。看到这三个字，她又成功地把自己给呛到了，然后在孙阿姨“最近天气转暖，再过两天就要立春了，可能暖气真的开得太大了，我去调小点”的碎碎念中，火速地爬上楼。

好不容易平复下来的心情，这会儿又开始变得动荡不已，陆惊宴急忙放下手机，把脑袋缩进被子里。

盛羡那四个字的威力实在太大，她一直到凌晨三点钟才睡着，早上六点钟不到她就醒了。

她在床上赖了半小时，实在是睡不着，就翻身下床去洗漱了。

胡乱吃了点早餐，她顶着黑眼圈去了公司，进办公楼的时候，前台小妹都还没来上班，整栋楼安安静静的，就她一个人。

直到中午，陆惊宴的困意总算上来，在办公室里面的休息间睡了四个小时，然后喊来司机，要了车钥匙，吩咐他早点下班，开车去盛羡家给他换药。

她在路上给盛羡发过消息，到他家地下停车场，才发现他十分钟前给她回了一条新的消息，是六个数字。

陆惊宴下车，一边往电梯那边走，一边用手机回了个问号。很快，手机响了。

盛羡：门锁密码。

陆惊宴刚打出来“不在家？”他的消息又进来了。

盛羡：在物业，马上回来。

电梯上到一楼就停了，电梯门打开，说去物业的盛羡，手里拿着个文件，走了进来。

还挺巧的。

陆惊宴收起正回他消息的手机：“咦，好巧。”

盛羡“嗯”了声，按下楼层数。

陆惊宴看了眼手机里他发来的密码，今天是用不上了，但还是偷偷地给背了下来。给盛羡上完药，陆惊宴顺道和他一块儿吃了个晚饭。

这周是春节放假前的最后一周，这七天都要上班，陆惊宴连续往盛羡这边跑了七天。

一晃，到了盛羡拆线的日子，家庭医生那天有个手术，结束要晚上十点钟了。

临近年底，家庭医生要休年假，陆惊宴想了想，虽然时间晚了点，但总好过让家庭医生第二天专门为了盛羡这事再加一天班。

正好陈楷和宋闲第二天也都要离京，一个回家过年，一个和家里人明早的飞机去海南过年，三个人约了这个农历年的最后一顿晚餐。

这几天晚上，陆惊宴都是跟着盛羡一块儿吃的，给他发消息说今天不过去吃晚饭的时候，顺口问了他一句要不要过来跟他们吃。

盛羡拒绝了她，说晚上有点私事。

陆惊宴没多问，跟他订好了十点左右见面去找家庭医生。

晚饭吃到一半，陈楷突然冒了句："宴宴，你认识杨絮？"

陆惊宴乍一听这个名字有点恍惚，过了片刻，她才想起来是谁，表情顿时冷了下来："嗯，陆洲撺掇他爹介绍我们认识的。"

宋闲虽然不知道他们在说谁，但还是插了句："又是相亲？"

"嗯。"陆惊宴喝了口果汁，看向陈楷，"你怎么知道这事的？我记得我没告诉过你们，怎么，是有人在圈子里散播什么谣言了？"

陈楷连连摆手："没没没，自从你盯上我哥之后，基本上都快接近于大门不出二门不迈了。我最近去酒吧，好几家老板都问我你是不是出国了。宴宝，不是我说你，你这几个月太低调了，低调得江湖都已经差不多忘了你的传说了。"

陆惊宴斜了眼陈楷，嫌他废话多："拣重点说可以吗？"

"重点就是，没人传你谣言，我之所以知道，是因为杨絮是我哥他弟。"

陆惊宴切着牛排的动作顿住，迟了几秒，抬头看向陈楷："你说什么？"

"杨絮是我表哥同母异父的弟弟。"

陆惊宴攥紧手里的刀叉，沉默了下："所以他知道我跟杨絮的事？"

"他知道啊，他当然知道，他还为了你打了杨絮，你不知道吗？"陈楷看陆惊宴一脸茫然，惊讶地"呀"了声，"你真不知道？我哥没告诉你？就上个月，在王朝，杨絮骂你来着，被我哥当头砸了一酒瓶子，当天晚上就住院了，我哥他妈第二天就杀上门去找我哥了。昨天还是前天，我听我小姨说，他们还吵了一架，大概意思是说，杨絮看上了你，你们两家有合作，让我哥离你远点，说什么让我哥少抢杨絮的东西什么的。具体的我真不是那么清楚，毕竟我没在跟前，而且这也是我小姨跟我妈瞎聊天的时候，我随便听了那么几句……唉，宴宝，你去哪儿？”

宋闲喊道：“宴宴！”

……

陆惊宴没理两个人，拎着包和外套，夺门而出。

她没想到世界会这么小，小到她唯一对着陈楷和宋闲隐瞒的相亲对象，竟然是盛羡同母异父的弟弟。她之所以会隐瞒，就是不想让盛羡知道。无论如何，她都不能让盛羡误会她和杨絮的关系。

陆惊宴拦了一辆车，直奔盛羡家。

到小区门口，她用手机二维码付完款，急急忙忙地下车。刚想过马路，她看到了从小区门口出来的盛羡。

他不是一个人，身边还跟着一个女生，一个很漂亮的女生，眼睛大大的，看着像是十七八岁的样子。

陆惊宴忽然想起盛羡回的那条消息：你们吃，我这边晚上有点私事。

私事。

和一个女生谈私事。

盛羡往街道对面看过来，陆惊宴的大脑都还没做出反应，人却已经先躲到了一辆车后面。

周遭车来车往，鸣笛声不断。陆惊宴藏在暗处，目不转睛地看着盛羡，以及他旁边的那个女孩。

他们两个看起来很熟，女孩在他面前显得特别乖，说话的时候，会转过头冲着他笑。

盛羡挺冷淡的一人，面对她却显得很有耐心，对她的每句话都会做出反应，哪怕不开口，也会轻点下头。

陆惊宴不是没见过盛羡跟别的女人在一块儿的画面，她认识他的第一天晚上，就在路边看到他不留情面地弄哭了一个女人。

他跟薄暮算是比较熟的，但在薄暮面前也是那种冷到冻死人的样子。

这还是她头一回见他对一个女孩这么的……温柔。

陆惊宴也不确定“温柔”这个词用得恰当不恰当，总之她的直觉告诉她，那个女孩至少在盛羡这里是特殊的。

她定定地看着他们两个人，脑子里乱糟糟的，全都是各种各样的疑问。

他们是什么关系？他们要谈的私事是什么事？他们这样算不算约会？

那个女孩从他住的小区里出来，是去过他家了？她是不是和她一样，也知道他家的密码？

她只要往旁边挪一步，喊一声“盛羡”，他们就可以看到她，她也就能知道他们的关系，她脑子里这些疑问全都可以得到解答。但她就是迈不出去那一步，甚至还往后倒退了小半步。

她在他家住过两个晚上，也去过他的同学聚会，虽然是被庄臣骗过去的，但他至少没装作不认识她，也没赶她走。

他带她去法院看他开庭，也介绍了他的同事给她认识，他的助理还侃侃而谈对着她说了很多他的事。

她以为她对他已经算是很了解了，可现在想想，好像不是这样。

不是陈楷告诉她，她不会知道杨絮是他的同母异父的弟弟，也不会知道那天在他家找上门来惹他不开心的那个女人是他的妈妈。

同学聚会的那天晚上，他突然变成那个样子，具体原因到现在为止她也不知道。

他那么优秀，参加个同学聚会，都能碰到过了这么多年还喜欢他的女生，随便和他吃个夜宵也能碰到凑过来跟他要电话号码的人。他有太多的选择，那些选择里，有没有他想要的选择？

初次见面，她问他要手机 Wi-Fi 热点的密码，他说“你生日”。

简简单单的三个字，让她觉得他是她众多暗恋者之一。

喜欢她的人太多了，前赴后继追她的人也太多了，养成了她这种理所应当的自信。

以至于后来，她明里暗里撩拨他，他还无动于衷，她怀疑他喜欢男人都没怀疑过自己的魅力。

可是现在，她忽然有点不确定了，他到底是不是她的暗恋者?

不知道为什么，陆惊宴忽然变得很慌。

街道对面的两个人已经走远了，但她站在原地，像是被人无形之中用绳子束缚住，无法动弹。

她很少这么胡思乱想，可她这会儿脑子实在是太活跃了，过往的点点滴滴在她脑海里特别清晰地闪过，她想到高银问她的那句——你喜欢盛羡吗?

陆惊宴被这句话击得愣了两秒，大脑深处不知道埋了多久的一颗雷忽然炸开。

炸得她眼前一片空白，连带着脑子都停止了思考。

她静静地站在那儿，像是在看街道上的车辆，又像是在看她幻想出来的某些镜头。

过了很久，久到像历经了一个漫长的世纪，她指尖微动了下，颤着睫毛回过神来。

冬天的风在耳边呼啸而过，她隐约听见有人问她："你喜欢盛羡吗?"

然后她听见自己心底回答："喜欢。"

——你喜欢盛羡吗?

——喜欢。

——很喜欢。